《半边渡当代中篇小说丛书》出版说明

“半边渡”，原本是一种由独特的地貌形态所导致的交通方式，意指岸边道路出现山岩等巨型障碍，为了克服障碍所进行的单边摆渡。用来做丛书名，表示只在此岸，现场写作；彼岸风景，尽入眼中。选收的是当下既具实力，又有活力的知名作家，他们一直进行着克服障碍、自我超越的写作，刷新着个人纪录，不断求索、攀升。中篇小说介于短篇与长篇之间，是由短篇迸发到长篇的中转过渡，出版中篇小说集，既管窥风貌反映当下，又把握脉动瞄准未来，期待作家们拿出更多优秀长篇回馈读者。

漓江出版社中外文学出版中心

目录

梅子与恰可拜

那一年，很乱，可以说是乱世。乱得城里人全往乡下跑，什么地方都去。那么远的西部，西部西边的新疆，新疆西边的戈壁滩上，也来了不少人。其中一个人叫梅子，是个女的，是从南方来的。南方什么地方的，并不重要。南方女人，都差不多。有些娇小，却很能干。这一点，从梅子身上，也能看出来。

那一年以前，这块戈壁滩上早就有人了，不过，人有些少。少得有时骑上马走上一天，都遇不到一个人。这些很少的人，一般来说用不着种地，光是戈壁滩上的植物和动物，就能让他们活下去，并且还会活得不错。比如说，有一个叫恰可拜的男人，先祖是突厥人，一直生长在这里。他在马背上长大，又在马背上生活，当然，还会带着刀和枪。只是他的刀和枪，主要不是为了对付人的，而是对付野兽的。

谁都没有想到，连他们自己也没有想到，在那一年以后的某一天，南方女人梅子会和突厥人的后人恰可拜相遇，并且有了一段故事。这到底是个什么故事呢，读到最后你就会明白了。

梅子刚来那年刚刚十九岁，属于从内地来到边疆的知识青年。但不属于第一批，也不属于最后一批。只是属于他们中普通的一个。不过，就算是普通的一个，也是一样怀着为革命愿意献出生命和青春的理想，来到荒野上的。

虽然发了军装，也说了是兵，可发到手上的，不是枪，而是农具。一种常用的叫坎土曼的农具。

干着种地的活，却像士兵一样编成了连队班排。

没谁还会想到你是南方姑娘生得娇嫩，别让风雨吹着了，别让重活累着了，给你什么特别照顾。

都是女人，不管是北方的，还是南方的，不管是胖的还是瘦的，不管是身体壮的，还是身体弱的，全都会一样对待，革命队伍讲的就是公平。

既然来了，得到了一个垦荒者（也称军垦战士）的名义，就不能白得。你就得用汗水，用力气，证明你是个好的劳动力，是个能战天斗地的好同志。

梅子明白，登上西去的火车时就已经明白。

明白了，便羡慕起别的女人身体的粗和壮。

从镜子里看自己一张脸，白得如涂了粉，很是恼火。恨不能从锅底抹一把灰，涂遍腮帮额际。

如今说起来很可笑，可当时真愁坏了梅子。

听说用冰雪水洗脸，皮肤会粗糙。每落下一场雪，梅子就跑到门外，端一盆子白雪放到炉子上融化。没有雪，就到大渠里挖一块冰，用那浑黄的水，揉搓头发，擦洗身子。

仿佛是故意和梅子作对，浴过冰雪水的头发，更柔软更光滑，皮肤也更细腻。使得别的女子以为梅子是用这个方法让自己变好看了，回去后纷纷效仿，也用冰雪水洗头洗澡。

梅子只得又改换法子。

西部夏天的骄阳毒得烤裂石头。开荒的人都戴着草帽，梅子却把发的草帽挂在墙上。

别人田间歇息，全往树的凉荫里躲。她却脸朝天，躺在刚犁过的松软的土地上，让火一样的阳光照晒。

皮终于被风和日光揭去了一层，但新换的，反而更白嫩了。

硬晒不黑。

都有些小看梅子，说看她的样子，柔弱娇小，干活肯定不太行。

一直想有个机会，证明给别人看，自已不是个娇小姐。

一次割麦子大会战，雪亮的镰刀扫落时，碰到了小腿肚，顿时皮肉绽开。喷溅的鲜血染红了一只鞋，又打湿了一捆麦子。梅子哼也没有哼一声，更没有掉一滴泪。撕下衬衣的一角，裹住了伤口。

晚上集合开会，队长表扬了梅子。

第一次受表扬，梅子不知有多高兴。

也是这个事以后，大家不再因梅子腰细脸白而小看梅子了。

血没有白流。成立铁姑娘班，公布的光荣榜上写着梅子的名字。

授予旗帜时，全部姑娘列队上台，梅子当然也上了主席台，接受着场部领导的握手祝贺。

还让梅子代表姑娘们表了决心。这也成了梅子一生中最荣耀的时刻，后来确实也再没有过。

那以后，又过了一些年，梅子还是那个梅子，只是少女变成了少妇，姑娘变成了老娘们儿。还有胆子和性格（主要还是她的人生经历），已经和当初的那个梅子完全不一样了。

当然连队也不是连队了，变成了村镇。军垦战士没有了，全成了和农民一样的种田的人。

小镇上第一个私人酒馆，就是梅子开起来的。

起名就叫梅子酒馆。

当时才刚刚改革开放，好多事没有人敢干，也不让干。梅子开酒馆，成了下野地很轰动的事。

那会儿，在小镇的还没有铺上沥青的土路上，经常可以看到梅子骑着三轮车，上面装满了酒馆用的青菜鲜肉酒水以及其他各种物品。

骑车骑得快，带起了风，扯得她的头发乱飘，衣襟也被往后拽，仿佛要故意突出她的脸子和胸脯。

要用劲，大小腿得一块用劲，随着脚踏子的上下变动，圆鼓的屁股不得不有节奏地幅度很大地扭动。

梅子骑三轮车成了一道风景。只要一出现，不管是谁，都会睁大了眼睛去看。

男人们看着骑在三轮车上的她，看了她的前面，又扭过头追着她的后面看。直到看不见了，才继续做自己的事。大多数人什么话也不说，默默地埋着头，但心里的滋味如喝了一口好酒。

自己也是女人的女人，见了梅子也要仔细看。因为一块为了革命理想流过汗，熟识得很。脸对着脸，就笑嘻嘻，说梅子真是会长，越长越水灵了越丰润了。也难怪，刚来时还小，还没有长开（女大十八变，就是指长开了）。

等梅子背过身，走出去好长一段路了，对着那条仍是美妙的背影子，忽地沉下了脸，一口存积了很久的唾沫，被舌尖极脆地弹出，又像是唾沫会溜跑似的，忙一脚上去狠狠地踏住。

牙缝里挤出一句，不要脸。

莫说仅仅是嫉妒，什么事都要有个行为道德规范吧，你要是不遵守，就不能不让别人说，包括骂。做人是要有原则的嘛，并且每个年代的原则都会有些不同。梅子好像也确实有可以让别人骂的方面。

过去的不说了，就拿眼前那个开得正红火的酒馆来说吧。知道梅子是怎么开起来的吗？哼，你还蒙在鼓里呢，现在，听我告诉你吧……

最先想着开酒馆挣钱的并不是梅子，而是几个想尽快致富的男人。他们没有事坐在那儿聊天，说想喝个酒都没有地方去，说要是开个酒馆生意一定会好。正好梅子去井台挑水，从旁边路过，无意中听到了。

刚开始改革开放，都想富起来。男人们不但说了，也去做了。看上了公路边的一个仓库，没有用了，开个酒馆，正合适。仓库是公家的，得镇长同意。还有，这么多年一直过的穷日子，谁的口袋里都没有几个钱。买个日常家用的东西，都要算来算去，哪有钱来开酒馆呢。要开酒馆，也得向公家借钱。

去找镇长。镇长一直受党教育，很忠诚，可脑筋死。文件上没有明确让干的事，决不拍板。听了几个男人的要求，镇长大骂，说让公家帮你们发家致富，是半夜做梦娶媳妇，尽想好事。

几个男人被骂得低了头，不再想开酒馆的事了。

梅子口袋里也没有钱。可她真的是想开这个酒馆了。因为她有一个女儿，这个女儿在南方上学，一直很需要钱。想让女儿更有出息，还需要更多的钱。给女儿说了，一定要考上大学，学费多少不用管。

那天，梅子和往常一样去挑水，但在挑水时，想到了一些往常没有想到的事。

把水挑到家里后，放下了水桶。她走出了门，走向了场部。准确点说，是直直奔向镇长的那间办公室。

两个小时后，梅子拿到了开酒馆的营业执照，并且还从公家那里借到了两万元的消息，就传遍了小镇的每个角落。

许多人不信，跑来问梅子。

梅子点了点头。

够了，这已足够说明问题了，不需要再多问什么了。

几个男人辛苦奔波数日没有得到的东西，一个女人两个小时就全部拿到手了。凭什么？她没有一点所谓的后门和社会关系，新疆她连一个远房亲戚都没有，也没有提什么贵重的礼品（许多人亲眼见她是空着手走进办公室的）。她什么也没有，有的就是她的脸和屁股。况且她原本就是一个名声不好的女人。这可不是瞎说，是有事实根据的（后面会说到）。

任何一个稍有想象力的人，都不难从中找到原因，并且还很容易就设想出了大致相同的情节。

梅子不聋，散发着臭味的流言灌进耳朵里。梅子不哑，可她没有对任何一个人分辩半句。她知道，如果她把那天办理开酒馆手续的过程说出来，在这个小镇上，是不会有一个人相信的。

他们不会相信事情的过程会是那样简单，简单到枯燥无味。

反正说了也没有人信。梅子便不说。

那天梅子直接去了镇长办公室。

看见门是虚掩的。敲了两下，不等里面有人回话，便推开了。

镇长正在丢盹，光脑袋一点一点的。

故意把门使劲关，碰出的响声把镇长惊醒了。

看到了梅子，惊醒的镇长一下子站了起来。

梅子却平静地在桌前的木椅上坐下。对镇长说，你坐下吧。

听到梅子说让他坐下，镇长才坐下了，好像是个很听话的孩子。可坐下来的镇长，脸上的表情并没有跟着放松下来。

实际上这位镇长已五十出头了，也出入过炮火纷飞的战场，光死人的样子也不知见过多少种了。按说这样的场合是没有道理慌乱的，一个女人怎么也不会比一个敌人更可怕吧，况且这个女人还是他的部下。

对着梅子竟一时找不到话说，因为他还没有猜出梅子的来意。

倒像是梅子的位置比他还高，是他的领导，说话的语调也显得沉着威严。

我要开一个酒馆。

开酒馆？

就在镇上开，有人向你提出过，那个路边的仓库，是闲着的。

可我没批。

这我知道。

你还是回南方吧，只要你同意，我们负责联系安排。

这个问题我早回答过了。

再商量商量。

还是商量开酒馆的事吧。

你看，别人开，我没有让开，再让你开……

这么说，你也是打算不让我开了？

我想，是不是等政策更明朗一些。

梅子不再说话，站起来要走。

不再说话，可比说了话还厉害。这个话，没有声音，可镇长听得见。

行行，我批，我批，不让别人开，让你开。

梅子又坐了下来，拿出了报告，让他在上面签字。

他拿过了桌子上的蘸水笔，手有些抖。

那个空着的仓库，让我来用。

行，让你用。

我还需要贷款。还要问公家借点钱。

借多少？

一万吧。

这么多呀？

我算过，得这么多。

行，借给你。

又接着往下写。梅子的目光触到他那光秃秃的脑门，发现上面结了一粒粒汗珠，便不由得皱了皱眉，把脸转向窗户。

窗子半开着，红色的窗帘被风吹得飘飘摇摇。

接过签过字做了批示的报告，梅子飞快地扫了一眼后，便起身拉开门走了出去。

连声谢谢都没有说。

砰的一声脆响，门在身后迅速而坚决地隔绝了送她的目光。

镇长像挨了一击，身子随着靠椅往后仰，不过没有摔倒，只是椅子靠背的尖角在石灰墙上划出了一道深深的印子。

手在光脑门上抹了一下，抹下了一把汗。

要理解上面这个场景，寻出简单背后的复杂，也难，也不难。

其实在门哗地一下推开直到又砰地一下关上，无论是来了又离去的梅子，还是一直坐在椅子里的镇长，都想到了同一件事。

她和他都不愿去想，可没有办法，不愿想本身就已经在想了。

看起来是完全不同的两件事。并且相隔已有十几年了，但两人都明白，之所以刚刚进行的这件事能顺利结束，在很大程度上依赖于另一件记忆里的事。尽管谁也不曾提半个字，甚至连一个神秘的暗示都没有。

这里边分明是藏着什么秘密。

是的，藏在心里的，不能看到也不能听到。失去了判断的真实依据，人们只能按常情常理解释，问题是生活里充满了许许多多意想不到的东西。

比如那个夏夜，谁也不会想象到在快要破晓的荒野里会发生这样的一幕……

队长，现在的镇长就是原来的队长，一个对工作很负责任的干部。

队长有个习惯。醒得早了，干脆起床。拿上手电筒到地里转转，既可了解庄稼生长的情况，又可以检查一下上夜班的农工，如喂马的、看场的、耕地的、浇水的……看看他们中是不是有人擅离职守偷睡懒觉不好好干活。

于是，这天早上，他穿过了还在静悄悄酣睡的农场的营地，往正在灌浆的小麦条田走去。

说真的，他忘了新成立的铁姑娘班的丫头子也干起了过去只有男人才干的浇水的活。并且像男人一样也上夜班，加了个“铁”字就该比男人还能干。

他更没有想到此时顺着水渠流向麦田里的水，正由一个叫梅子的南方姑娘管理着。具体安排谁来浇水是由班排长负责的，用不着队长管。

他迈着平常惯有的步子，一只手把握着的一个淡黄色的光柱，在他身前身后无规则地晃动着。

看到一道毛渠垮了口子，一股水正悄悄地跑进荒地，他心疼起来了。

为了把天山上的雪水引过来，曾有多少人被累垮累病，还有人甚至流了血付出了生命的代价。他手下就有两个人，一个被塌方的冻土块砸伤，一个被砸死。

他喊了两声，没有人回应，就更火了，决心找到这个浇水的。他知道这个家伙一定在偷睡懒觉。

于是，电筒射出来的光柱就有了明确的目的。边四下照，边大声喊，人呢？人呢？

梅子本是很灵醒的。因为初次浇水没有啥经验，扛了个大坎土曼东掘西挖，这里堵缺口，那里放闸门，几乎一夜没有停闲过。

再铁，再想干好，也是姑娘啊，到了天快亮时，终于熬不住了。

想着只是坐下歇一会，结果屁股一挨地，身子就歪倒了，脑袋直接枕到了田埂上。

睡得太沉了，完全像死了过去一样。所以队长的两声喊叫，一点儿也没有听到。

电筒的光柱经过一会儿摸索，终于照到了她。

队长本来是想先上去踢一脚的，右脚都抬起来了，正好这时光柱落到了梅子睡熟的脸上。

队长一下子愣住了。右脚不但没有踢出去，连准备骂出口的一句脏话也咽进了肚里。

梅子由于干活干得太猛了，淌下了许多汗。不想受闷热的罪，就把已经很单薄的衬衣的扣子全解开了，想着透透风凉再系上，反正是夜里，四周也没有别的人，可还没有来得及再系上，就睡着了。

不巧的是那侧睡的姿态，又偏偏使那鼓圆的雪白的乳房完全地暴露在了手电的光照里了。

四周是漆黑的，没有一点动静，似乎世界上什么也没有了，只有一个刚长开了，长圆了，长大了，像花蕾开放了一样的胸脯。

才刚四十出头的队长，霎时间热血便涌上了头脑。整个人昏了，晕了，完全失去了控制。

人一失去了控制，就有点不像个人了。队长变成了一只狼，一只饿狼。他这会儿看梅子，就像是看到了一只绵羊。

他一点办法都没有，除了扑过去，只能还是扑过去。

粗野的动作撞醒了梅子。她几乎是在昏昏沉沉的状态中推挡着躲闪着。

寂静中不时响起棉布刺耳的撕裂声。

说真的，最初她并不完全明白发生了什么，只是本能地拼命抗拒着。

待她清醒过来了，已经没有力气了。尽管身体还在扭动，但几乎完全地被队长压在了身子底下。

天微微有些亮了。

一张宽大的脸急促地喷着热气凑到了她的脸上，梅子的眼睛一下子睁大了，不能相信地朝上望着，试图摆脱压迫的双腿也同时停止了反抗。

队长。

她拼着力气喊了一声，尖厉带些嘶哑显得十分凄惨。

宁静即刻被划得破碎，随即又哇的一声爆发出号叫般的痛哭。

这喊声和哭声已不单是因为面临的侮辱而发出（在听队长讲英雄故事时，她的眼睛睁得好大，连眨一下都不肯。她在日记本上写下了“队长是我最佩服最崇敬的人”的话）。

大约是这尖厉的哭声和叫喊声，刺进了他的心，也许还有另外别的什么原因，反正就在梅子不再反抗他完全可以为所欲为的时候，他后退了，像害怕死亡的胆小鬼，面对着梅子他不断地后退着，险些被一道土埂绊倒。

而梅子腾地一下跃起，连看也没有看他一眼，捂着脸，转过身向荒野深处逃去。

不能遮掩住身体的碎布条飘动着，一会儿，苍白而且湿沉的雾便把她吞没了。又过了一会儿，连她的一息哭声也听不见了。

队长低着头站在那里，像个泥胎。

手电筒扔在脚旁的野草丛里，电门还开着，光团昏暗。

这件事梅子只对一个男人讲过，他的名字叫黄成。

梅子也曾想对另一个男人讲一讲，但她发现这并不是一个只要听听便肯罢休的男人，他没准会惹下什么大乱子，使已经糟了的事情更糟。于是有好几次话到了嘴边又咽了回去。

想把这件事告诉而又没有告诉的那个男人，是一个牧民，也是个猎人。

他的名字叫恰可拜。

和许多小镇上的人不同，恰可拜不是从外地来的，他已经不知道他的家族在这里生活了多少辈了。他们有着和内地人不一样的长相，还说着不一样的语言，属于阿尔泰语系突厥语族。但这不影响他们与许多内地的移民在一块土地上生活，并且有了密切的交往，结成了很深的感情。他与梅子的故事也许就是一个小小的证明。

每每太阳从西边斜斜地照着酒馆，在白墙上淡淡抹下柔和的橘红色时，远处的地平线，就会以荒野为背景，由模糊而渐渐清晰，如电影慢镜头一样会慢慢推出一个人和一只狗。

狗有时跑在前头有时又落在后面，有时还毫无道理地离开主人钻到灌木丛里转一圈，再急匆匆奔回来。

不管狗如何，人的脚步绝不乱，始终保持着不变的节奏，一步步踏在没有路的野地上。由于土质有硬有软，留下的皮靴子的印迹就有深有浅。

这个人就是恰可拜。

他没有戴帽子，头发粗但不长，所以是乱乱地盘缠竖立在头顶上。鬓角处几绺自然地弯出了几个小卷。

脸色黑里透着亮，一看就是太阳烤晒的结果。

眼睛浅蓝色的，像晴朗的天空一样，没有飘荡的乌云。

服饰上，除了脚上的皮靴和腰间的匕首外，其他装扮和西部汉人没什么不同。

梅子酒馆开起来后，他差不多每天都会去酒馆坐一会，也会帮着做些可以做的事。

只要是恰可拜朝酒馆走过来，这时正在酒馆内忙碌的梅子不管手中干着什么活，都会蓦地一下仰起脸，让目光穿过厚厚的墙壁，看着恰可拜一步步走近。

为了证明这不是幻视，她会凝神仄起耳朵去聆听。

果然有踢踏踢踏的脚步声从地面上传递过来。

好有力的声响，她感到小酒馆的房屋微微晃动了起来。

究竟是什么让梅子在恰可拜离酒馆还有几百米时（屋里别的人没有一个可以听到他的脚步声），就准确地知道了恰可拜又来了，连梅子自己也说不清。

这时正在忙碌的梅子不管手里正干着什么活，都会搁到一边。

拿起抹布把墙角的一张桌子擦拭干净，端上一盘切得极薄的牛肉和一碟油炸的花生米，再放上一杯伊犁大曲牌的烧酒和茶杯。他每回就喝这么些，绝不再多也绝不再少。

待一切刚刚准备好，梅子回过身，正好看见恰可拜掀开门帘走进来。

他们并不多说什么，一般连一句话也不说。恰可拜会把带来的野鸡野兔或别的野味递给梅子，梅子也不会客气地说什么，只是伸手接过来，放到一个合适的地方。

往往是梅子对他浅浅一笑，算是打了招呼，而他则是微微一点头，算是回应。人与人之间太熟悉了，就不会说什么客气话了，有什么客套的举止了。

两人错身而过，梅子总是闻到一股从荒野上带来的青草的新鲜气息，他自然也会闻到另外一种荒野上没有的香味。梅子回到厨房或者去招呼另外的客人，他便坐下喝酒。

只是猎狗不老实，在恰可拜脚旁卧一会，就站起身凑近梅子，用头蹭蹭梅子的脚或者用舌尖舔舔梅子的手。这时梅子会把一块新鲜的牛羊肉扔给它。它只吃梅子给的肉，对那些顾客随手扔来的骨头从来不去理睬。

他坐在墙角，那是一个容易被目光和灯光忽略的位置。但那又是一个一眼就能把酒馆动静尽收眼底的位置。

慢腾腾地拈一粒花生或一片牛肉扔进嘴里，不慌不忙地嚼着，吞下去后再端起酒杯用双唇啜一小口，似乎有些拘谨还有些小心。

放下酒杯后，难免打量一下那些正在大吃大喝的过客。脸上似有似无现出的神情，仿佛心已离开酒馆，正在一个极遥远的荒凉的地方漫游。

一群刚刚钻完了一口勘探井的男人从沙漠深处走了出来。

远远看见了梅子酒馆便欢呼起来。

载着井架以及各种装备的大型特种车在梅子酒馆前面停下。

门不是被推开而是被撞开的。

他们带着沙漠的燥热拥进酒馆，立刻改换了里面的空气。小酒馆里温度急剧升高，仿佛划一根火柴，就会烧起一场大火。

一个留着长发的大胡子青年，走到正在播送着新疆民歌的录音机前，咔地一下关住，换上了自己的一盘磁带，并且把音量开到了最大，顿时桌面都颤动起来。

狂热的迪斯科摇滚舞曲用狂乱的节奏和声响，把某种被压抑的欲望淋漓尽致地发泄了出来。

他们发出噢噢的尖叫，从口袋往外掏着钞票，让梅子上最好的酒和菜。

梅子先端上酒。

又端上菜。

让梅子倒酒。梅子就挨着把每个碗斟满，他们喝酒像喝白开水一样，仰起脖子咕咚咕咚地一口气干完。

倒完了酒，梅子刚要离去，手被扯住了。大胡子青年要梅子陪着他跳舞。

梅子说不会。挣脱出被握住的手，往厨房走。

别走，跳一圈十五元，老子想乐乐。

回过头，看了大胡子青年一眼，觉得他的样子和话语挺滑稽，不由得从嘴角透出一丝笑意。

见梅子笑了，以为她是欣然同意了，忙伸出双臂做出跳舞的姿势。

但梅子收起了笑，转过身去，给了他一个冷冷的后背。

大胡子青年被梅子这样对待，自尊心大遭伤害。

一时火气冲至脑门，竟不顾是在光天化日之下，两步并成一步跨上前，从后面抱住了梅子的腰。

一张喷着酒臭气的嘴顺着梅子后脖颈，粗鲁地凑向那白净光滑的脸颊。

差一点就要触到的时候，小胡子的额头像是突然撞到了一块坚硬的岩石，只觉得头晕目眩眼冒金星，连着向后退，一屁股蹾在地上。

惹出一片大笑。

睁开眼，看到一条大汉立在眼前。

大汉像打量一只死兽一样，毫无表情地看着他。

他涨红了脸，一跃而起，号叫着冲上来。

又像是碰撞了一块黑色的巨石，还是碰在了脸上。有点惨，鼻子流出血来。

他蹲在地上捂住了脸。

伙伴们不笑了，全站了起来，朝大汉围过来。

恰可拜扫了他们一眼，还像是看死兽，同时，随便地拍了拍手掌，像是要把上面的灰拍掉。

猎狗从恰可拜叉开的两腿间钻出来，朝着那些围过来的男人，伸出了血红的舌头，露出了两排嚼碎过黑熊骨头的锋利牙齿。

他们不得不停下了脚步，望着这只不知有多么厉害的狗（样子简直和狼没有区别）。

梅子这时从恰可拜身后站出来，脸上依旧是挂着淡淡的笑。

恰可拜回到墙角那张桌子旁，转过身时他们看见了他腰间的刀。像是什么事也没有发生过，他慢慢地举起了斟满了酒的茶杯。

类似的冲突还发生过几次，起因结果都大致相同。渐渐地大家就明白了一些道理。这酒馆虽是一个女人开的，却也是不能随便胡来的。语言可以放肆一点，但行为必须限制在一个范围里，不允许有丝毫的超越。

懂得了这些，一些人再到酒馆，自然就有了规矩。特别是看见墙角坐着的那个模样凶野的男人，更是只能在心里有些放肆，行为和言语上不敢有什么造次。

尽管对恰可拜有万般的嫉恨，但不敢有一点的流露，更不要说故意向他挑衅了（没办法，欺软怕硬是多数人的本能）。

只能在离开酒馆后，凭借自己的经验，编造着极肮脏的异族男人和南方女人的风流故事，既解了心头之恨，又得到一点无聊心理的满足。

其实他们对恰可拜恶毒糟践时，心里头不知对他充满了多少羡慕。也会对自己说，我要是有这么个相好，我也会像他一样护着。

下野地四下都流传着一种说法，说梅子酒馆的女老板，有一个情夫，是个荒野上的猎手，厉害得很，谁也不敢惹。不光打架厉害，在床上也很厉害（这一点，看他的样子也能看出来）。

是情夫，光听人说。很粗壮，很凶恶，没人敢惹，却是亲眼见。

对这个风流故事，至今只有偶尔过往的路人才会觉得新鲜有趣。小镇的人要是听到了，会说这是个老故事，听过不知多少遍了，用不着再听了。

多年前（动乱还没有结束），当消失了一年多的梅子再次出现在小镇上时，就有了这个故事。

那是一个平常的中午，太阳毒毒地烘晒着。人们不得不在树荫里吃饭，吃罢饭就铺一张芦苇席子在树荫里歇息。

看。

先是一个爬到了树上的少年喊叫起来。接着大人们因为想知道发生了什么，就坐了起来，或者站了起来往少年指的方向看。

白花花的阳光水浪似的乱闪，虚虚地过一会才能把想看的看清。

待看清了，就不能再躺下睡了，竟连太阳晒也不怕了，离开了树荫站到了路边。

许多人听到了动静也从屋子里跑了出来。

路两边挤满了人，形成了农场小镇难得的一次人群夹道迎接的场面。

真是梅子，从她失踪后，小镇上关于她的各种流言，一直没有停止过。

可现在，丢了的梅子又回来了。联系到那些流言，大家不能不关注她的现身。

梅子坐在马鞍上，身上穿了件男式军装，头发没有梳成小辫，散开着随风飘扬，脸还是那样白，似乎瘦了点，但显得很精神。表情上，看不出有什么悲伤，相反却给人一种坚定，似乎还有些骄傲的感觉。

看来她没有遭什么罪，传说她被人抢了，被人害了，被人杀了，还说她跟人私奔了。

天啊，她身后还坐着一个男人，相貌好凶啊，可身材魁梧极了。

梅子骑在马上能稳稳当当的，全仗着他的扶持。

可不，梅子是紧紧靠着他的。

啊，她的肚子好像有些鼓起了，难道说她已经怀上孩子了？

他戴了一顶草帽，檐子低低压在眉上。

没错，不是个汉人。

瞧，他肩上还挎了一支枪，枪身闪着一明一灭的光亮。

是个打猎的。没错，身后还有一条猎狗跟着呢。

就在他们还骑在马上，马蹄扬起的干燥的尘灰还在飞扬的时候，一个几乎谁都不能不信的故事基本完成了，并且开始从一个人的嘴巴传向了另一个人……

正在田埂上走，一匹马从浓雾里飞奔而来，没等梅子明白过来，只觉一阵旋风刮过，便被一条粗壮的胳膊拦腰抱起……

后来，马在深深的胡杨林里站住，浑身蒸笼一般冒着热气。梅子吓呆了，被拖进了屋里……

后来，把她放到床上，他就要脱她的衣服，梅子拼着全身力气反抗着……

后来，梅子没有力气了，昏了过去……

后来，梅子就被脱得一丝不挂了……

后来，那男人说了好多好话，打回了黄羊烤熟了炖熟了，喂梅子吃……

后来，梅子发现这个男人并不坏，而且他是那样的健壮……

后来，梅子也就很情愿地和他睡觉了……

自然，女人和男人愿意睡觉了，就会怀上男人的孩子了，肚子就会隆起……

日常的生活实在是太枯燥了，有这样一个故事说一说，听一听，没什么不好（真假不用去计较了）。所以它就在小镇流传了相当长一段日子，真正做到了家家都知道，人人都晓得。

那天，梅子和恰可拜骑着马一块出现在小镇上，好多人都看到了（只要是看到的人，一直会记着那个场景）。

一男一女一马一狗，迎着燃烧的阳光和一片猜疑的目光，沿着小镇最宽的一条土路默默地移动着。

他们像是没有看见两边比树还要密集的人群一样，脸正正地朝着前面。好像站在路两边的真的全都是树，而不是人。

离小镇最高大的那座房子（一个两层小楼的农场办公机关）越来越近了。

但在马蹄叩响房子前砖铺的地面前，沿着人们翻动的大小厚薄不同的嘴唇，传递的那个像真的一样的故事已破门先入了。

没等听完，镇长就一下子站起来，冲到窗口，隔着玻璃，他看见了驮着一男一女的一匹马正不慌不忙朝着他这个方向走过来。

他呆住了。

一个月前，他从队长变成了镇长，他正沉醉在升官的喜悦中。

可是这一会儿，喜悦没有了，变成了紧张和害怕。他连屁股下的凳子还没有坐热乎，他的好日子就似乎要结束了。

关于梅子消失的真相只有他知道。他起初认为她是自杀了，并且有点希望她已不在这个世界上，这样有一个秘密也会随着死去，不再被人知道。但到了晚上一闭上眼，就看见一个披头散发的女鬼来挖他的心肝。本来他就迷信，相信善恶总有报应。如果她死了，自己就会又加一重罪，到时候他偿还不完还要子孙来偿还。这样一想他又希望她不要死。可她不死，她给别人讲或者去上级那里告他的状，他又该怎么办呢。不说干部当不成了，很有可能还会坐大牢（强奸未遂也一样可以判刑）。这些剧烈的内心活动，使他很快地消瘦了，头顶的毛发也每日一撮撮地脱落。

马站住了。

男人用两只手托着梅子的腰，把她轻轻从马背上抱到地上。

他弯腰时，那闪动着幽蓝光亮的猎枪，很刺眼。惊醒了还在发呆的镇长（当时还是生产连队的队长）。

肯定是来复仇的，这个女人知道自己身单力薄，找了个强壮的男人当帮手。绝不会有错。镇长几乎没有再思索，转身离开窗口，冲向自己的办公桌，拉开抽屉，取出一支手枪，压上子弹打开机头。动作之熟练和迅速，是在一眨眼间完成的（不愧是个参加过解放战争的老兵）。

握枪的一只手连同枪一起放在半开的抽屉里。对面的人只能看到他的胳膊，不会发现他正握着一把枪。

心怦怦乱跳（打过那么多仗还没有这么慌乱过）。

吱的一声响，门开了。

梅子走了进来。带入一片金属般的阳光。强烈的光立即显出了屋内空气里纷乱的灰尘颗粒。

注视她的背后，越过她窄小的肩头，等待着。捏枪的手出汗了。

给我一间房子。梅子说。

他好像没有听到。

农场里的单身男女只能住在集体宿舍里，只有结了婚才会给分配公房。

给我一间房子。梅子又说。

他没有听清，看了她一眼后仍然注意着门口。

给我一间房子。梅子又重复了一遍。

他听见了，可没有回答，脸上的肌肉仍在紧张地抽搐。

我有孩子了。

梅子拍了拍微微有点隆起的肚子，一个字一个字咬着对他说。

握枪的手松开了。

想开口问问门口那个挎枪的男人是怎么回事，可没有这个勇气。对他来说，只要能快让梅子从眼前离开怎么都行。因为脸颊那块抽搐的肌肉总也不停，把他的心拽得难受极了。

给你一间房子。他对她说。

听到了这句话，梅子转过身走出了门。

一会儿门口又响起了嘚嘚的马蹄声。

关上半开的抽屉，他知道，他没有事了，或者说暂时没有事了。看梅子的样子，她似乎并不想让别人知道那天早上在麦地里发生的事，也是的嘛，又不是什么有面子的事，说出去，对她也没有一点好处，她为什么要说呢。

除了梅子，全镇只有一个人知道那个带有传奇色彩的风流故事是瞎胡编的。可他一点也不想阻止它的流传，更不愿用真正的细节去纠正（甚至希望它就是真的）。

其实，就是他也不知道事情的全部真相。因为梅子消失在白雾里以后的一年多里，究竟发生了什么他也弄不清楚。他也不得不根据那个传说的故事版本提出自己的疑问。

肚子里的孩子是谁的？如果是那个猎人的，他们又是怎样认识的？并且怎么有了不同寻常的关系？既然已有了孩子，为什么两个人还不结婚（虽是不同民族，但在西部，汉族女孩子嫁给别的民族的男人，并不算什么稀罕的事）？是什么妨碍了他们？

按说，他有这个权利也有这个责任把梅子叫来问问，必要时也可以问问那个猎手。可他没有。甚至有些干部向他请示，是不是要去管管梅子（因为她还没有结婚就要生孩子了，这可不是一般的错误。并且和一个异族男人关系不清不白，在群众中造成了很坏的影响），也被他坚决地阻止了。他的原则是和梅子尽量减少来往，最好是一点来往都没有，更不要说去主动惹她了，惹不好，她万一把那个夏夜的事扯出来他就完蛋了。

可以说，为了保护自己，而不得不去保护她。这让梅子就算是没有结婚就有了孩子，也没有受到什么组织上的追究。在这个社会，只要组织上不去追究，就不会有太大的麻烦。

有了自己的一间小屋。梅子在里面生了一个孩子。是个女孩。

那天，女孩嘹亮的啼哭声传遍了小镇每个角落。

人们都仄起耳朵听，听了一会又口溅白沫地交头接耳窃窃私语（一个女人还没有结婚就生了孩子是件很有说头的事）。

只是远远地看着那间孤独的小房子，没有人走进去。不知人们是怕什么，或者说是嫌什么。那个有枪的男人看起来真的有点凶恶，很像传说中的土匪和强盗。

那段日子，可以经常看见一匹马在荒野和小镇（准确说是梅子的小屋）之间跑来又跑走。

马停下来以后，会拴在门口一棵白杨上。马上的人会先从马背上跳下来，再从马鞍子上取下鼓鼓囊囊的布袋子。

里面装的是红糖、野山鸡和鱼还有一壶刚挤的鲜羊奶或鲜牛奶。

没有谁觉得怪，这更证明了大家的猜测不是没有根据的（谁的女人和孩子谁心疼呀）。

几乎每天都要来一趟，多是早晨太阳升起时，人们就可以听到马蹄响，看到他出现在小镇上。

而什么时候离开就说不上了，这要看他在梅子屋里待多长时间了。不过，不管待多久，也不会待到天黑，最晚到了太阳快落山时，他肯定会骑马离开，奔向荒野深处，消失在远方柔和的暮色里。

过了一些日子，梅子从小屋里走出来，面色和体态得了滋养，竟越发好看了。

脸上闪着做了母亲的幸福光彩，像有意炫耀似的在暖和的时分抱了孩子出来晒太阳。

见了熟识的女人路过，竟也极从容地报以淡淡的微笑。

女人便凑近了，看那躺在她怀里裹在黄色斗篷里的孩子。把那小小的脸盘包括眼睛鼻子嘴巴眉毛都一一仔细地看。

看过了，嘴里连连地念叨着，好看好看，长大一定俊俏。心里却想着另外一个问题。

都觉得怪。怎么会没有一点点地方像那个骑马挎枪的男人（他的头发有点卷曲，眼窝子有些深，鼻子却很高，还带一点点的鹰钩）。

一块来的女青年，多数都变成了老娘们。不过，人家成了老娘们儿，都有一个大家知道的丈夫为前提。梅子成了娘们儿,大家却不知道梅子的丈夫是谁。

起先都以为是那个骑马的猎人，可出生的孩子长相证明了这是个错误的猜测。但如果不是他，又会是谁呢？大家不能不更加好奇了。

一块从内地来的女伴忍不住跑来问她。

孩子她爸是谁？

是个男人。

他在哪里呀？

快回来了。

你们结婚了吗？

没结婚这孩子从哪儿来。

领结婚证了？

没领。

没领怎么算结婚？

我们举行过仪式。

这么说，你在等他？

当然了，丈夫出门了，老婆能不等吗？

回答得干脆利索（早知道会有人怎么问，也早想好了怎么去回答）。

只是梅子的回答也等于没有回答（这个世界上许多发生了的事情不能说，

而许多说着的事情实际上并不存在）。

说了什么其实并不重要，重要的是做了什么和正在做什么。

知道了梅子是有丈夫的，只是在另一个地方，干什么的不太知道，可都知道很快就要回来了。

于是都在等着她丈夫回来。并且大家在一起不止一次地说到这个事。不是为梅子着急，也不是为梅子担心。而是在猜想，那个真正的丈夫如果回来了，会和那个骑马的男人之间发生什么事。并且都认定，不管会发生什么事，一定会是个很有意思的事。

这个猜想让大家也和梅子一样天天在盼着一个男人的出现。

谁都没有想到这个等待会这么久，包括梅子。

女儿会跑了，会说话了，会自己捧着碗吃饭了。梅子才又下地干活了。

这以后，梅子以孩子太小，要养孩子为理由，总是不好好下地干活。别人也没有办法，因为干部不管，别人也就没法管了。再说了，干活又不是给哪个人干的，是给公家干的。公家不管，愿意给她发工资，别人也就不想瞎操心了。

不好好干活，三天打鱼，两天晒网。在大家眼里，梅子不但作风不好，工作也不好，是个骚女人，是个落后分子。工资虽然没有少给，可是到了年底，要评先进了，却不会有她的份。

再后来，女儿上学了。嫌农场的教学质量不太好，梅子把女儿送回了南方老家。

不用在女儿身上投入那么多时间和精力了，梅子还是不肯把心思用在干活上。老是和那个长相怪异像个强盗的男人骑着马去荒野上，不知去干什么。

什么不知道呀，想也想得出来呀，一男一女，都那么年轻力壮，到了别人看不见的地方，还能干什么呀。

不过，也有人说，梅子一个人住一间房子，真要干什么，也用不着跑到戈壁滩上去呀。

算了，管人家干啥，干部都不管，咱们管她干啥。女人只要不要脸皮了，反正是什么事都能干得出来的。

大返城。结了婚的（政策规定嫁给了当地男人的女支边青年不能回城，特别是嫁给了当地男子的南方姑娘后悔得一个劲跺脚），全羡慕起了梅子，说她原来是早有远见。

不解释。

不少女人（支边青年和知识青年），扔了丈夫甚至是孩子跑回了城市。

梅子无牵无挂（至少表面看是这样），却还是留在了那间孤单的小土屋里。

她似乎是最该回南方的，也是最有条件的。因为她没有丈夫（到了这会儿已经没有人相信她说的等丈夫归来的话了）。

一直到开了酒馆，梅子也没有回南方故乡的打算。真是让人想不明白。看来，要么是梅子的脑子有了毛病，要么就是这里面还藏着一个谁也不知道的秘密。

酒馆并不是日日都敞开着门。门上挂锁的日子也并不固定。然而到了这一天，应该是六月的某一日，不管出现了什么情况，梅子都会把门关上，去做一件事。

这一天，一大早，恰可拜会骑一匹马再牵一匹备好鞍子的马，来到酒馆门前。

早做好了准备的梅子从屋里走出来，穿着一双平时不穿的黑色女式马靴（显得比平时高了一点），踩着铁镫双手扳着鞍鞒用力一跃，跨到马脊背上拽住了勒着马嘴巴的缰绳。

这时的梅子要比系着白围裙在酒馆忙碌的梅子更迷人。

转过脸朝着正在上升的太阳凝望。

在一片灿烂的光色里，她的姿态像梦一样虚幻。一缕头发被风吹得从耳际飘到嘴角，她干脆轻轻地咬住。而后脚后跟抚摸般碰了一下马肚子，马便迈开了四蹄。

马蹄踏在青草上沙土上没有声息。

这时的梅子觉得自己离开现实很远很远，正穿行在往事的画廊。并且全是非常逼真的油画，一幅又一幅连接起来好长好长。

而每一幅又都是值得看了再看的。

恰可拜和猎狗跟在后边（离她有五六十米）。他知道她现在正独自待在她的联想里，不喜欢被打扰。

而这时的梅子会想到什么，有些他知道，有些他并不知道。他从不向梅子打听她的过去。但如果梅子说给他听，他也不拒绝，他会很认真地听，并会永远记住。

从很小时起恰可拜就记住了老人的一句话：别人不想说的，别逼着人说；别人对你说的，不要像风一样让它从耳边溜过。

走到太阳升到半空，梅子勒住了马。马前面是一条深沟，也叫干沟。

干沟是雪山下来的洪水长期冲刷而成，戈壁滩上有许多条这样的干沟。

洪水过后会在沟底形成一个连着一个的大水坑大沼泽。

从很深的淤泥长出的芦苇又粗又高又密，像墙一样围绕着水坑，挡住了风，挡住了黄沙，让水变得很清很平。清得像镜子，平得也像镜子，天上飞过一只小鸟也能照出影子。

第一次见到，梅子好喜欢，觉得它是个天然的大澡盆（自从到了农场她没有全身泡在水里痛快地洗过身子），恨不得立刻跳进去洗个痛快。可身边的老兵们拉住了她，说你不想要命了吗。

于是她就听到了一个故事。

垦荒最初的日子，有两个战士见了这大水盆，以为是同南方的湖北方的河一样，便欢笑着跳了进去。水深才到腰间，可淤泥又稀又黏谁也不知有多厚，很快就让他们陷了进去。他们越挣扎下沉得越快。很快，两个鲜活年轻的生命就这样从泥沼中消失了。

梅子一听，吓坏了。再看那泥沼，一会儿鼓起一个泡，叭一响又破了，像是泥水里藏了个什么鬼怪，正在阴险地呼着气。

那以后她不再接近这干沟里的芦苇泥沼。

谁能想到那个大雾弥漫的早晨，她从正在灌浆的麦田里逃出后，并没有想到往哪里跑，完全是本能驱使着，让她只想快快从一种恐惧里逃出来。

当她不知跑了多久，猛一下刹住了脚，把捂着脸的手放开时，看到了前面黑乎乎的芦苇泥沼。

她忽然不再害怕了，明白了她跑到这里绝不是偶然的巧合，完全是老天的安排。

不错，没有失去所谓处女的贞洁，只不过是衣服被撕破了。可这又算什么，只要把破衣服一脱换上一身新衣服（反正换衣服是常事），梅子还不是和过去一样，完全可以像什么事情都没有发生一样。

可是梅子的内心呢？能像换衣服一样，把破衣服换掉，也把那看不见的被撕碎的东西换掉吗（有时心灵遭到伤害比肉体遭到伤害更难以愈合，更具有毁灭性）？

活着不能没有信念和理想，但它们一下子消失了，让梅子怎么也找不到它们了。

心里头的血液不再流动，像冬天的河一样结了厚厚的冰。信念一旦崩溃，生命就像纸灰一样没有了分量，实在感觉不到还有什么珍惜的必要。不如轻轻快快交给随便吹来的一股风吧。

想着想着，不知不觉已经步入泥沼中。

整个身体开始往下沉。乌黑的淤泥沿白皙的小腿肚子往上翻涌，一种畅快的凉意渗进毛孔向全身扩散。

她不由得闭上了眼睛。像是要尽情品尝什么滋味似的，脸上显出了异常安宁的神色。

淤泥翻出水面，一片清净的水面马上被污染了，变得浑浊不堪。那种腐烂的臭味也随之浓烈起来。她感到一阵阵恶心，想把心里的什么东西呕吐出来。可又没有这种力气，胸口也越堵越厉害……

不愿再想了，回过头，看见恰可拜也勒住马了。

见她回过头，他策马走过来，走到她身边，和她一齐望着沟底翻滚着的芦苇的绿浪。

都不说话。

这会儿没有雾，可那天雾很大。

他（不是恰可拜，是另一个男人）看见梅子时，梅子只有一个脑袋还露在水面，她的长发已像水藻一样浸在水中。他用身体压倒了一片芦苇铺出一条不会沉陷的道，把梅子从泥里往外拖时，他几乎用完了全身的劲。要知道他也两天没有吃东西了。

在芦苇草上歇了一会，他又开始拖梅子。他没有劲抱起她也没有劲背起她，只能拖着她的胳膊在沼泽地上爬行。

只有几十米宽的沼泽地爬了有一个多小时。

终于到了沟边，梅子还没有醒过来，他也快昏过去了。

他脱下自己的黄军衣盖在梅子身上后，便也像死了一样软软地躺在一堆虚土上。

太阳升起来，先晒干了梅子的衣服，又晒热了梅子的皮肤，当暖意透到胸脯里后，梅子就醒过来了，睁开了眼睛……

他叫什么名字？恰可拜问。

黄成。

是城里来的？

是的。

不等恰可拜再问，梅子自己就会不停地往下说。

他说他是某个大学的大学生，马上就要毕业时，“文化大革命”爆发了。他成了一个红卫兵，还是个什么勤务员，是个头头。他们的总部大楼被另一派包围了。先是扔石头顶着桌子往上攻，攻不下来就把消防队的救火车开来了，高压水龙头往上喷，全是汽油。楼烧起来了，好多人被烧死了，还有些人从楼上跳下去，被摔死了。他不想死，是从下水道里钻出来的。城里待不住，另一群红卫兵在抓他，他就跑到戈壁滩上来了，一直跑到了下野地的这条干沟里……

边说着，边扯动了缰绳，两匹马并排着顺着沟的边缘行进。

和黄成的故事，这么多年，梅子只讲给恰可拜一个人听了。不知讲过多少遍了，可每次讲起来，都像是第一次说到这个事。讲的人和听的人，都会有一些激动。

每年的这一天，也就是梅子被黄成救起（也是他们相识相爱）的这一天，梅子都要来到这里纪念她的爱情。

不要以为，恰可拜同梅子一起来到这里，只是为了陪着梅子为了保护她。对恰可拜来说，这个地方对他的意义，也一样很重要的（尽管它和爱情没有什么关系）。

大致人们都有这种感受，一件事发生了，非常突然，没有一点先兆，完全出乎预想，使你觉得实属巧合，是偶然机缘的结果。可是过后再把这件事仔细想想，包括最微小的声响和颜色都别忽略，反复地琢磨，反复地推敲，特别是考虑到它产生的效果，你就会越发感到这件事的发生是早就安排好的，无法变更和躲避的。像一条环形链条上的一个节扣，没有它就会断裂。并且随着时间的推移，你的这种感觉就更加强烈，以致使你确信不疑当时只能是那样而绝无别的选择。

比如猎手恰可拜今天回忆起多年前的那件事就是这样的感觉。他不再相信让他进入这个故事并负担起责任的纯是一种偶然的巧合。

很难有一种什么说法能够解释那天他所遇到的事。

的的确确。过去这片地方野兔子四处乱窜，坐到土包上也能随便打到几只。可这天恰可拜却连个兔子尾巴也没碰见。

有点生气的他靠着棵胡杨歇息。没有想到却从前面的芨芨草丛里悄悄钻出一只狐狸。

以为眼花了，揉了揉眼睛。再看果然是只大狐狸。好漂亮的一身毛，像软缎子一样在太阳底下闪烁着。

它也望到了他，却并没有惊恐地逃窜。

他的闷气消散了，抑制住因激动而乱跳的心，慢慢地把猎枪往上抬。

狐狸似乎察觉到了他的用意，不高兴了，转身朝东南方向跑去。

只有笨蛋才会眼看着猎物从手中逃掉呢。恰可拜毫不犹豫地紧紧追了上去。

这只狐狸真狡猾，既不从他的视线里消失，又绝不落入他的枪弹的射程内。这带有明显嘲弄意味的举止惹得他有些火了，他不由得加快了双腿的摆动。

前面一个不高的土坡，狐狸上了坡回头看了一下，便下了坡。

赶忙到了坡上，朝下面的一片开阔地望去，他呆住了。狐狸连影子都没有了，却有一个年轻的男人背了一个口袋在离土坡五十米处朝着他走过来。他低着头，脚步很急。

恰可拜想大声问问他，见到有一只狐狸往哪里跑了吗。可没等话出口，像是从地底下冒出来的，五六个戴红袖章的男人从两旁的红柳丛里跳出来。眨眼间把那低着头的男人按在地上。

等恰可拜刚缓过神，那男人已被绳索横横竖竖捆紧。几只胳膊把他架起来，朝着不远处的路上拖去。

一辆大卡车停在一条土路上（当时还是荒野便道，后来才铺了柏油，成了国家公路，立起了一个个路碑）。

看着几个男人拖着一个男人往路上的车子跟前走，恰可拜没有太当个事。

这样的事那个年月里常发生，恰可拜没有理由去问去管。对他来说，这会儿，他想的还是那只消失的狐狸，他要集中精力捉住这只狐狸。光是一只狐狸的皮，就可以换到五只羊。

就在恰可拜打算转身离开时，那个被捆着的男人突然转过脸，让他看到了一张他再也无法忘记的清秀但倔强的脸。

没有想到转过了脸的男人，不但是想让他记住他的长相，更想让恰可拜记住他的话。他听到那个男人朝着他大声喊着，兄弟，请帮个忙，到干沟去，把这些吃的，带给我的女人。你还要告诉她，说我一定会回来，让她等着我，一定等着我，谢谢你了。

起初恰可拜还以为他是喊给另一个人听的。他朝四下看看，发现空旷的荒野上，除了他再没有别的人了，他这才明白那个男人把一件很重要的事托付给他了。

不等他做出回答，他们就把那个男人扔进了汽车。不过那个男人被扔进去后，又爬起来，就在车子开动时，把头伸出了车厢外，对他喊着，拜托你帮我照顾一下她，她有了身孕了，兄弟，求你了，兄弟……

大卡车走出很远了，“兄弟”两个字还在空旷的大戈壁里回荡着。

走过去，拾起了那个男人扔下的口袋。看到里面装的尽是吃的。

翻身骑到马上，接着一行猝然中断的脚印，向干沟的方向走去。

本来想着只要把那句话和那个口袋捎给梅子，他就可以去干自己的事了。

可是她听完那句话还没有来得及接过口袋，就昏倒在地上。

他不能不守在她身边，并用带在身边的马奶子酒，像喂药一样喂进了她的嘴里，让她慢慢地醒过来。

他不得不用马驮起她，把她送回存放着她的户口的小镇。因为她一个人在干沟的洞穴里是没法生活下去的。

按说把她送到了小镇上，这时候他已完成了嘱托，完全可以拍马远去，永不再回来。可是他知道她已经怀了孩子，而那个男人又不在她的身边。他不能明明知道需要他去做的是什么而又故意躲避。那个男人喊了他兄弟，还拜托了他照顾她的。

他当时虽然没有说话，可他没有说不，就等于答应了。答应了人家，就要做到。并且还要做好。

后来他明白他已经做的和将要做的都是他必须要做的。

他要和这个女人一块等那个男人回来，他要告诉那个男人，你交给兄弟的事，兄弟做到了。

就这样过了一年又一年。

猎狗叫起来了。

挺直了身，朝远处草滩上看，一只火红的狐狸疾速掠过，在浅绿的草浪上，划出一道漂亮的弧线。

恰可拜取下猎枪。

被梅子抓住。

别开枪。

看了梅子一眼。

答应我，永远别朝狐狸开枪。

恳求的语调软得像水。

我们互相搀扶着走进那个洞穴，都饿得没有力气了。

我们像死了一样躺在地上，只睁着眼睛，连话都懒得说。

两只狐狸从洞的深处走出来，在我们身边站了一会，就出去了。

后来你猜怎么着，一只狐狸衔了一只老母鸡，扔到我们身边，那鸡的脖子还在滴着血……

你信不信？梅子问。

恰可拜点点头。心里想，我一辈子再也不会向狐狸开枪了。

就是这个洞。

是地壳运动形成的天然洞穴，在沟壁下面洞口呈不规则三角形。往里望还可以看到一捆散开做床铺用的芦苇，不过上面落了一层厚厚的尘灰，印满了狐狸凌乱密集的足印。洞壁上烟熏火燎的痕迹像是远古刻在石头上的神秘图案和文字。虽不能读懂，却能让人看了以后产生丰富的联想。

至少面对着它的梅子不能不被触动。

身子紧紧贴在洞壁上，让头触到粗糙的岩面，默默地闭起眼睛，一会儿，长睫毛便湿了。

快乐吗？

嗯。

还想死吗？

不了。

不再分开。

你不回城了？

不了。

跟我去小镇？

好，反正在哪儿都要上山下乡。

啥时候？

你说，听你的。

这里真好，还想住在这儿。

那就住在这儿。

……

生活真是变幻无常难以预测。先是让一个人的信念毁灭，逼得她走向死亡，可等她就要迈进地狱的门槛时，又把她一把拽回来，推进爱情的天堂，让她在巨大的快乐里头晕目眩，醉得不愿再醒来。

当她陶醉在幸福中，享受着人生难得的欢愉，生活又忽然一下变了脸，伸出了无情的手，把她的幸福残酷地夺走，扔到寂寞的大荒野上。却又故意不让她完全死心，留下那么一线希望，像早上地平线上的一抹光亮，让她心甘情愿地等待，等待，等待着太阳的重新升起。

那个太阳的名字就叫黄成。

梅子就是被生活这样安排的许多人中的一个。谁也没有办法改变。

在这个天然坑洞里有一块大石头，下边压着梅子写的一封信。信很简单，只是告诉看到信的人，去什么地方就可以找到她。

每过一段日子都来看看信还在不在。已经不知换了多少封信了。信是纸的，在石头下放久了，就会潮湿，会破碎，就会没有了。

那个叫黄成的男人要来找她，一定会来坑洞里找。只要进了坑洞，就会看到那个大石头，只要看到大石头，就会看到那封信，只要看到那封信，就可以找到她。

我好像有了？

有什么了？

傻瓜。

你是说，我们有孩子了？

我想是的。

太好了。

我有点怕。

有我在，不怕。

我饿了。

我去弄吃的。

我想吃酸东西。

你等着，我去给你找。

你要快去快回呀。

放心，找到吃的，我就回来。

那天，他找到吃的了，可他却没有能回来。他让一个人（就是恰可拜）把找到的东西（有酸白菜和西红柿）送了过来，他却消失了。

没有比等待更难以忍受而又不得不忍受的事了。

重返小镇的梅子，虽然样子不曾有什么变化，但都说梅子是新换了一个人。那个害羞的爱笑的柔弱的小姑娘消失了。新的梅子是沉默的高傲的，是什么都不害怕的女人了。

不过，和恰可拜在一起时，她好像又变了回去。有些着急，不知该怎么办，有点像小妹妹看到了大哥哥一样。

仰着头，和他一比，她显得要矮许多，瞪着大眼经常问恰可拜。

他真的能回来吗？

他说他要回来。

他是这样说的吗?

是这样说的。

他到底是怎么说的?

他让我告诉你，让你等着他，他一定会回来找你的。

他要不回来怎么办?

男人说话都是算数的。

真怕他会不回来。

不用怕，我和你一块等他。

怎么能让你一块等。

我和他是兄弟。

他好像比你大一岁。

那你就是我嫂子了。

可我又比你小。

那你就是我妹妹了。

我没有哥哥。

以后你就有了。

不管什么事，有一个人和你一块做，你就不会轻易做到一半停下来，更不会不去做。等待一个人也是一样。它不但需要你自己内心的力量来坚持，同样也需要别人的支持，哪怕只是肯定地说几句话，都会产生一种意想不到的作用。

可恰可拜很少说话。或者说他也说话，只是不用嘴巴说话。

每天都要做饭，需要柴草。这里的冬天很长，一年里有六个月都要靠烧火墙取暖，更是需要大量的柴草。每家的门口，都码了一大垛的柴草。去戈壁滩打柴草，成了每个人要做的重要事情。

带着女儿的梅子，根本没有时间和精力去做这个关系到生存的事情。但这么多年来，从来没有去打过柴草的梅子，却从来没有缺少过柴草。

恰可拜成了梅子家的柴夫。

梅子没有丈夫，各家的打柴的事都由丈夫负责，可梅子家的柴垛比别人家的又大又高。

可以想象得出来，一个没有结婚的女人生孩子，在这个半军事化管理的农场，会承受什么样的压力，没有一个人愿意接近梅子和帮助梅子。坐月子期间，是恰可拜不断地给她送来可以催生奶水的东西。为了能捕到鱼，他掉进了冰窟窿，差一点被淹死和冻死。有一阵子全国人民生活都困难，可梅子和女儿却经常能吃到肉，因为过上几天，恰可拜就把他打到的野味送来，周围的邻居为此对她是又羡慕又嫉妒。

还有一次女儿发了高烧，农场连队的卫生员治不了，让梅子转到师部去。正赶上那几天下大雪，所有的道路都被封住了。恰可拜赶到了，用他的马拉着雪爬犁，又用他的羊皮大衣把女儿裹了起来，连夜送到了师部医院。医生后来给梅子说，这个孩子再晚送来几个小时，就算不会失去生命，也会烧成肺炎或者是脑膜炎，肯定会落个残疾。想一想这个事，梅子不知道有多么后怕，又不知有多感谢恰可拜。

再说那个酒馆，要不是有恰可拜经常送些野味来，哪能吸引那么多顾客。要不是他像个保安一样，自觉地负责起了酒馆的治安，梅子一个女人怎么可能对付得了那些想来找茬子闹点事的痞子，怎么可能让酒馆一直红红火火。要不是酒馆挣了钱，哪能供得起女儿在南方读书。开酒馆以前梅子没进过银行的门，不是不想进，是没有钱可以存啊。现在，每过几天，就要去银行一趟，给在内地上学的女儿存钱。

这是多大的情啊，又用什么可以还呀。而要想让恰可拜不要再为梅子和女儿操那么多心，付出那么多，只能在心里一遍遍地呼唤黄成，呼唤他快一点快一点出现，担负起一个男人、一个丈夫、一个父亲的责任。

每个早晨，当她离开床铺走向窗户把厚厚的窗帘拉开，让瀑布般的阳光冲荡着苏醒的身体时，一句话便像那远方升起的太阳一样荡旋起绚丽的回声，等着我，我一定回来。

而那窗外正在消散的雾和树叶上的露珠，无不是在向她暗示。就在今天，他会回来的，会回来的。

于是她的心厉害地跳。

仿佛他马上就要进来似的。梅子像第一次迎接情人的少女，脸上立即泛起羞涩的红晕，手忙脚乱地不知该去做什么了。一点也不像个也算是饱经风雨的女人。

先把地面扫得干干净净，再把床铺拾掇整齐。把那些妇女用的小玩意（他见了会不好意思的），一股脑儿地塞进床头柜。

把香烟，精装的红双喜、烟灰缸还有打火机摆到茶几上时，她想起他把干枯的芦苇叶子揉碎了当烟抽的情景。她不抽烟，但屋子里一直放着香烟。就是为他突然出现准备的。

把衣架上的一个挂钩空出来以便放置他穿的外套（她猜不出他是穿西装还是穿风衣）。

收拾完房子又收拾起自己来。

坐到梳妆台前，端详着大镜子里的自己。

依然是白嫩的。农场的好多女人，也和过去不一样了，也会买一些很好的化妆品打扮自己了。梅子还是用着一种便宜的润肤霜。不是买不起，是觉得在脸上涂上一层白粉，把嘴巴画得像喝了人血，实在是一点儿也不好看。再就是她的脸用不着涂那些乱七八糟的东西，也还是经得起仔细去看。

至于腰肢和胸脯由于天生就细圆就丰满，而许多年都没有什么变化。无论从前面看，还是从后面看，她的女人味还是那么浓厚。这样的女人实在很少有，而梅子恰恰是这很少有中的一个。

梅子天生的女人味，又总是不变（好像是梅子用了什么特别的方法把它留在了自己的身上），因此自然招来不少闲话。

说梅子是故意显摆自己的脸蛋子和大奶子，用它们来吸引那些没有一个不好色的男人。的确，不想喝酒的，进了酒馆见了她以后，也会大方地掏钱买一杯酒喝。

有的干脆就说梅子酒馆生意兴隆赚了许多钱，是因为梅子不但卖酒也卖那玩意儿。大约说这话的人恨不得梅子真能这样。

你说没有，那么你给解释解释，一个开酒馆的没有丈夫的寡妇，为什么还要总是把自己收拾得让别人一看就心动的模样呢？

有谁能知道梅子的心呢。

不能不这样，既然他说了要来，又没有说定是哪一天，那么他（叫黄成的男人）就可能会随时出现（可能是上午中午也可能是下午晚上）。梅子只能在每天的时时刻刻都准备好了迎接他。

其实梅子想法很简单，就是想让他头一眼看见的她，还是那么干净，那么好看，那么有味（或者说性感）。全没顾及别人会怎么想，会怎么说。

因为随着太阳一起来到的希望也像太阳在内心照耀，整个人从里到外都焕发着神采。

心情不一样，做起事来也会不一样。手脚格外敏捷而不知劳累。

对掀开门帘进来的顾客自然也是热情周到，仿佛要让他们分享她期待的幸福。

所有进门的顾客见梅子没有丈夫帮忙，一个人忙里忙外没有一分钟闲着，还是春风满面毫无幽怨，都有些想不通。

也难怪呀，人们只能看到白天的梅子，看见那个怀有希望在酒馆里忙碌的梅子，而看不见在黑夜里的梅子，看不见那个等了一天只剩下一个人的梅子。

最后一个顾客也打着饱嗝跨出门槛走了。

磁带也转到最后一段用红色标示出的空白处，放音键啪的一声自动跳起，并切断了电源。

喧闹的酒馆一下子宁静了。静得让梅子不由得往四面墙壁望望，仿佛是它们把所有的声音一下子藏起来了。

把门关上插上铁闩时，她的动作迟缓，转过身疲惫地靠着门板立一会。脸上的神采在昏暗的灯光下再寻不到了。

往卧室走动时脚在地板上拖出呲呲啦啦的声音，像是有什么粘住了鞋底（绝不仅仅是劳累）。

想躲开或者是忘掉外面的黑夜，在卧室里安装了六十瓦的日光灯管。但那惨白的光团没有热情没有暖意，像冬天的雪一样堆满了每一个角落。

梅子穿着睡衣来回走动（有时把带子系起，有时让带子垂在两旁并不系），觉得照在身上的灯光有些冷，干脆一伸手拉掉了开关。

但待在漆黑的寂静里更难以忍受。只得打开电视机，希望画面和歌声或者剧中的故事把她的心思转移到另一个方面去，让她能暂时摆脱黑暗孤单寂寞的纠缠。

不知是画面本身缺乏吸引力，还是那些被美化夸张的悲喜剧总是触动她的想象，反正电视节目非但不能帮她摆脱烦躁，反而让她在一种鲜明的对比中更加难受。

结果还是关掉了电视机拉亮了日光灯。

离开沙发坐到桌子前面拉开抽屉，拿出一沓装订得整整齐齐的厚厚的信。

全是女儿的照片和信。

从女儿一满月，就去照相馆给她照了相，从此，每年她的生日那一天，都会给她照一张相，只想着有一天可以拿给黄成看，让他知道孩子是怎么长大的。

现在女儿上高中了，几乎每个月都要给她写一封信来。

好像知道母亲读她的信时，会有一种幸福感，女儿就经常会把一封信写得很长很长，最长的信有十几页。

女儿大了，懂事了，女儿的话梅子不能不去重视了，不能看完后淡淡一笑便可搁置一边不管了。

比如女儿在信上会这样写：妈妈别再等爸爸了（她没有一点隐瞒，把她和黄成的故事全告诉给女儿了，还给女儿起了个名字叫黄媛），如果他能回来早就该回来了。

读女儿的信的确会使她暂时进入母亲的愉悦中，但不能维持太久。因为很快一沓信就读完了，而黑夜不过才开始。她又没有一点困乏的意思。

放下那些至少读过一百遍的信后，忍不住把镜子拿过来让背面朝着她。上面夹着一张女儿的放大的彩色照片。女儿的确很漂亮，比她要漂亮许多。女儿取了父亲高挺的鼻子和浓黑的眉毛的优点，又取了妈妈的细嫩和白净的长处。

流着他血液的女儿，有一部分长得极像他，所以梅子看着照片，看着看着就不由自主地要想起他，想起两个人在荒野干沟里度过的时光。

上小学时，女儿问，妈妈，别人都有爸爸，我怎么没有？

梅子说，谁说你没有，你爸爸他出差了，出远门了。

女儿又问，爸爸什么时候回来呀？

梅子说，快了，快了，很快就会回来的。

可过了很久，还没有回来，女儿又会问，怎么过了这么久了，爸爸还不回来？

梅子说，爸爸的事，没有办完，办完就会回来了。

为了让女儿知道爸爸长的什么样子，商量好了，要一块去照个相，可没能来得及。梅子请了个画家，把黄成的样子描绘给他听，他再根据梅子说的，把黄成画在了纸上。画好了以后，让恰可拜看（下野地除了她，只有他见过黄成）。他说画得很像。

真的是很像黄成。梅子把这个画像拍成了照片，放大了挂在家里边的墙上，经常指给女儿看，告诉她，看，你爸爸长得多英俊啊。

上了中学，女儿懂道理了。带着女儿去了干沟。

站到了那个芦苇沼泽前，给女儿说，妈妈差一点死在里边，是你爸爸救了我。

再带着女儿进了那个天然的洞穴，从大石头下取出了她写的那张留给黄成的纸条。上面写着：亲爱的成，你要是回来，请去小镇的梅子酒馆找我和女儿。

梅子告诉女儿，就是在这里，我和你爸爸举行的婚礼，也是在这里有了你。

女儿说，妈妈，你和爸爸的故事，有点不像真的，像是书里边才有的。

梅子说，有时候，想一想，我也觉得像是在做梦，可只要来到这里，看到那个沼泽，看到这个山洞，我就不再觉得是个梦了。

女儿大学毕业了，说在上海浦东找了一份很好的工作，并且租了一套房子，她让母亲来和她一块住，并说再不用花母亲的钱了，她不但要养活好自己，还会照顾好母亲。

上了大学放假回来，已经读了很多书的女儿，和梅子说起话来，完全没有了孩子气，像个大人一样。

妈妈，你不要再等了。

为什么？

你已经有白头发了。

早就有了。

你应该再找个男人结婚呀。

那你爸爸呢？

你还相信他会回来？

当然了。

就算他回来了，他也不会说什么，你等了他这么多年，你对得起他了。

可他一直站在妈妈心里头，他太大了，把妈的心全占了，别的男人挤不进来啊。

我真的不能理解你。

等有一天，你从骨子里爱上了一个男人，你就会明白妈妈了。

男女之欢，转瞬即逝，男女之爱，却可能会比天长，比地久。

梅子和那个叫黄成的男人，在干沟里那个天然的洞穴里，不知有多少次一块想象着他们以后的日子。

他说看到了许多大学的年轻的同学，在一夜之间成了敌人。他对这场“文化大革命”，准确说，应该叫大革文化的命的所谓革命，一下子厌恶了憎恨了。

他说遇到了梅子,就是遇到了带领他走出红尘的女神。他要和她男耕女织，远离纷纷扰扰的社会动乱，在这人烟稀少的荒野上，开始一种返璞归真的散发着浓厚泥土气息的生活。

你看，这里的土地多肥沃。

还没有开垦过呢。

肯定种什么就长什么。

当然了，种瓜得瓜，种豆得豆嘛。

两个人都笑了，同时想起了小学时学过的一篇课文。

咱们开几亩地。

种菜，还要种粮食。

咱们盖一间小屋。

要四面都有窗子的。

咱们再生两个孩子。

不行。

为什么?

太少了，我要生六个七个八个，生一大群。

好啊，等他们大了，再结婚，再生孩子，用不多久，这里就会变成一个村庄。

那我就成了老祖奶奶了。

那我们就是子孙满堂了。

黄成他不但这么说了，并且说了以后马上就开始做了。他带着梅子在干沟找到了一个湖，还在湖边找到了一块没有盐碱的草地。他们已经商量着先在冬天来到以前，把小房子盖起来，到了明年春天就把地开出来。

到了夜里，他们躺在地上，看到满天星星，想着以后的好日子。太激动了，忍不住马上就耕种了起来。只是这个时候，梅子成了一块肥沃的地，黄成变成了一台拖拉机，坚硬的铧犁翻起了潮湿的泥浪……

看着女儿的信和照片，看着看着，女儿的脸就变成了他的脸。

由鼻子眉毛想到他的有着一圈茸毛的嘴唇，想到他的吮吸，想到让她快要窒息的搂抱。

想到在他宽厚而且结实的怀抱里，她急促的心跳和着他狂放有力的撞击，带给她的战栗和眩晕。

想到他没有老茧却灼热的手，先是轻轻地把她披散在额头前的长发分开梳拢到耳朵后面，再像按摩一样抚摸遍了她身体上的每一个关节，让她没有一点拘谨和束缚，舒展开整个的身心。

她完全变成了一片云在灿烂的星空不受限制地随意飘荡。

想到他让她趴在他的胸膛上在她的耳边说的一些喃喃细语……

像做梦一样，闭着眼睛的梅子分明看见他温柔地将脸和胸脯贴向了她，她激动地展开双臂去迎接，却拥抱了一个虚空。

睁开眼去寻找，屋里空荡荡的只有日光灯燃烧的声音。窗帘却一飘一摇地像是刚有人动过。

莫不是他调皮，跳到窗外黑夜里藏起来了？干沟里他经常干这样的事，故意躲起让她着急地四处寻找。这么一想，赶紧三步并了两步冲到窗口一把拽开窗帘。

探出半个身子寻找着。

除了不可企及的星星和月亮外，再什么也看不见。

可怕的是正吹拂着她的凉风和包围着她的沉寂的夜色，不但不能扑灭她那由想象燃起的烈火，反而更助长了一种让她的感官和精神都无法承受的焚烧。

那样的折磨比疼痛更厉害百倍。

她拼命把睡衣的衣襟往两边撕扯着，手指在白嫩的胸脯上划出了一条条带血的印子。

不知有多少次，她想大声地喊叫，却又竭力地压抑住。

终于，在一天夜里，她喝了大半瓶子烈性的白酒后，再也没有力气可以把她想喊的声音压制住了。

一道尖厉又带着嘶哑的叫喊声冲出了嘴唇，冲出了窗户。

像一把滴血的刀子，把夜空的寂静一下子划破了。

完整的夜空被割成了无数蓝色的碎片，流星般纷纷坠落……

荒野上，一只猎狗不安地叫了起来。

躺在毡房里的恰可拜一下子醒了过来，他跑出了毡房，跑向了拴在树上的枣红马。

本来他是该去很远的地方打猎的。那些珍贵的飞禽走兽都藏在人迹罕至的山谷和荒原上。可是他已经好多年没有去那些地方了，是因为心里边放不下梅子。

他常常是和猎狗一直在草垛上守到天亮，就是怕万一出了什么事，他会因为没有听到动静，不能及时地赶到。他对她说过如果遇到了什么别忘了大声喊叫。他总是活动在猎狗能听到喊声的范围内（特别是在夜里）。

马的缰绳来不及解了，直接用刀子割断了。

枣红的马儿像一支箭射向黑夜，射向了小镇，准确说是射向了梅子的酒馆。

门是插住的，但他用肩膀使劲一推，铁条就像面条一样软了，从扣眼里滑出。

他在跑动时握在手上的匕首一前一后地晃动，尽管夜很黑，也一样掩不住它雪一般的寒光。

卧室的门本来就是虚掩着的，几乎不用推，他带进来的风就把它吹开了。

皮靴急促地越过门槛落地时发出的声响，让立在窗口刚喊叫过但并未摆脱焚烧感的梅子身子震了一下。

她克制着恍恍惚惚的思绪，慢慢将靠着窗台的身子转了过来。

睡衣没有系带子，觉得太热的缘故，很松垮地用两个肩头支撑着，仿佛轻轻一碰便会立即滑脱，敞开的胸脯半遮半裸着。在日光灯的灯光里，显得更加白润。

凝望着恰可拜，目光迅速变幻着，先是期望，再是不能相信的惊奇，之后又是无法抑制的欢喜。

并且随着她的目光的变化，双脚，拖鞋稍稍影响了一点速度的移动也由慢变快，最后几步简直就是跑了起来。

梅子朝恰可拜扑过去。

尽量把目光躲开或绕开梅子半掩半露的身体，他往四周看着，并大声地问着梅子，坏人在哪里，快告诉我。

梅子回答了。

却是软绵绵的一句，你回来了，你终于回来了。

还没有等恰可拜弄明白这句话的意思，两条柔软却火热的胳膊从两边的肩膀上面绕过去，缠住了他的脖子。

紧接着，在他胸口处，传出低声颤抖的抽泣，她把整个脸埋进了他的怀里，并夹杂着破碎的言语。

可以听得出来她断断续续话语的意思。大约是埋怨他怎么过了这么久才回来，让她等得头发都白了，这次她再也不让他离开了，他们要永远永远在一起，一起过在干沟里想象了无数次的那种日子。

并非悲伤的泪水滴落在他的胸脯上，把他烫了一下，他终于稍稍有些迟钝地明白过来了。

明白过来后，他马上轻轻地把搂着他的梅子推开了，并且轻声对她说，我不是他，不是他，我是恰可拜，我不是他。

说这些话时他的目光不能直对着梅子，因为被他推开但又离得很近的梅子的睡衣只有一小片还挂在肩膀上。

他不得不把脸仰起一些，让视线掠过她乌黑的头发伸向那同样乌黑的窗洞。

睫毛上挂着泪花的眼睛睁大了，眨也不眨地端详着他的脸，仿佛在确认刚才听到的话是真的还是假的。

她的神情是认真的甚至可以说是严肃的。

怎么会不是呢？瞧瞧这浓黑的眉毛高挺的鼻子还有嘴巴四周黑茸茸的胡子（在干沟的洞穴里她时常埋怨它们太扎了，可又喜欢让它们扎）。

对了，特别是这双眼睛，它不是一样的深沉，一样的明亮，一样放射着善良坚强的光芒吗?

是啊，话可以有真有假，可以说谎，但眼睛是骗不了人的。

没有错，是他，就是他，他就是黄成。

于是梅子又一次扑向恰可拜。这一次搂得更紧，贴得更紧。她重新感受到了因相隔太久而已陌生的那种富有热力的气息，正从被她拥抱的躯体里火一样扑卷过来。

多么好闻的味道啊，和她第一次被黄成亲近时所闻到的是一样的（那次以后她坚信除了一个男人任何别的男人都不会散发出这样美妙的气息）。

啊啊啊啊，你还是这样调皮，十几年还没有改，你想试试我能不能认出你了，故意说不是你。告诉你，这么多年的日日夜夜，我就是为了等待这一时刻的到来而活着的，我怎么会让这一时刻错过呢。快把我搂紧啊，快一点呀。我听到了，你的心跳得好响好急呀，来，抱住我，抱住我，嗯……

他听到了她那受伤羊羔一样的呻吟，他不由得把昂着的头低了下来。

他看到了她兴奋的泛着鲜亮桃色红晕的脸庞。

看到了睡衣滑落后白净浑圆的肩膀和胸脯。

他的额头沁出了汗珠，他周身掠过的燥热一阵比一阵猛烈。

他的嗓子包括整个心被一种干渴纠缠着，而恰在这时那湿漉漉的嘴唇慢慢地凑近，像是走在燃烧的沙漠中遇到了一眼清泉。

他的呼吸急促了，握着刀的手松开了，当啷一声落在地板上。

粗壮的臂膀不由得弯曲了起来，朝前伸去。

手掌在触到梅子的腰部时哆嗦了一下，似乎被烫了一下想挪开，但仿佛还有一股更大的力量压住和握住了他的手，让他完全不由自主……

一道如雷的声音响起，兄弟，告诉干沟里的那个女人，让她等着我，我一定会回来的。兄弟，拜托你照顾她，谢谢你了。

如雷的声音轰轰隆隆地滚过他的脑海，惊得他把那快要挨到她嘴唇的脸一下子仰了起来。

他仿佛看见了那黑洞洞的窗口亮了一道闪电。

耀眼的光团里，一个被绳子捆住，但毫无畏惧的男人的影子极鲜明地再现了，当然瞬时也消失了。

但恰可拜听到了那句话，也看见了那个影子。

他迅速地收缩双臂，对着梅子的肩膀使劲一推，此时的神情像是被地上的那把匕首刺中了一样，他的眉头痛苦地抽搐着。

被推到沙发上的梅子还没有从昏醉中醒来，她仍然满面迷离，用可怜哀伤的目光望着他，好像在说，你怎么可以这样对我呀，我可是你的女人啊。

不，不行，不能这样，不能这样，他会回来的。他说过会回来就一定会回来的。会回来的会回来的会回来的……

他挥动着拳头，像是朝着梅子又像是朝着自己，还像是朝着虽没有在屋里但实际上存在的另一个人喊叫着。

只是声音不断由高变低由大变小，后来简直是喃喃低语了。

拳头挥动的幅度也是随之变化，直到僵僵地垂吊在身体两侧。

他低下头不再看梅子，而梅子却如在呓语一样重复着他那句话的最后四个字。会回来的会回来的会回来的……

突然呓语变成了哈哈大笑，过后又变成了抽泣，她的身子弯了下来把脸埋在手中。

恰可拜听到了她的低语她的笑声和哭声后仍然没有抬起头，只是保持着原来的姿势站了一会后，转过身走出了门外。

他顺手把梅子的房门紧紧地关上了。

夜很深了。

与往常并无什么不同。接近破晓的时候因一轮月儿离去和星星的减少，反而让天黑得更厉害了。

也更静了，便是一颗露珠从草叶上滑落，也能显出跌碎的声音。

天亮时梅子醒来，梅子走进浴室，站到莲花喷头的雨帘里。

当清净的水大雨点般落在赤裸的身体上时，混混沌沌的意识才从模糊纷乱的状态中挣脱出来。

她把双臂抱在胸前一动不动地任清水冲洗着，也正是在这清洗中，她记起了昨天夜里发生的事情。

一幕幕像照片一样清晰地在眼前闪过。

脸上不由得一阵阵发烧，说不出是害羞还是惭愧还是自责，心里乱乱的不知该如何处理这已经发生的事情。

该是穿衣服出门去菜市场给酒馆买东西了。

可她傻傻地呆呆地站在那里一动不动，她感觉这件事将打乱她过去的生活秩序（其实已经打乱）。

想起了那个叫恰可拜的男人，她的不安就更加厉害了。

她猜不出他离开这间房子会想些什么，做些什么。

猜不出瞎猜。

也许他冷静下来会后悔当时不该退却，她觉得这猜测太卑鄙立即又换了一个。

也许他为自己能战胜男人最难抵挡的诱惑而骄傲和自豪，她又觉得这太简单了。

也许他正在大骂一个女人的无耻和放荡，过去却把她看得像女神一样圣洁不可侵犯，而时时刻刻守护着她。

这个猜测把她吓了一跳，倒不是因为怕自己的形象在他的心目中发生了变化而会失去什么，重要的是在这一瞬间她想起了十几年前那多雾的早晨自己所亲身经历的。

不错，昨天晚上的行为并没有超越所谓的实质性界限。也就是说在肉体上没有什么伤害。可这又能说明什么，那天早晨几乎把她推入绝地的也并不是肉体的毁坏。

和昨天晚上是多么的相像啊，不过是男女双方换了位置，把粗暴强迫改成了温柔的引诱。

也许把这样两件事联系到一起是荒唐的，没有道理的。

梅子也不愿这样想。所以想到了以后，便觉得事情严重了，便有些慌乱了。

可是再一想，恰可拜怎么会和一个脆弱的女孩子一般见识呢。

他是在能拔掉大树的暴风中连腰都不弯的，是曾掐住了狼脖子挤出它眼珠子的，是翻越过连山鹰也不敢栖息的冰大坂的男人。

他肯定会以西部荒野汉子大戈壁一样宽广的胸怀把这件事放在一个极不起眼的位置上，他会像宽容一只一时迷乱了方向的小羊羔一样仍旧像过去一样对待她，一样在每个黄昏里都来她的酒馆里坐坐，永远也不多也不少地只喝那么一瓶子酒。

可这只是她的猜测，猜测越多，越说明她无法确定接下来会发生什么。

于是在这整个一天里，她都在紧张地等着一个时刻的到来。

早早就准备好了一盘牛肉和一碟花生米还有一杯酒。她想好了她还像过去一样，连表情都不能有一点改变对着他淡淡地一笑，她要让他感到一切都和过去一样，他们之间什么也没有发生过。用不着多费一句言语，绝不能解释，那会更糟。做到了这些，大家也许就会和过去一样打发时光了。

表上的指针终于对着那个钟点了。

注意听，没有听到往常这个时刻都能听到的脚步声。

心紧了一下，仄起耳朵再听，仍是没有动静。

正发愣，腿被什么碰撞，低下头，先是一惊，后是一喜。

狗。他的猎狗来了。

猎狗抬起头用舌尖舔着她的手。

这么说他也来了，他终于来了。

抬起头，注视着门帘。等着它被一只粗大的手掀起。

等了一会，不见门帘动。

等不及了，干脆出去迎接，猎狗紧随身后。

站在门口，往一条细细弯弯的小路上望，望到小路的尽头，仍是没有望到想望到的。

低下头，看看狗，狗也看看她。

想问问狗，想好没有吐出口，只是轻轻地摸了狗的头。

不会是病，他是强壮的男人，从来没有生过病，哪怕是一次轻微的感冒受凉。他的身体就像铁打的一样。

那他这会儿到底在哪儿，在想什么，在干什么？

梅子的心一下子没有了底，一个劲往下沉……

顾不上那么多了，梅子反身把酒馆的门关上并挂上了锁。

连围裙都忘了解，便沿着小路走去，开始只是碎碎的快步，走一会嫌太慢了，干脆小跑起来。猎狗也跟着跑起来，不然就会被她落下的。

跑上了开满野玫瑰的草滩。

夕阳里翻滚彩色的草浪里看不到一个人的影子。

梅子把双手握成喇叭状放到嘴巴上，而后用最大的嗓门喊着恰可拜的名字。

那名字像一只失群的孤雁在天空焦急地悲哀地飞着，在苍茫寂静的空旷里投下一重重影子般的回声。

在喊了十几遍恰可拜的名字以后，像是从那浑圆的落日里弹出来的一样，一匹马从西边的地平线上奔驰而来。枣红色的皮毛在火一样的夕照里，像一个划破黑夜的火把极耀眼地跃动着。

马儿站住，从马背上跳下一个牧羊少年。

他走到梅子面前看了一会说，恰可拜大哥早晨的时候在公路上搭了一辆车进城去了。他说他到城里去找一个人，他让我来告诉你，让你等着他，他一定会回来。还会把要找的那个人找到，一块带回来，让你等着，他让你帮他照顾好猎狗。

说罢，牧羊少年又跃上马背，用脚踢了一下马肚子，又朝着来的方向飞去。

猎狗没有跟着少年离开，它走到了梅子身边，卧了下来。

梅子明白了，他果真离开了。但是这样一种离开，却是梅子没有想到的。

他是为她去了城里，经历了昨天晚上的事后，他没有选择了，必须亲自为她去找那个叫黄成的男人了。

他同样是为了她，又把狗留下了，怕她太孤单又怕她真的会遇到什么事，让狗来陪伴她，来保护她。

蹲下来抱住猎狗的脖子，把脸贴着柔软的细毛来回动着。

一颗晶亮的泪珠从梅子的眸子里滚出，滚到了细长的睫毛上，悬挂了一会，又无声地落到了地上一朵正在开放的野玫瑰上。

关于去找黄成的事，梅子和恰可拜不知讨论了多少次。

恰可拜也是不知多少次向梅子提出过，他要去城里把黄成给她找回来。

让我去找他吧，我一定会把他找回来的。

你怎么找？

我见过他。

你没有在城市生活过，你不了解城市，一个人在城市里，就像是一滴水在河里。一滴水掉进河里，你怎么能再把它找出来。

他在哪个单位？

那个时候，他还是学生，没有单位。

那他在哪儿住？

那会儿，只想着天天在一起，哪想到会分开。根本就没说他住在哪里。

我见过他。

二十多年了，不知会变成什么样子了，就算和你走个对面，你都不一定能认出来。

我拿着他的照片，一家一家地问。

你这个样子，没有人敢给你开门。

没准，一去找，就找到了。

要是真能找到，我也不会等到现在了。

没有去试，怎么知道找不到呢？

有些事，不用去试，想也想得出结果来。还是让我们等吧，说不定明天他就回来了。

过了一些天，还是没有黄成的影子，梅子和恰可拜见了面，又会说到黄成。

我好好想了想，觉得还是要去找黄成。

为什么？

他要是能来，早就来了，一定是出了什么事，来不了。

是的，我也知道，肯定是出了什么事。

我们应该知道他出了什么事。

要是能知道出了什么事，那不就找到他了吗。

是啊，所以要找到他，只要找到他，才能知道他出了什么事。

说得也是，不管他是喜欢上了别的女人变心了，还是生了重病不能走路了，还是穷困潦倒成了叫花子无脸见我了，还是当了大官发了大财看不上我不要我了，就算是遇到了天灾人祸没有命了，也得有个坟墓有一个骨灰盒让我去烧烧纸吧。总不能一点音讯都没有，让我活得不明不白，天天在等待中受折磨吧。

所以你还是让我赶紧去找黄成吧。

让我想想。

想了两天，还是没想好。恰可拜等不及了，跑来问梅子。

还是不能让你去。

为什么？

城里的路太乱，你会迷路。

鼻子下有嘴，我会问。

城里的车太多，会撞着你。

我会小心的。

城里坏人多，你会受欺负。

我有刀子，没人敢惹我。

城里人心眼多，你会受骗。

我什么都没有，骗不走什么。

城里人看不起乡下人，没人会理你。

城里人文明，会帮我的。

不行，反正我是不会让你一个人去，真要去，我们就一块去。

你不能去，你要是去了，万一他来了，找不到你，可怎么办呀？

没想到你会这么细心，那我们就都不要去了，还是在这里等他吧，相信老天会让他出现的。

恰可拜从来是很听梅子的话的，梅子不让他去，他就是再想去，也不会去。

没想到这一次恰可拜不听梅子的话了，真的自己跑到了城里，去找黄成了。

梅子无心再做酒馆的生意了。她把酒馆转租了出去。

听说梅子不开酒馆了，好多人都想不通。虽然这些年，小镇连着开了十几家酒馆饭馆，都没有一家有梅子酒馆红火。

也是从这一天开始，梅子的日子和以前不一样了。

早上起来，简单吃过了早饭，梅子就会准备出门了。

出门前的准备要比吃早饭的时间还要长，因为她要不停地做好几件事情。

先是要在一个铜锅里放上水和酱油盐巴还有茶，再把鸡蛋洗干净了，一个个放进去，一般来说放二十个左右。

再把烧好的一壶开水灌到暖瓶里，还有一个带封口的塑料桶也要装上凉水。

再把茶叶（她回南方的亲人给她寄来的新鲜的春茶）和茶具装到了个柳条编的篮子里（茶杯是瓷的容易碰碎）。

所有的东西准备好了，再一件件搬到三轮车（还是她老早骑的那辆）上。

三轮车经过改装，上面有个煤气炉子可以烧水烧茶煮茶叶蛋。

骑着三轮车走在小镇的柏油路上，看到她的人们会想起当年那个头发被风吹起，像旗子一样飘扬的少妇。

同时又不免会感慨，日子像流水，再闪亮的青春也会被淹没啊。

不能再把三轮车蹬得像追风一样了，可梅子一下又一下却是沉着有力的，并且看得出来方向和目的地也是很明确的。

道路两边不管是出现了什么新鲜的有意思的事物，她都不会停下来去像别人一样围着看。

不再年轻的梅子还是像年轻时一样，不管什么时候都显得充满心事，并且要去做什么，早就有了主见。

跟在三轮车旁边的是那只大猎狗，它一会跑在前边，像是给梅子探路；一会儿又跑到后边，好像要给梅子当护卫。

大猎狗跟在梅子身边，太阳照过来时，让梅子印在地上的影子，不再只是一个了。

本来是没有带那么多茶叶蛋和茶水的，一开始只是带去自己吃自己喝的。

有一天正坐路边吃着喝着，停下了一辆车，下来两个人拿出钱来，说饿了渴了，要买她的茶叶蛋和茶水。

再去公路边，就多带了一些，反正也没有什么事，正好遇到饿了的渴了的，可以给别人解决困难，自己也有了一点收入。她不缺钱（开酒馆时挣的钱足够她花了）。

边卖茶水和茶叶蛋边等，会让她没有那么着急了。

摆摊的地点，就选在了一〇五公里的路碑前。恰可拜说，黄成就是在这里被人拖上一辆大卡车的。

有了茶水和茶叶蛋，停下来的车也就多了。在路边的树上，她用一块蓝布在上面写了两个字：梅子。

写了梅子名字的蓝布挂在树上。车子离得很远，车子里的人就能看见。

车子停下来，车子里的人过来喝茶或吃茶叶蛋。就会顺便问一句，写这两个字干啥？

梅子说，这是我的名字。

人家又问，把自己的名字挂起来有啥意思？

这要说起来，几句话可说不清楚。

说不清楚，干脆就淡淡一笑，什么话都不说了，让别人去猜。

车上下来的人，看到她，会想到，这个女人，年轻时的样子，不知会有多迷人。就是这个时候，还能看出年轻时的风韵。

看看她，并不会多看。一个摆茶摊的，有点上了年纪的女人，是用不着多去看的。

别人看她，她也看别人。只看男的，不看女的，有时车上的人注意到了她的目光。男的就会想，她好像认识我，可我并不认识她啊。女的就会有些吃惊，说这个女的，别看长得那么端庄，看起男人来还有些色哟。

有几次，梅子干脆问起人家姓什么。被问的男人长相有些共同处，都多少长得有点像黄成。

人家有些不解,回答过了,问她是不是有什么事情。她淡淡一笑说,没什么,随便问问。

还有个人，从茶摊前经过，看到了梅子，认出了她，本来想停下来的，反而不停了，马上像逃一样跑掉了。比如说，那个好干部镇长。

他在当了几年镇长后，调到了县里当了副县长，马上就要退休了。考虑到他在边疆干了一辈子还没有去过北京，组织上就安排他去首都参加一个会议。这让他很是兴奋和激动。

小车送他去乌鲁木齐坐飞机，恰好要经过一〇五公里的路碑。走在这条平坦宽阔的国家公路上，目光不断地投向窗外，大约是想从两旁大片绿浪翻滚的田野里寻找到他能享受这一荣誉的当之无愧的理由吧。

远远看到了那个茶摊，让司机放慢了车速。这里是自己战斗过的地方，在这里摆摊的人一定是自己的部下了。不妨停下来，给这个人说上几句话，让小镇的人也知道他要去北京开会了。

只是车子放慢了，刚要停下时，他看到了挂在树上的布标还有站在路边的梅子，马上像被黄蜂刺了一下，叫喊着不让司机停车，快点往前开。

同时，不能不想到过去的事，他很有些后悔自己当初怎么会那样糊涂。这样的自责他已记不清有多少次了。确实的，除了那个多雾的夏日早晨的那件事以外,他完全可以称得上是一个清清白白为革命尽了一辈子力的好党员好干部。

车子从茶摊开过去以后，司机问他为什么不停下喝杯茶了。他说这个地方怎么会有好茶，有什么可喝的，还是去北京喝吧。

只要是从公路上驶过的车，都会有意无意地看一眼（万一黄成在车子里呢）。蓦地，透过一辆飞快驶过的小轿车的玻璃窗，她看到了一张有些熟悉的脸。想了一会想起了是谁。不知为什么，这些年来她常觉得自己有些对不起镇长，想起他每次看见她的那种慌乱样子，心里竟涌起了对他的可怜和同情。她想如果下一次见到他，一定要对他笑一笑，并且问问他的身体近来可好，总之不要使他紧张，要让他放松一些。

梅子这个时候，似乎有些忘了，如果不是他，她的生活肯定不是现在这个样子。不是他，她不会跑到干沟，不会遇到黄成，也就不会苦苦等他，甚至连恰可拜都不会认识。

那么不是这个样子，又该是个什么样子呢，怕是没有一个人可以说得出来了。很多偶然的事过去多年再看好像就成了必然的，必然的事又怎么是一个简单对错可以判断的呢。实际上到了这会儿，连梅子也不知道是该恨那个队长还是该感谢那同是一个人的镇长了。

小镇上和梅子熟识的别的女人，遇到梅子会硬拉着梅子说一会话。

说梅子，你是不是脑子进水了，放着那么一个挣钱的酒馆不开了，非要在公路边卖什么茶水茶叶蛋，你傻了吗？是不是挣钱挣够了？

梅子说，你还真说对了，我真是挣够了。

别人说，谁信呀，只要是人，挣钱就没个够。

梅子说，天底下什么人都有，我就是那个能挣够的人。

别人说，有了钱，你还待在这里干吗，南方多好啊，风景好，吃的住的都好，像天堂一样。

梅子说，可我的天堂不在那里。

别人说，你可真是个怪人，一直都那么怪。

给女儿回信，梅子说，女儿，不要租房子，租的房子住起来不踏实，要活得自在，不能没有自己的窝，妈给你钱，买一套。妈有钱，她是小镇上第一个万元户，也是第一个百万元户，妈的钱，留着也没有用，早晚都是你的。既然是你的，你就拿去用吧，你用了，妈高兴，不心疼。再有啊，房子买好了，给妈留一间。不过，妈现在可不会去住。妈在等你爸，等你爸回来了，我和你爸一块去住。别说你爸不回来了。这话我可不爱听。你不了解你爸，不知道他是个多好的人，你要是见了他，肯定也会喜欢得不行。别人的话，可以不信，他的话，咱可不能不信。要知道，他是我的丈夫，是你的父亲，是这个世界上最亲的人，你说，咱不信他，还信谁呀。

不要说，没有领结婚证，不能算是正式的夫妻。

那个夜晚，他们一起跪了下来。

向天拜过，向地拜过，向祖宗先人拜过，向父母双亲拜过。

他们的手握在一起，握成一个拳头，举起来发了誓。

无论是遇到了什么事情，他们都不抛不弃不离，海可枯，石可烂，他们的爱情不会变。

参加了他们的婚礼并为他们证婚的，是天上的月亮和无数的星星。

如果这样的仪式，不能算是结婚，如果这样的结合，不能算是夫妻，那么那个轻如鸡毛的结婚证，又能说明什么呢？

有一年，恰可拜和一个草原部落里的姑娘领了结婚证。

是梅子催着他去领的。

那时候恰可拜三十岁了，还没有结婚，整天为梅子母女忙碌。

梅子说，你要是再不结婚，你就再不要来了，我也不要再看到你，我也不再是你妹子，你也不再是我哥。

梅子为恰可拜张罗着，一个毡房里的所有东西，都是梅子花钱买的。

可梅子给恰可拜说，这个钱，是你的钱。

恰可拜说，我没有那么多钱。

梅子说，这个酒馆是你和我一块开的，挣的钱有你的一份。

梅子专门给恰可拜开了个账号，写着他的名字，每个月她都会给他往里存些钱，没有更好的方式回报，只能这样做了。

可是恰可拜和那个姑娘的婚姻只维持一年多，两个人就分手了。

问恰可拜为什么要离婚。

恰可拜说，我喜欢一个人，自由自在。

梅子说，你不能没有个家。

恰可拜说，荒野就是我的家。

可梅子总觉得他离婚，和不再结婚，是和自己有关系的。

她去过恰可拜的毡房，见过那个女人。那个女人，对她很冷淡。

关于她和恰可拜的流言满世界都在传（说他们是一对不知羞耻的奸夫淫妇），她不可能一点儿也不知道。梅子曾经想给那个女人解释一下自己和恰可拜的关系，可见了那个女人后，就不想再解释了。因为那个女人已经把她当敌人了。不能怨这个女人不好，换了谁，都不可能不对梅子和恰可拜的关系不在乎的。

离了婚的恰可拜，又和原来一样了，像是什么都没发生过一样。只是梅子看见他，心里的内疚又多了一分。

没有再逼恰可拜再找个女人结婚。男女的情分，自有天注定，该来的，挡不住，不该来的，抢不来。顺其自然，比什么都好。

没有爱的婚姻，不如没有。

梅子已经欠了恰可拜太多太多，而他的离去，去城里帮梅子找黄成的举动，更是让梅子感觉到了巨大的压力（欠恰可拜这笔人情债实在太多太大太重，怕是今生今世都无法偿还了）。

梅子心里在说，恰可拜啊，如果你真的是想帮助我，想让我活得更好一些，那你就赶快从那个充满了凶险和意外的城市里回来吧。黄成的一去不归已经让我饱受折磨，而你的不辞而别更是雪上加霜，让我倍受煎熬。等待一个人已经让我难以承受，好在还有你陪着我一块等待，可现在又要我等待两个人，并且只有一个身单力薄的我，你知道我是多么想看到你，想让你站在我身边，哪怕是什么话都不说，我也会觉得自己是有力量的，是不用害怕什么的。这种感觉在你离开后变得更加强烈了。

梅子想，我究竟是做错了什么，上苍要用这样的方式来惩罚我呢，为什么我生命中最重要的两个男人先后都远离了我，是不是我真的做错了什么。

梅子在心里喊着，恰可拜，还有黄成，你们听到我的呼喊了吗？如果你们听到了，你们就赶紧收拾起行装，去汽车站坐车。往下野地来的班车每天都有三四趟，不管你们坐哪一趟都能顺利到达。你们知道吗，我会每天都在公路边等你们的，不管等多么久，我都会等，一直等到你们出现。当然最好是你们两个能一块出现，尽管这种可能性一点都没有，我还是会这么想。

据说，在亲人之间，不管离得有多远，都会相互有感应的。也就是说，黄成和恰可拜是完全有可能听到梅子的呼喊的。

不用怀疑，只要他们听到了梅子的呼喊，他们是不可能不马上朝梅子奔来的，除非发生了什么谁都意想不到的事情，连做梦都不会梦到的事。

他们究竟是遇到了什么样的事情呢？

梅子想知道（谁都想知道），可她除了等待好像什么都做不了。

又是一年过去了。

都说时间会改变一切，可在下野地国道上的一〇五公里路碑旁边，有一幅画面，像是被岁月凝固住了一样，一直没有变过。

一个茶摊，一个女人，还有一只猎狗。

茶叶蛋还是那么好吃，春天的新茶还是那么好喝，只是卖茶叶蛋和茶水的女人头上的白头发，看起来又多了一些。

还有卧在她身边的那只猎狗，也不爱到处乱蹦乱跳了。它似乎等得有些不耐烦了，有些生气了，主人走的时候，可是对它说了，让它不要着急，说很快就会回来的。它觉得是主人骗了它。

看出猎狗的心情不好，梅子就会轻轻地拍着它的头，安慰它说，不要着急，恰可拜没有骗你，他可是个说话算数的男子汉，他说了会回来，肯定会回来的。你看，又一辆车开过来了，没准呀，他就在这辆车子里。

好像梅子的话，让猎狗明白它是错怪主人了。它有点不好意思地站了起来，抬起了头，朝着开过来的一辆车子，汪汪地叫了几声。

这辆车子好像真的听到了猎狗的叫声，或者是看到了什么，在开过去以后又停了下来。并且真的从车子里走出来一个男人。

远远的，虚虚的。烈日下，公路上水汽如蒸雾缭绕，看不清楚。但那模模糊糊的影子，却分明有些熟悉。

会是谁呢？

会是黄成吗？

会是恰可拜吗？

梅子闭上了眼睛，她的心跳得厉害，她不敢看。

这个时候，在南方女人梅子的内心深处，如果有人要问她，她更希望走来的这个人是黄成还是恰可拜时，她一定会说，我不知道，不知道……

2014年7月再改于乌鲁木齐

风吹草低

几年前，下野地出了个大事，是小姨的事。那一段日子，大家凑到一起，不说别的事，老说这个事。

这个事，要不想说，一句话就说完了，要想说，怎么说也说不完。

一句话，于瘸子把小姨搞了。

要想说，这一句话，可以变成十句，变成一百句，变成一千句，就是变成一万句，还是说不完。

于瘸子是个男人，小姨是个女人，一个男人把一个女人搞了，这种事，每天都在发生，多得都不算个事了。可于瘸子把小姨搞了，就是个事。因为小姨还是个姑娘。

姑娘不是婆娘，女人不嫁人，就是姑娘，女人嫁了人，就是婆娘。成了婆娘，女人就可以随便让一个男人搞了。可于瘸子把小姨搞了，就是个事，因为小姨还没嫁人。

没有嫁人，也不算个啥，反正早晚也得嫁，早晚也得让一个男人搞。下野地的女人，挨个问过来，哪个不是先被搞了，后才嫁的。可于瘸子把小姨搞了，就是个事，因为小姨不想嫁给他。

不想嫁，不光小姨不想嫁，都不想嫁。下野地男人多是老兵，女人全是刚长成的少女。少女心里想的男人，下野地没有。没有也得嫁，不想嫁也得嫁，眼看着，五大三粗的男人，把一朵朵鲜花给摘了。

想摘小姨这朵花的，开始人挺多，后来，发现小姨这朵花刺多，太扎手，怕疼，怕受伤，就跑掉了，只剩于瘸子不嫌扎，死活缠着小姨。到处跟人说，下野地的女人，他谁也没看上，就看上小姨了。

下野地有一句流行的话，男人全知道，叫栽桩子拴驴。

意思是那个东西，像个桩子，往女人那个地方一栽，女人就像一头驴一样，被永远拴住了，再想跑也跑不了了。

看于瘸子还是光棍，好多人笑他没本事，好多人把自己的经验说给他听。

于瘸子就想学别的男人，也栽个桩子，把小姨拴住。

那天，在树林里，于瘸子遇到了小姨，又让小姨嫁给他。

小姨不想看他，也不想和他说话。小姨不理他，走自己的路。

于瘸子站到了小姨前面，不让小姨走。小姨硬要走。

于瘸子说，你答应嫁给我，我就让你走。

小姨说，你做梦。

于瘸子说，你要是不说，我就不让你走。

小姨说，你敢。

小姨两个眼瞪得老大，狠狠地看着于瘸子。说完这句话，小姨又走。

四周没有人，于瘸子不能让小姨走，他不想错过这个机会。

于瘸子伸出手，拉住小姨。小姨挣了两下，没挣开，就抬手给了于瘸子一巴掌。

于瘸子火了，就把小姨推倒在地上。

林子的地上全是草，很细很密。小姨倒在上面，像倒在绿毯子上。七月，天正热着，小姨穿了件衬衫，倒下去时，衬衫乱了，露出了白白的肚皮。

于瘸子说，你嫁给我。

小姨说，我不。

于瘸子说，你不同意，我就不让你站起来。

小姨又说，你敢。

于瘸子说，你看我敢不敢。

于瘸子说完，就向小姨扑过去……

有人说，男人要搞女人，只要女人不愿意，男人咋样也搞不成。说这个话的人，要是能看到小姨这个时候的表现，就不会那么说了。

小姨大声喊。

树很多，立在那里，像堵墙，声音传不出去。

小姨去推，于瘸子就像个大磨盘，怎么也推不动。

小姨用脚去蹬，却把自己的裤子蹬到了脚脖子上。

别看于瘸子瘸了一条腿，于瘸子比起别的男人，力气一点儿也不小，动作一点儿也不笨。于瘸子和日本鬼子和土匪拼过刺刀，一个人干倒过三个黑脸汉。收拾小姨，对他来说，就像老鹰捉小鸡。

树枝划破了小姨的脸，手指划破了小姨的奶，泥土弄脏了小姨的白白的身子，小姨昏过去了……

林子里的事，没人看见。这个事，要是于瘸子不说，没有人知道；要是小姨不说，也没有人知道。

可于瘸子不能不说。把小姨搞了后，于瘸子像干了件天大的好事，高兴得不行，不等小姨从地上爬起来，就瘸着腿，到处跑着说，不先说把小姨搞了，只说他马上要娶小姨，等着吃喜糖吧。

别人不信，说，你别吹牛，谁不知道，人家看不上你，说一辈子不嫁也不会嫁给你。

看别人真不信，于瘸子这才说，他已经和小姨那个了。还怕别人不相信，拿出一块布，上面有血，让大家看。

大家都说，于瘸子，你真行啊。听大家这么说，于瘸子还露出了一点不好意思的样子。

如果事情到这里，完了，也不会有那么多人再说，更不会说了那么多天后，还在说。这个事，所以成了下野地的一件大事，是因为接着又出了下面的事。

这个事也可以用一句话说，这句话就是，于瘸子把小姨搞了，小姨就把于瘸子送进了大牢。

那天，小姨一瘸一瘸地走进了二宝家。一看小姨那个样子，二宝吓了一跳。刘玉把小姨扶到床上，问小姨咋回事。

小姨躺在床上，死了一样，闭着眼。

小姨醒过来，看到刘玉，头一句话，说，我要告他。

管妇女的干部们来了，跟小姨说，咱们都是女人，你受的委屈，我明白，可事情已经这样了，就想开点。于瘸子也是太喜欢你了，男人一喜欢得厉害，就有点管不住自己了。别看这样的男人又粗又野，真结了婚，可会心疼老婆了。咱农场，多少女人，结婚的时候，呼天抢地像进地狱似的，可真结了婚，你看一个个不全过得好好的。再说了，都知道你已经和于瘸子那样了，再以后，你也不好找了。

连场长都亲自出马了，对小姨说，不要告了。说于瘸子是个老同志，为革命流过血，负过伤。只要小姨不告于瘸子，农场的工作可以随便小姨挑，小姨想干什么就可以干什么。还说，要是小姨能和于瘸子结婚，给小姨盖一座新房子，农场还要宰一头猪来庆贺，还要让场长来主持婚礼，一定要办成下野地最热闹的一次喜事。

那天，刘玉一看小姨那个样子，眼泪马上掉下来，一听小姨说告，刘玉也马上说，告，这个王八蛋，太坏了。

刘玉当时说告，可过了一会，刘玉就不这么说了，刘玉说，这个事，不是别的事，咱们再想想。刘玉说，要不，咱们就算了。

可小姨说，我什么都不会想了，我就想着要告他，要法办他。

不用说，后来，于瘸子就真的被法办了。抓于瘸子那天，好多人出来看。边看边说，小姨这个女人的心真够狠的，真够毒的。

再大的事，说了一阵子，就不大会有人说了。于瘸子进了大牢，不到一年，就不大有人说这个事了。就是见到小姨也不会有多少人说。只是没有什么单身男人去主动追求小姨了。给小姨当红娘介绍对象的也很少了。偶尔有一两个来提亲的，多是离了婚的死了老婆的，或者是有什么生理缺陷的。这样的介绍，小姨肯定看也不会看，理也不会理。

小姨还是老到二宝家，见了二宝还是那么亲热地在二宝脸上亲一下，再问二宝学习怎么样。刘玉见了小姨老说小姨别再挑了，和过去不一样了，随便找一个成个家吧。小姨一听就会问一旁的二宝，说，二宝，你看小姨和过去是不是不一样了。二宝就歪着头看一会小姨，看完后说，小姨和过去一样好看。有时还会说，小姨比过去还要好看。小姨一听很高兴，就说，我就想着找个可心的人一块过日子，这个想法，我变不了，一辈子也变不了。

有一个一辈子都不会变的想法老在心里揣着，就看不出那件别人看来了不得的大事，给小姨带来了什么变化。小姨还是过去的那个小姨，笑起来，有多大声音全发出来。说起话来，有什么想说的，一句也不放在肚子里，全说出来。好多人知道小姨的事，看到小姨这个样子，就有点糊涂，觉得小姨这个女人真的有点和一般的女人不太一样。

小姨当然是和一般女人有点不一样了，不然的话，也就不会有下面的故事了。

吴之干在小姨出了事的四年后，来到了下野地。

头一回见到吴之干，是在上工的路上。一大群人往地里走，走着走着，小姨看到一张脸，一片熟悉的脸里，这张脸看起来很陌生。小姨问旁边的人，这个人是谁，一个说，不知道，另一个说，新来的。

头一回和吴之干说话，不是在上工路上，也不是在干活的地里。头一回和吴之干说话，是在营地里，在一排房子的前面。当时天还没有黑，太阳刚进到远处的雪山里，还留了些红黄的颜色在地面上。小姨看到了吴之干，小姨就走过去和他说了话。

一排土房子,房子里住的全是单身汉。好多单身汉都在门口。别的单身汉，小姨全都认识，只有吴之干，小姨不认识。小姨走过去时，别的单身汉看小姨，有的还朝小姨笑，想着小姨走过来，是要给自己打招呼。只有吴之干，没有看小姨，他不认识小姨，也就没有看小姨。可小姨走过去，对别的单身汉，一个也没有理。

小姨走到吴之干跟前，和吴之干说话，谁也没有想到，连吴之干自己也没有想到。

小姨不会随便和一个不认识的男人说话，小姨主动去和吴之干说话，只有一个原因。

那天收了工，吴之干回到房子里，打来了一桶清水，先倒一盆子，洗头洗脸。洗得很仔细，连耳朵眼里都要用毛巾擦到，地里干活，尘土到处飞，随便一洗，清水就变成了黄泥汤子。换了一盆，再接着洗。再洗，脱了衣服洗，全脱了，一根布丝也不剩，从上面一直洗下来，洗到脚指头。全洗好了，再拿出叠放整齐的长短衣衫，一件件穿。从短穿到长，从里穿到外，硬是把一个刚下过地的人，穿得像从书堂里走出来。往周围那些汉子中一站，显眼得很。

不用说，小姨的眼睛也亮了一下。别想着让小姨眼睛一亮，小姨就要主动去问他的名字。不会的，一点儿也不会。要是只看到这些，小姨只会看一眼，不会走过去问他叫什么名字。

别的男人也坐在门口。吃过晚饭，天还有一点亮。睡觉还早得很，一天中一段闲空，什么事也没有，就坐到门口乘凉。别的男人走出来，随便看到一块石头，一个砖头，一截木头，就坐下了。看不到这些东西，也坐，直接坐到土上，坐到地上。大不了沾一屁股土，起来用手一拍，就掉了。吴之干也走出来乘凉，也坐下去。可不随便坐。早想好了，不空着手出门，一手提了一个小木板凳，一手端一杯冒着热气的茶杯。腋窝里还夹了一样东西。小板凳放下，坐上去，茶杯端起来，喝一口茶，放到一边，再把夹着的那个东西拿出来，放到膝盖上。

换一个人，不会去注意那个东西，可小姨注意到了。

那东西，是一张报纸，很普通的一张报纸。谁想看都可以看。整个中国不知有多少人订了，多少人在看。但它出现在荒野上，出现在一个刚下地干完活的汉子的膝盖上，就有点不同寻常了。

小姨看到了正在看报纸的吴之干，眼睛一亮走了过去。站在吴之干跟前，问吴之干，喂，你叫什么名字。吴之干看得正入神，不知道小姨在问他，就没有吭声。旁边有人说，老吴，喊你呢。吴之干这才抬起头，看到了小姨。小姨又说了一遍，你叫什么名字。吴之干说，我叫吴之干。小姨说，我叫刘琴。吴之干噢了一声，又低头看报纸。好像报纸里有什么东西，比小姨要好看得多。

小姨问过吴之干的名字，没有马上回到自己的房子，她走到了营地外面，走到了野地里。坐在一条水渠边上，把一双脚放到流动的渠水里。远处的麦田里，麦子正由青变黄。身边有几只红色的蜻蜓绕着她飞来飞去。小姨一动不动，好像在想什么，好像什么也没有想。

小姨好些天没来了，二宝问刘玉，小姨咋不来了。刘玉说，想你小姨了？二宝说，当然想了。正说着，小姨来了。好像小姨就在门口等着呢，听到二宝说想她了，她才进来。一看到小姨，二宝扑到小姨怀里。小姨在二宝脸上亲了一下，问二宝考试得了多少分。二宝说全在九十分以上。小姨说，这还差不多。说着，掏出几块糖。说二宝不是想小姨了，是想吃糖了。拿了糖的二宝还想给小姨多说会话，可小姨却让二宝写作业去。小姨老说二宝长大了一定要做一个天下最有文化的男人，所以见了二宝就问考试成绩，就让二宝写作业。

二宝去写作业了。小姨和刘玉说话。小姨说到了吴之干，说到了吴之干收了工坐到门口看报纸。刘玉是小姨的姐姐，小姨想什么，她心里明白。刘玉问小姨是不是看上吴之干了。小姨说她现在只知道他叫什么，再别的什么都不知道了。刘玉说，可你看到他看报纸了。小姨说，他那个样子，一看就是个读书识字的人。刘玉说，这样的人，怎么会在地里干活？小姨说，不知道，有空问问他。刘玉说，要不要我替你去问问？小姨说，这倒不用。

小姨想做什么，没有什么不敢做的。

和刘玉说到好晚，刘玉说，算了，别走了，住下吧，明天再走。小姨说没事。刘玉说，那你小心点。小姨说，告诉你吧，姐，现在在下野地，不管是四条腿的狼，还是两条腿的狼，只要一听到我的名字，马上就成了兔子了。

这话不是瞎说，一次小姨从二宝家出来，也是晚上，天上没有星星，黑得不行。路过一条林带。遇到一个好像是上夜班浇水的男人，他扛着一把坎土曼。看到了小姨，走过去了，这个人又转回身，追上小姨，他说，喂，你一个人走，不害怕吗？前面有狼的。小姨停了下来。那人又靠前了些。又说，我可以陪陪你。小姨闻到了从他的嘴里散发出来的臭莫合烟的味。小姨不紧不慢地说，你知道我是谁吗？那人摇摇头，说，我用不着知道你是谁，我知道你是一个女人就行了。看不清男人的脸，可这句话，让小姨看到了他脸上的坏样子。小姨说，你想干什么？男人说，想干男人和女人都想干的好事。小姨说，我要是不让你干呢？男人说，这么黑的天，你可能说了不算。小姨说，那你听我说了再干行吗？男人说，行啊，你说吧。小姨说，你知道咱们这儿过去有个于瘸子吧。男人说，知道。小姨说，你知道是谁把他送到监狱里去的吧。男人说，你是……小姨说，是的，我就是那个女人。小姨的话还没有说完，那个男人就跑了，跑得像兔子一样快。

那天问过吴之干的名字后，再往地里走，不管有多大一群人，小姨只要抬头一望，马上就能看到那张脸。不过，走着走着，一大群人，就分成了好多小群。一群群走进了长着不同庄稼的地里。这时小姨就看不到吴之干了。

往回走，一小群一小群的人从地里走出来，又合成了一大群。小姨走到了大路上，看到吴之干在前边走，就加快了脚步，走到了离吴之干身后不远的地方，不是想干什么，只想离得近一些。

吴之干走着走着，走出了人群，走到路的旁边。旁边有一条水渠，水渠里流着水。吴之干走过去，蹲到水渠边，洗沾满了泥土的坎土曼。

小姨看见了，想了一下，站下了，等着别人从身边走过去。

小姨走到吴之干身边。

吴之干洗去了坎土曼上面的泥土，站起来，转过身看到了小姨，有点意外。

小姨说，你真干净，坎土曼也要这么洗。

吴之干说，洗干净了，看着舒服。

小姨说，是看着舒服。我也洗洗。

小姨到水渠边去洗她的坎土曼，吴之干要走，小姨说，等我一会，我马上就洗好了。吴之干站在那里，过了一会，小姨洗好了坎土曼，走过来，说，走吧。

两个人就一块走。洗过的坎土曼，在两个人的肩膀上晃来晃去，一点土也没有了，阳光照在上面，亮闪闪的。

小姨说，你是南方人吧？

吴之干说，是的。

小姨说，能听得出来。

吴之干说，你是什么地方人？

小姨说，我是北方人，山东人。

吴之干说，山东好，孔子就是山东人。

小姨说，孔子是谁？

吴之干说，中国的大文人。

小姨说，你也是个文人。

吴之干说，我算什么文人，只能说识几个字。

小姨说，你咋来的新疆？

吴之干说，国家让我来的。

小姨说，你一个人来的？

吴之干说，是的。

小姨又问，老家还有什么人？

吴之干说，父母还有姐姐和弟弟。

小姨说，再没有别的什么人了？

吴之干说，没有了。

当天晚上，小姨去了二宝家，对刘玉说，我问了，吴之干是一个人。刘玉说，那他多大了？小姨说，我忘了问了。刘玉说，你可真够可笑的。小姨说，这有什么，下次见了他，问问他不就得了。

再见到吴之干，不知是又忘了，还是别的什么原因，小姨没有问他多大了。小姨说，吃过饭，没有事，我到你屋子里串个门。吴之干说，好啊，你来吧。

吃过饭，小姨在屋子里洗了个澡。小姨经常洗，可这次洗的时间长了些，洗过后，对着镜子梳头发，也比往日时间长。洗过澡披着一头黑发的小姨比往日好看，小姨看着镜子里的自己，笑着扮了个怪相。

头一回进到吴之干屋子里，一眼就看到了床头一个木箱子上放着一摞子书，这和她想的一样。再看别处，就有点和她想的不一样了。屋子里一点儿也不乱，地上扫得干干净净，一件换下来的脏衣服也没有。小姨想找点活帮着干，一点儿也找不到。

小姨说，水库西边有一条沟，里面全是树。吴之干说，什么树？小姨说，胡杨树。吴之干说，光听说有这种树，还没有见过。小姨说，那咱们去看啊。吴之干说，好啊。小姨说，那休息天，咱们就去。

看胡杨树那天，小姨还是没有问吴之干多大了，也许小姨觉得这不算个什么事，就没有着急着问。

走得有点累了，小姨说，找个地方坐一会。吴之干说，好啊。一棵很大的胡杨树下，有一棵老死的树倒在地上，像一条长凳，他们坐在了上面。小姨带了一个行军壶，问吴之干渴不渴，吴之干说真有点渴了。接过小姨的行军壶喝了起来。

这时天上的太阳没有了，不知什么地方飘过来一片黑云遮住了它。又过了一会，就下雨了。雨不大，细细的像线一样，无数的线织成了雾一样的纱，在眼前飘来荡去，本来看得很清的东西，一下子有些看不清了。

一下雨，吴之干好像就让这雨给迷住了，一句话也不说，盯着雨看，好像有什么他一直想看的东西，一直没有看到，却在这个时候，在这片雨里，让他看见了。他看得有点发呆了。

雨没有下得太久，那块黑云飘过去，雨就不下了。吴之干说，下得好好的，怎么不下了。小姨说，这是阵雨，下一会就不下了。

那天雨不下了，小姨把吴之干带到了二宝家。也没有跟吴之干说，走到房子门口了，小姨说，这是我姐家，咱们进去坐一会。吴之干说，行啊。就进去了。刘玉没有想到小姨这么一下子进来了，还带了个大男人，有点发愣。小姨说，这就是给你说的吴之干。刘玉说，好，好，好，吃点什么？我去做。吴之干马上说，不吃了，坐一会就走。刘玉说，头一回来，哪能不吃顿饭呢。也没有好吃的，家常便饭。吴之干看小姨，小姨说，我姐做的饭可好吃了，吃就吃呗。

听到小姨的声音，二宝从另一间房子钻出来。小姨看到二宝，让二宝喊叔叔。二宝喊了一声。小姨说，把作文本拿给吴叔叔看看，吴叔叔文化水平高着呢。二宝去拿作文本，小姨说，我这个外甥可聪明了，老师老夸他，还给他奖过大红花。吴之干说，那以后，一定有出息。小姨说，能像你一样，当个有文化的男人就行了。吴之干说，比我强，比我强。啥时候带他到我那里去，想看什么书，给他看。小姨说，那太好了。

二宝让吴之干看他写的作文，吴之干边看边说什么地方写得好，什么地方要怎么样写会更好。

小姨跑到厨房帮刘玉做饭，问刘玉，怎么样？刘玉说，看着真的挺不错。多大了？小姨说，我还没有问。刘玉说，连多大都不知道，你这人也真是的。小姨说，下次再问，反正日子长着呢。

那天在二宝家吃过饭，往回走。走在路上。

小姨问吴之干，你说，咱们这个地方，怎么样？

吴之干说，好啊。地多大啊，天多高啊。真的是到了新疆，才知道祖国有多大。

小姨说，除了地方，还有这里的人，你觉得怎么样？

吴之干说，人也好啊，大家来自五湖四海，为了一个理想，走到一起。建设边疆，好啊。

小姨说，你看咱们农场的女人怎么样？

吴之干有点被问住了，没有想到小姨会这么问，也从来没有想过这个事。

小姨说，你是不是觉得农场的女人五大三粗，难看得很。

吴之干说，没有，没有。

小姨说，那你说，有好看的吗？

吴之干说，有，肯定有。

小姨说，那是谁？

吴之干又想了一会。

小姨说，这个事还用想啊。

吴之干看看小姨，说，我看，也就是你最好看了。

小姨说，胡说，一听，就不是真心话。

吴之干说，真的，我好好想了想，好像没有看到比你再好看的了。

走在路上，遇到了一群牛。牛后面跟着一个人，小姨认识，叫老潘。一看，就是个老实人。老潘身上的衣服扣子全掉了，把一根草绳系在腰间。连队开忆苦大会，他上到台子上，说他的苦事，说得一把鼻涕一把泪。老潘问小姨，吃过了？小姨说，吃过了，你呢？老潘说，把牛赶回圈，就去吃。老潘看着吴之干，说，这后生，真秀气，新来的？小姨马上说，是的，他叫吴之干。老潘说，这名字，老怪。说着，就走过去了。过去后，吴之干问小姨，他是谁？小姨说，老潘。

那天夜里，小姨睡不着，老想一件事。小姨很少睡不着，让小姨睡不着的事，一定是大事。也的确是大事，是小姨的人生大事。

想不好，睡不着，想好了，更睡不着。

明知道这样的大事，急不得，可小姨还急。一急就不管那么多了，不管那么多了，就把想说的话说出来了。

吴之干在扫地，小姨进来了，把扫帚抢过来，小姨说，以后，你别扫地了。

吴之干在洗衣服，小姨看见了，把吴之干拖开，小姨说，以后，你的衣服还有被褥不要自己洗了。

吴之干说，我住的房子，我的衣服，我不打扫，我不洗，谁给我扫，谁给我洗。

小姨说，我给你扫，我给你洗呀。

吴之干说，你为什么要替我扫地，给我洗衣服？

小姨说，你可以把时间省下来，去读书，去看报纸。

吴之干说，这怎么能行，我们是同志。

小姨说，能行，我们可以不做同志。

吴之干说，不做同志，那做什么？

小姨说，夫妻。

小姨说完这句话，跑出去了。

再见到吴之干，小姨一句话也不说，她的话已经说完了，她不用再说什么了。

吴之干也没有想让她再说什么，吴之干说，那天下雨，我看着雨发呆，你可能不知道我为什么发呆。我告诉你吧，我和我的女朋友，也是未婚妻吧，一到下雨天，就会跑到屋子外面去，我们只拿一把伞。我举着伞，她靠着我，我们就在雨中走，走过一条街，又走过一条街，我们说好多话。平时不说的话，这时全说了，那些话，被雨洗过后，再落到心里头，就像种子一样，会长出青青草，开出美丽的花……

吴之干说，在火车站分手时，她哭得像个泪人。她说，我等着你，你要是回不来，我就去找你。说定了，这一辈子，你不能娶别的女人，我也不嫁给别的男人，我们一定要在一起，不管发生了什么，我们都要在一起……

吴之干说这些话时，说着说着眼睛就湿了。说着拿出一堆信，让小姨看，他说，这些信全是她写来的。又拿出一张照片，让小姨看，说他说的是真的，全是真的。要是没有这个女人，他也许会想想小姨的话，可有了这个女人，他不可能再和别的女人谈一样的事。

小姨没有看信，她识的字不多，看不了信。她看照片。一看照片，小姨不说话了。小姨只能说，她长这么大，还没有看到过这么好看的女人，原来照镜子，觉得自己还挺美的，一看这照片，小姨才发现自己长得那么丑。小姨说，她长得真好看。吴之干说，我们走在大街上，多少人走过去，还要回头再看看。

小姨放下照片。小姨这才想起了什么似的，问吴之干，你多大了？

吴之干说了自己的年纪。小姨说，我比你大两岁，就当我是你姐吧。说完这句话，小姨笑了一下，泪水也流了出来。

说开了，明白了，想通了，轻松了。再看到吴之干，小姨好像比过去还亲近。

一群人走在路上，看到了吴之干，过去小姨只是看看，不会走过去。这会儿，看见了，小姨走过去，走到吴之干身边，和吴之干并排走。两个人说着话，说到可笑的事，小姨放开了笑，好多人听到了，全转过脸看他们。

有时在一块地里干活，中午在地里吃饭。小姨让吴之干坐在树底下凉快，自己去打饭。打来饭，要是饭里有肉什么的，她就说自己不爱吃肉，让吴之干吃。还有几次，太阳毒得很，吴之干没有戴草帽，小姨看到了，拿自己的草帽给吴之干，吴之干不要，小姨说你是南方人，不经晒。我们晒惯了，没事。

有人给小姨开玩笑，说小姨是不是和吴之干在谈对象。小姨说，别胡扯八道，他比我小，我是他姐。

吴之干到井边洗衣服，要是小姨在，小姨一定要把衣服抢过去，帮吴之干洗掉。要是小姨不在，有人看到了，遇到小姨，给小姨开玩笑，说你弟在井边洗衣服呢，你还不去帮着洗。小姨一听，放下手中别的事，马上赶到井台，帮吴之干洗。

当着小姨的面，吴之干不说那个照片上的漂亮女子。不是不想说，故意不说。吴之干不说，小姨说。见到吴之干，就要问，来信了没有。还说，这样的女子，还是快娶到家好。

送信的来了，好多人围上去，小姨也围上去。知道不会有自己的信，还要围上去看。只是想看有没有吴之干的信。要是有他的信，马上拿了，跑着送给吴之干，离很远，喊吴之干的名字，说有他的信。神情和语调里，透露着欢喜。

拿到信的吴之干很高兴，马上拆开了看，一看，脸上有点不好看了。小姨问咋啦？吴之干说，我让她来新疆，她不来。她说，新疆太远，太落后。她还说，要想和她结婚，我就要赶紧调回去。

小姨说，那你就赶紧调回去呀。

吴之干苦笑了一下，说，调回去，难啊，不知哪一年哪一月。

小姨说，那你给她写信，说你多么爱她。让她来呀，不来，也得让她等着你。

吴之干一听，马上写信。吴之干写，小姨在旁边看，写的什么，也看不出。还是看，那着急的样子，好像是她自己的事。

信写好了。小姨说，我去给你发信。只有一个邮电所在场部，离连队有好几里地。小姨拿着吴之干的信，一直走到场部，给吴之干把信寄了。

从场部回来，走到大渠的桥上，遇到一个人。

那个人站在桥上，往营地那边看。不知他看什么，也不知他为什么看。

老远看到了站着那么个人。小姨没有想那么多，她想早点回去，告诉吴之干把信寄出了，好让他放心。

那么老远就看到他站在那里，走到了他的跟前，还那么站着，一个人没有什么特别的原因，不会一动不动站在一个地方那么久。

看后背，只能看出是个男人，好像有一点眼熟，小姨想不出是谁。走过去后，小姨想看看这个人是谁，她想肯定是一个农场的哪个同志。小姨要看看是谁，还要问问他站在这里看什么。

从那个人身边走过去几步后，小姨站下了，转过身看站在桥上的男人。一看，小姨像被雷劈在了身上，一下子呆住了。

小姨不能不这样，因为这个人不是别的男人，他是于瘸子。

于瘸子回来了。被判了十年，可才五年他就回来了。这是咋回事？后来大家才知道，于瘸子在监狱里时，有几个犯人要搞暴动，想把警卫杀掉，跑出去。知道于瘸子当过兵，拉于瘸子参加。于瘸子说行，他们就把计划告诉了他。可到了要行动的前一天，于瘸子又把计划告诉了管教干部。暴动阴谋粉碎了，于瘸子立了大功。马上减刑奖赏他。

那天在桥头上，小姨呆住了。于瘸子也呆住了。想到出来后会遇到小姨，可没有想到会一出来，就遇上了。

太突然，一点准备也没有。两个人只是发呆。小姨待了会，转过身走了。于瘸子的嘴皮子动了动，想说什么，却什么也没有说出。要是小姨再待一会，于瘸子可能会说出点什么，但小姨转身跑了。于瘸子想说什么也不能说了。

见到吴之干，小姨想把遇到于瘸子的事说给他听。他来得晚，不知道于瘸子的事。小姨想说给他听，可想了想，还是没有说。

到二宝家，二宝他爸张井才拿了个西瓜来，杀给一家人吃。吃完了西瓜，小姨拿起那把杀瓜的刀子，说，这刀真好看。张井才说，当然好看，正宗的英吉沙刀子。小姨说，给我吧？张井才说，你要它干吗？小姨说，我喜欢。刘玉说，一把破刀子有啥，他小姨喜欢，你就给她吧。张井才说，没说不给啊，拿去吧。小姨说，谢谢姐夫。

于瘸子回来后，没有让他下地干活。让他去了大晒场，他当了一个看场人。大晒场不和住的地方在一起，一般人没有事不会去那里。可能是怕丢人，于瘸子也不出来。都知道于瘸子回来了，可碰上于瘸子的机会并不多。

于瘸子回来，对农场别的人来说，和他没有回来一样，影响不到什么。只有小姨一个人，为这个事，好多夜里睡不好。没有办法，有些事，有些人，可以忘记；而有些事，有些人，你只要经历过，只要遇上了，你就不能忘记，到死也不能。小姨多想让于瘸子待在监狱里永远也不出来，甚至想，他能死在监狱里多好……

再善良的人，有时也会生出些恶毒的想法，小姨也不例外。

好些人，没有忘掉几年前的那个事，见到小姨，会给小姨提醒一句，让小姨小心点。说劳改出来的人，没有不敢干的事。还有人说了，于瘸子这回回来，就是要报复。还说，听到于瘸子说了，五年的大牢不能白坐。

当然，小姨不会怕于瘸子，那个时候都没有怕过，这个时候更没有什么可怕的了。

于瘸子回来了，会让小姨有时睡不好，可也不会再影响小姨什么。小姨还是小姨，小姨要想什么一样想什么，要做什么一样做什么。

只是小姨自己出门去，不管什么时候，不管去做什么，都会把那把英吉沙刀子带在身上。

刮风了，把门吹开。小姨起来去关门。看到天上闪过一道电，紧接着滚过来一阵雷声。过了一会，下起了雨。下得很大，关上了门，还能听到哗哗的雨声。

小姨把门关上了。

但在同时，在另一间房子，另有一个人听到了雷声，看到了雨，不但没有把门关上，反而打开了门，跑到了门外。

他疯了似的冲到了大雨里。不停地跑，地上是泥，摔倒了，站起来再跑，又摔倒了，又站起来跑。好像有什么比命还重要的东西丢掉了，得马上找回来。可总也找不到，直到后来，他好像明白那个东西真的丢掉了，再也找不回来了，双腿一软，跪在了地上，向着老天伸出了双手。他要问老天为什么，老天却不理他，只是把冰冷的雨水不停地泼向他……

天黑着，下着雨的夜更黑。

上工的路上，往一片晃动的脸们看过去，没有看到吴之干的脸。小姨站下了，再仔细地看，还是没有看到。小姨走到了一个队长身边，问，吴之干咋没有下地？队长说，他病了，请假了。小姨说，病了？怎么病了？队长说，你问我，我怎么知道。

真想马上转过身，去看吴之干。可她没有病，要去干活。这里纪律很严，国家给发工资，不能想干就干，不想干就不干了。到了地里，小姨边干活，边想着吴之干生病的事。

到了中午，再也待不住了。捂着肚子，走到排长跟前，说她肚子疼。排长说，真疼？小姨说，疼得厉害。排长说，那你去卫生室看看。小姨说，那我看过病就不来了。排长说，要是还疼，就别来了。

走出庄稼地，一看四周没有人，手不再捂到肚子上。把手臂甩开了，小跑着往营地跑。一直跑到吴之干的屋子里。

一进门，就问，你怎么啦？

吴之干躺在床上，好像死了。小姨一摸他的额头，好像碰到了一块烧红的铁。小姨马上把毛巾湿了凉水，给他敷到额头上。

小姨说，你这到底是怎么啦？

吴之干闭着的眼睛慢慢睁开了一点。

小姨说，你快说，出了什么事了，怎么一下子病成了这样？

吴之干说，她嫁人了。

小姨说，谁嫁人了？

吴之干说，她嫁人了，她说她不能等我了，她要结婚。

小姨说，你说的是她，那个好看的女人？

吴之干说，就在今天，她和另外一个男人举行婚礼了。

小姨说，她怎么能这样，她怎么可以说话不算数，说变就变呀。

吴之干闭上了眼，眼泪从眼角流下来。

小姨这才看到了地上扔着沾满泥水的衣服，还有碎如雪花的纸片，小姨还看到了那张撕成了几块的照片。那个美丽的女人没有了。

吴之干的高烧不退，小姨去问卫生员怎么办。卫生员说，没办法，只有打青霉素。小姨说，那就打呀。卫生员说，打不成，没有药。小姨说，什么地方有药？卫生员说，场部卫生队才有。小姨说，你写个条子，我去拿。卫生员说，这么晚了，明天去吧。小姨说，我现在就去。

那会儿，天已经快黑了。小姨不管那么多。走路走到场部，快半夜了。拿了药回来，已经是后半夜了。把卫生员喊醒了，让他给吴之干打针。卫生员睡得正香不想起来，说明天早上再打。小姨说，你不起来，我就在你门口站到天亮。

没有办法，卫生员起来了，看着小姨，说，你这个人也是的，他又不是你的什么人，你干吗要这样呢？

小姨说，我愿意。

知道于瘸子在大晒场，小姨从不去大晒场。有些活，要在大晒场上干，小姨就对排长说，我不去，给我换个地方。排长知道小姨和于瘸子的事，就安排小姨去干别的活。

可好多事，从来都不会你想怎么样就可以怎么样的，有一天，小姨还是遇到了于瘸子。

于瘸子一个人在大晒场看场，自己做饭吃。每过一段日子，要去食堂领些米面油。走在两边长着防风林的土路上，遇到了小姨。等小姨看出对面走过来的人是于瘸子时，想转身也来不及了。再说了，小姨为什么要转身，她转身好像做了什么对不起他的事似的。这么一想，小姨就抬头挺胸，迎着他走过去。小姨想好了，从于瘸子身边走过去时，看也不看他一眼。

小姨没有想到，她不看于瘸子，于瘸子却看着她，不但看她，还在她面前停下来。不但停了下来，还喊小姨的名字，让小姨站下。

小姨当然不会站下，他是个什么东西，一个劳改释放犯，有什么权利让小姨站下。小姨还往前走。但小姨把手放进了裤子口袋。她一点儿也不怕了。

于瘸子说，我知道，你还在恨我。我只想对你说一句，我对不起你。我会用我的一辈子来赎我的罪。

小姨还在走，小姨心里想，我是恨你，恨不得杀了你。还有你的罪，别说一辈子，你就是几辈子也赎不掉。

于瘸子说，不过，还有一句话，我知道你不想听，可我还得说，在监狱里，我天天想着，出来后，一定要把这句话说给你。

小姨心里想，你最好什么话也不要说，你说的什么话，我都不想听。

于瘸子说，我想告诉你，那个时候，我真的是喜欢你。

小姨心里想，这句话，在我听来，比吞了一只苍蝇还恶心。

于瘸子说，不过，你放心，讲了这些话，我再不会和你说话了。这是最后一句话，要是有一天，你有什么事自己干不了了，想找人帮你，你就来找我，你让我干什么我都会去干。

小姨心想，别做这个梦了，我永远也不会有事要找你的。

小姨还在往前走，没有再听到背后传来说话声。忍不住转过身看了一眼，看到了于瘸子一拐一拐地在走。走得很慢，他用不着走那么快，没有什么人在等他看，也没有什么事等他去办。他活着，可已经和死了差不多了。

这样一个人，小姨还和他一般见识，真是太可笑了。这么一想，小姨一下子轻松了许多。

手也从裤子口袋里拿了出来。她突然觉得老在身上带一把刀子是不是有点可笑。

高烧退了，吴之干好了。病好了，可吴之干好像不再是原来那个吴之干了。收了工，回到屋子里，也不那样上上下下里里外外洗了，衣服也不换就往床上一栽，望着屋顶子发呆。吃过饭，也不搬着小板凳坐在门口看报纸了。小姨来串门，和他说话，他也是有一句没有一句，常常小姨说了好多话，他还反过来问小姨说的什么。

小姨问他，怎么不读书了？

吴之干说，读书有什么好？

小姨说，读书的人聪明。

吴之干说，我觉得我最傻。

小姨说，读书的人能办大事。

吴之干说，我和废物有什么两样。

小姨说，下野地没有男人能比得上你。

吴之干说，我看这里的每个人都活得比我好。

吴之干让小姨把他这里的书全拿走，拿给二宝。吴之干说，看了二宝的作文，写得真好，小小年纪能写出这样的文章，很了不起。长大了，一定会有出息。至少会比我有出息。

小姨说，他还是孩子，不能和你比。长大了，他能像你认那么多字，我就很高兴了。

吴之干让小姨把书全拿走，小姨不拿，说拿几本就行了。吴之干说，你都拿走吧，反正我也不看了。小姨说，你不能不看书，不看书，你会更不开心。

拿了书给二宝，二宝一看这么多书，高兴得不行。小姨把吴之干的事给刘玉说了。刘玉说，倒是个有情有义的人。张井才看到吴之干给二宝这么多书，又听小姨说他刚大病了一场，就说杀一只鸡炖了，给他补补。小姨和刘玉全说好。

鸡炖好了，小姨端着给吴之干送去。一推门，推不动，门没有锁，里边有人，怎么推不动？喊了吴之干一声，里边没回应。这个吴之干搞什么名堂。小姨嘀咕了一句。想了想，走到窗子前，扒着窗子往里看。

里边黑，外边往里看，看不清。看一会，才能看出点什么。

这一看，把小姨吓坏了，吓得小姨端着的一罐鸡汤掉在地上，摔了一地。不是小姨胆小，换了谁，也会是这样。

没错，小姨看到了吴之干。可她看到吴之干不是躺在床上，也不是坐在凳子上，更不是站在地上。她看到吴之干悬在半空中，脚离地有二尺远，还在晃悠。

吓是吓着了，可小姨没有被吓晕，没有被吓傻。她再次冲到吴之干的房门前，大声喊着吴之干的名字，像头小母牛，拼了命地朝门撞去。

哐的一声，把门撞开了。

把吴之干抱在怀里，哭喊着，说吴之干太傻了，为了这点事就想不开，就要去死。他怎么忘了老祖宗的话，好死不如赖活着。活一次多不容易啊，咋就能死呢。要是为这点事，就不活了，那得有一半的人，都要去死了。还是个读书人呢，这点道理都不知道，都不懂。真是糊涂啊，太糊涂了。

看吴之干还不醒，小姨伸出巴掌去打吴之干的脸。打了没有几巴掌，吴之干醒过来了。

醒过来了，但眼睛却还闭着。吴之干说，这么快，我就到了天堂。我这是在哪儿?

小姨说，你是到了天堂，你这是在王母娘娘的怀里，没事了，你没事了，你可以做一个好梦了。

听到吴之干说话了，小姨的心像一块石头落了地。

小姨把吴之干抱到床上，想让他躺下休息。刚把他放下，要起身，吴之干却猛地抱住了她，不让她走，说他不让王母娘娘走，躺在娘娘的怀里真温暖。

小姨的脸一下子红了。发了一会呆，一句话也不说了，只是把吴之干紧紧地抱在怀里。

小姨说，你不嫌我丑吧。

小姨说，你要是不嫌我丑，你就娶了我吧。

小姨说，你要是娶了我，我就天天这样抱着你。

小姨说，你要是娶了我，我就顿顿做饭给你吃想吃什么做什么。

小姨说，你要是娶了我，我就给你洗头洗脚还给你洗澡搓背。

小姨说，你要是娶了我，我就夜夜都给你暖被窝。

小姨说，你要是娶了我，我不让你扫一次地洗一件衣服。

小姨说，你要是娶了我，我不让你挑一桶水劈一根柴。

小姨说，你要是娶了我，你让我说什么我就说什么。

小姨说，你要是娶了我，你让我做什么我就做什么。

小姨说，你要是娶了我，我不会让你渴着饿着热着冻着。

小姨说，你要是娶了我，我不会让你受气受苦受累受罪。

小姨说，你不嫌我丑吧。

小姨说，你要是不嫌我丑，你就把我娶了吧。

小姨说，你要是娶了我，我就天天这样抱着你。

吴之干看着小姨，好像头一次看到小姨真的很好看。小姨说这些话时，变得更好看了。小姨的好看是越看越好看的那种好看。

吴之干说，你真的想嫁给我？

小姨说，真的。

吴之干说，你知道我是个什么人？

小姨说，我知道你是个南方人。

吴之干说，还知道什么？

小姨说，还是个有文化的男人。

吴之干说，可有一样你不知道。

小姨说，我知道这些就行了。

吴之干说，不，有一样你一定要知道。

小姨说，什么？

吴之干说，我原来是干部，现在不是了，你知道为了什么？

小姨说，不知道。

吴之干说，我从城里发配到这里，你知道为了什么？

小姨说，不知道。

吴之干说，你知道那个女人为什么到了最后不跟我了？

小姨说，她让你回去，你不回去。

吴之干说，不，那只是个借口。

小姨说，那因为什么？

吴之干说，所有这些，只因为一个东西。

小姨说，什么东西？

吴之干说，它是一顶帽子。

小姨说，可你什么也没有戴。

吴之干说，这个帽子，看不见，但比什么帽子都重。

小姨去摸吴之干的头，好像在找那顶帽子，找到了，好给吴之干摘下来，扔掉。

吴之干说，这个帽子你摘不掉。

小姨说，什么帽子这么厉害？

吴之干说，右派。

小姨说，我不懂。

吴之干说，谁戴上了它，谁就没有了好日子。

小姨说，咋样才能把它摘掉？

吴之干说，没人知道。

小姨说，那就得天天戴着，永远戴着，让它压着？

吴之干说，你还想嫁给我吗？

小姨说，更想了。

吴之干说，为什么？

小姨说，那么重的帽子，让你一个戴，多累啊，两个人一起戴，你就不那么累了。

吴之干想了一下，说，你真是个好女人。

小姨说，这么说，你愿意娶我了？

吴之干说，你要是真不嫌我有一顶帽子，我就娶你。小姨说，你要是真不嫌我丑，我就嫁你。吴之干说，你很好看。小姨说，要是右派就是你这样的，那天下的男人最好个个都是右派。吴之干说，你什么时候嫁给我。小姨说，你想什么时候娶我我就什么时候嫁。吴之干说，我想马上就娶。小姨说，我马上就嫁。吴之干说，明天咱们就去领结婚证。小姨说，行。

吴之干写了个报告，让小姨看，小姨说不看了。吴之干说，你得写上你的名字。小姨走过去。吴之干把笔递给小姨，指着纸的一角，让小姨写名字。小姨会写的字不多，连自己的名字算上也超不过两百个。小姨一笔一画写了自己的名字。写好了，小姨说，给我。吴之干说，什么给你。小姨说，把报告给我。小姨说，你不用管了，我拿去找场长批。场长一批，就可以领证了。吴之干说，好吧。

揣着那张写了字的纸，小姨睡不着。想好多事，想到后来，只想一件事。她和于瘸子的事。这个事，要不要给吴之干说，什么时候说，是马上说，还是等结了婚说，还是永远不说。马上说，吴之干还会和她结婚吗？结了婚说，吴之干会不会说她骗了他？永远不说，吴之干从别人那里听说了，又会怎么样？说真的，小姨长这么大，没有遇到这么让她难办的事。她真的有点拿不定主意了。

第二天，小姨没有去场部找场长，她还是去了吴之干的屋子。她说，吴之干，有个事，我得给你说。吴之干说，什么事，等把证领回来再说不行？小姨说，不说了这个事，那个证我没法去领。小姨的样子很严肃，吴之干觉得很可笑，说，你看你的样子，好像多大事似的。小姨说，这个事，你要觉得小，它就比芝麻还小，你要觉得大，比天还大。吴之干说，你说吧，快点说，我太想知道这个事了，我想，这个事肯定是个很有趣的事。吴之干有点等不及的样子。

小姨说了她和于瘸子的事。

开始听小姨说话时，吴之干脸上带着笑，可没有等小姨把话说完，吴之干就笑不出来了。小姨拿出了那张纸，给吴之干说，你看，你要是在乎这个事，你就把它拿回去，就当你没有写过。我还是你姐，我还会像以前一样，把你当我亲弟弟。

吴之干没有把那张纸拿回来，可吴之干说，让我想想，想好了我去找你。

两天过去了。

这两天小姨没有去找吴之干。

这两天可真长啊，小姨觉得好像两年。第三天，小姨正在屋子里发呆，看到二宝跑了进来，二宝很少来，二宝来一定有什么不平常的事。二宝说，小姨，小姨，你快去看，来了好多人，把给我书的那个叔叔抓起来了。

小姨跑出去，看到好多穿着草绿军装、戴着红袖章的人。小姨看到了吴之干。看到他头上戴了一个纸糊的高帽子，小姨马上想到了吴之干说的帽子。戴高帽子的不是他一个人，有一串十几个人。他们被用绳子拴在一起，让人想到了拴在一根线上的蚂蚱。

小姨冲过去，对着牵着他的一群人说，你们快放了他，他是个好人。一个汉子把她推开，说，什么好人，他是右派，是反党反社会主义的坏分子。你还替他说话，你是不是也想陪着他一块游街。旁边有人把小姨拉到一边，对小姨说，你躲远一点，你还不知道啊，乱了，天下大乱了。叫什么“文化大革命”，专门收拾有文化的人。

又有些人，跑进吴之干的房子，把里面的书和报纸拿出来，堆到门口，点起了火。小姨看到后，跑过去，提了一桶水，要去扑火。马上有人拦住她。说，这是革命行动。小姨说，这些书，有什么错，你们要烧它？又有人说，怎么没有错，就是这些书，把识字的人教坏了。吴之干要是没有读这些书，会成右派，会那么坏吗？这一说，倒把小姨说得没话了。只能站在一边，看着火把那些书，一点点烧成灰。刮来了一点小风，灰飞起来，像黑色的蝴蝶，漫天飞舞，看上去，难看得很。

晚上小姨去看吴之干。吴之干整个人像霜打的茄子。吴之干说，你看到了吧，因为我是右派，他们就这样对我。小姨说，我看到了。吴之干说，看到了就好。小姨说，你说你想想，你想好了吧？吴之干说，我想，我还有什么可想的，我的苦日子还在后头呢，什么样的人也不会跟着我受罪了。小姨说，我愿意。吴之干说，你再想想吧，不要有一天后悔，恨死我。小姨说，我不用想。吴之干说，你用不着这样，你还可以过更好的日子。小姨说，能和你在一起，那就是天下最好的日子。

那个几天前写好的结婚报告，小姨还在怀里揣着呢。小姨说，明天我就去找场长。

小姨去找场长。场长看了一下小姨的报告。场长说，要是放在两天前，我就给你批了，可现在我已经靠边站了，没有权了。小姨说，你的权呢？场长说，让别人夺走了。小姨说，那这个事找谁？场长说，去找老潘。小姨说，哪个老潘？场长说，就是那放牛的老潘。小姨想起来了，就是那个老把草绳当腰带系在腰上的老潘。

场长指了一个挂着大牌子的门，说，去吧，去找老潘吧。

大牌子很新，上面的字用红油漆写的，很大很鲜红。

小姨走进去，里面有好多人，正说着什么，看到小姨进来，一齐看小姨。

小姨一眼就看到了老潘。不过，他的腰上，这会儿系着的不是草绳，而是一条军用的武装带，胳膊上还套了个红袖章。

看到小姨，老潘问，找谁？小姨说，找你。老潘说，你有什么事？小姨把报告拿出来，让他看。他没看，给了旁边的一个年轻人，说，你念一下。年轻人拿过来就念。还没有念完，老潘突然大笑起来，说，真是太可笑了，还有这样的事情，这年头，还会有女人和一个右派结婚。小姨说，我不管他是什么，我喜欢他，就要和他结婚。老潘一拍桌子，说，你什么成分？小姨说，我是贫农。他一听，又拍了一下桌子，说，那更不行。贫下中农的女人，怎么能让右派分子乱搞。

从场部回来，已经很晚，远远看到窗子亮着。吴之干还没有睡，在等小姨回来。小姨走到门口，站了好一会没有进去。她不知道进去怎么说。走了一路都在想见了吴之干说什么，走到了门口还没有想好。小姨有时候真的是个很笨的女人。

门一下子开了，不是小姨从外边推开的，是吴之干从里边拉开的。他好像看到了小姨站在门口迟迟不肯进来，他还好像跟着小姨一起去了一趟场部，整个过程全看到了。吴之干让小姨进来，吴之干说，没有办成吧。小姨说，你怎么知道？

吴之干说，想也能想得到，像我这么倒霉的人，不会有好事落到我头上的。

小姨说，不，你不要这样说，结婚是两个人的事，只要两个人愿意，谁也管不了。只要两个人真想结婚，谁也阻挡不了。

吴之干坐在那里，小姨不让他动，小姨给他脱了鞋，又给他脱了袜子。小姨给吴之干洗脚。

吴之干站起来，小姨还不让他动，小姨给他解开了裤腰带，把裤子给他脱下来，叠好放到了一边的木凳上。

吴之干走到床边，小姨从后面抱住他，胳膊绕到前面，给他把衬衫的扣子，一个个解开。

吴之干躺下来，小姨让他脸朝上，小姨用手用嘴从他的额头一点点摸下来亲下来。

吴之干说，这样不行……

小姨说，我说行就行。

吴之干说，这样我怕……

小姨说，有我在你什么都不用怕。

一阵风吹进来，吹灭了油灯上的一豆火苗。

月光像水一样从窗口流进来，屋子里一点也不黑，好像比什么时候都亮堂……

天快亮时，有一阵黑。好多事就发生在这一阵黑里。

老潘来了，带着一帮人。几脚踢开了门。

手电筒照在吴之干的床上。

被子一下子被掀开，飞到了地上。床上两个人，没有穿衣服，光溜溜的。吴之干有点慌，伸出手，乱抓。想找个什么东西盖，却一下子找不到。小姨坐起来，拿过一件衣服，给吴之干盖上。

小姨还是光着的，什么也没有穿。可小姨好像并不急着穿，光着身子，看着老潘他们。手电筒照在小姨身上，小姨像一块玉一样，泛着光。

倒是老潘有点不好意思了，让拿手电的人把电筒先灭了。没想到，小姨却说，不用灭，照着，我好找衣服。

手电筒又亮了。小姨才把放在凳子上的衣服拿过来，一件件，从内到外穿起来，再一个个扣子系起来。

穿上鞋子，直起身子。小姨走到老潘跟前，平静地对老潘说，走吧。有什么事，我跟你们说。

老潘却指着床上的吴之干说，我们不跟你说，要跟他说。

小姨说，没有他的事，全是我的事，跟我说。

老潘说，他这个坏熊，不老老实实，还胡搞，这是罪上加罪。

老潘不跟小姨说，非要带吴之干走，大声吼着要吴之干起来。吴之干好像也想起来，可身子发软，有点起不来。

吴之干穿衣服，胳膊老伸不到袖筒里。小姨走过去，帮吴之干穿衣服。吴之干看着小姨，说，你看，你看，我说不行，不行，你不信，你看，出事了吧，你看，我说……

小姨说，没事，不会有什么事，我已经嫁给你了，我是你老婆了，怕什么，什么也不怕。有我在，我不会让你受委屈的。

吴之干说，你害了我。

几个人上来，扭起吴之干的胳膊往外搡。疼得吴之干乱叫。

小姨一看急了，大声喊起来，说，你们不能对他这样，真的不是他的事，是我自己跑到他床上的，钻到他被窝里的。他赶我走，我不走，我死活不走，是我逼得他，你们……

小姨的话还没有说完，老潘一巴掌打过来，打得小姨倒在地上。

老潘呸了一下，说，破鞋，真给我们贫下中农丢脸。

小姨坐在地上，呆呆地看着一帮人把吴之干拖走了。

下地干活的人群里，没有了吴之干。吴之干在另一个地方干活，干的不是庄稼活。不干庄稼活，却比干庄稼活累好多倍。农场有一种活，叫打土块。地上挖一个坑，挖好了，再把挖出的土放回去，把水泡到土里，把土泡成泥。再把泥挖出来，用木制的模子，一下一下地拓成土坯。这个活，一般的人干不了，要最强壮的汉子去干。吴之干不强壮，可他是右派，他就得去干。

看不到吴之干，小姨没心思干活，就装病，跑去找吴之干。跑到荒野上一个土块场边。一去就看到了吴之干，光着脊背，穿着短裤，端着土块模子，在烈日下来回奔跑。汗珠子雨点似的甩到地上，一挨到土，就滋地一下化成烟了。

看到了吴之干，却走不到他跟前。四周站着好几个拿着大刀长矛的。一看到小姨要往前走，马上拦着不让走。小姨多想走过去，让他歇一会，自己端起土块模子，替他流汗，替他奔跑。小姨走不过去，就转身到了瓜地。给看瓜的老头要了个西瓜。小姨让老头把西瓜切成两半。小姨走到拿大刀的人身边，一半给了他，另一半让他给吴之干。拿大刀的人看看西瓜，又看看小姨，就把那一半西瓜送给了吴之干。

吴之干捧着西瓜，抬起头看到小姨，向小姨招了招手。小姨又高兴又难受。

白天打土块，晚上还不让休息，弄到一间房子交代问题。让吴之干说他反对党和社会主义的事，吴之干说不出。说不出就打，打完了又让吴之干说乱搞男女关系的事。吴之干说他没有乱搞，说她是他的未婚妻。审他的人说，什么未婚妻，只要没有领结婚证，就是流氓行为。吴之干不想和这帮不讲理的人说话，干脆不说话。

这更不得了，干脆就用绳子把吴之干吊到房梁上。

白天只是看到了吴之干，可没有和他说上话。她太想和他说说话了，她想这个时候，不管说什么话，吴之干都想听，听了以后都会激动。

越想越睡不着，爬起来又去找吴之干。

知道吴之干关在什么地方，小姨很快就找到了。门口有把门的，进不去，转到后面从窗子去看。

正好，全看到了。小姨一看，吴之干没有昏过去，她差一点要昏过去了。心想完了，这么下去，吴之干不被累死，也得让这些家伙给活活整死。

小姨有些恨自己。那天晚上，不是她主动抱住吴之干，主动给吴之干脱衣服，主动……吴之干不会和她……要是吴之干没有和她……这些造反派也就没有理由抓他了，他也就不会受这么多罪了。

站在窗子外面的小姨，多么想变成民间传说的神怪啊，轻轻地吹一口气进去，那些凶恶的汉子就全变成了泥人。她自己也能变成一只蝴蝶飞进窗子，飞到屋顶棚上把吊着吴之干的绳子解开。然后再变成一匹千里马，驮着吴之干跑到一个没有人的地方……

小姨想了一会，不想了。想再多也没有用。小姨还是小姨，什么也变不了。像小姨这样的女人，一个不识几个字的年轻女人，这样的女人，天下不知有多少。

小姨去找老潘，她对老潘说，我求求你，把他放了吧。

老潘说，你真想让我放了他也行。那我也得考验考验你是不是对贫下中农真有感情。这样吧，别走了，睡我这儿，你要是表现好，明天早上我就放了他。

小姨看着老潘，这张老脸上，看上去，每一道皱纹里，都堆满了憨厚。老潘说出了这样的话，真让小姨没想到。小姨有点发呆。看着小姨发呆，老潘说，怎么，能让那个右派日你，就不能让我日，看来，你也受他的影响太厉害了，这要是放他出去，你们搞到一起，不要多久，你也会变得更坏。

不让老潘说下去，小姨说，让我想想。

老潘说，你想吧，我抽根烟。

抽完烟了，问小姨想好了没有。小姨说，还没有想好。老潘说，那就算了吧。小姨说，这样吧，让我回去再想想，等到明天我再给你说。老潘说，那就明天吧。

第二天，小姨准时到老潘家。

小姨到了老潘家，老潘一看到小姨，眼睛放出光。

小姨说，我想好了。

老潘说，那好吧，过来吧。

老潘坐在椅子上，小姨走过去站到老潘背后，胳膊缠到了老潘脖子上。

老潘说，你的手怎么这么凉？

小姨说，你真是老了，连手和刀子都分不清了。

老潘说，你要干什么？

小姨说，这把刀子可快了，我的手只要一用劲，你就再也说不了话了。

老潘说，你什么意思？小姨说，没什么意思，把吴之干放了，给我们办结婚证。

老潘说，行，你把刀放下。

小姨说，我不，你走，把事办完了，我就放了你。

老潘说，你可真够傻的了，我把吴之干放了，不是还能再把他抓回来吗？不但把他抓回来，还能把你再关进去。

小姨说，那我就把你杀了。

老潘说，你把我杀了，吴之干是罪上加罪，那个时候，就不是我关他了，怕是吃枪子都会，还有你也跑不了。你是个女人，女人办事，不能拿刀子，女人拿刀子办不成事。没想到你这么傻。

老潘说着，一起身，就把小姨推到了一边。老潘老是老了，可也是荒野上的男人，放牛时，用拳头打死过一只狼。老潘说，那个小白脸，头一回见，就不顺眼，还有他的名字，也怪得很，真不明白，你咋会看上他。下野地多少男人，你不让日，就让他日，你是不是鬼迷心窍了。

老潘哼了一声，理也不再理小姨，转身走掉了。走了两步，又回过头，看着小姨说，你以为我真想日你啊，现在在下野地，多少女人想我日，我还不日呢。我是看你可怜，想帮你的忙，你把我的好心当驴肝肺了。像你这样的女人，瘸子日过，右派日过，破成什么样子了，还把自己当个刚出笼的白面馒头。

老潘又往前走，小姨说，你等等。

老潘停下来，转过身，看着小姨脸上有点笑。老潘说，想明白了？就是嘛，就算你是个白面馒头，也早让人咬过好多口了，我再多咬一口，又算个啥。

小姨说，你再想想，除了这个事，再让我做什么都行。

老潘说，可是你除了能做这个事外，还能做什么呢？好了，别跟我讨价还价了，再给你个机会，想明白了，还可以来找我。

说完，老潘转身走了。看着老潘的后背，小姨真想冲上去，一刀子捅进去。可她知道，她要是一捅，她就完了。她完了，她倒没什么，吴之干肯定跟着也完了。

手里拿着刀子，小姨傻傻地站在那里，也就是在这时，小姨想到了一个人，想到了一个人对她说的话。想到了这个人和她说过的一句话。

这天夜里，下野地的每盏灯火都熄灭后，小姨走出了自己的房子，走向了大晒场。很久了，那个地方，她连看也不愿看一眼。可她现在却自己走了过去。

小姨说，你说过的话，你还记得吧？

于瘸子说，记得。

小姨说，你帮我去救一个人。

于瘸子说，好吧。

小姨说，关他的地方，窗子上有铁栏杆。

于瘸子说，关在什么地方？

小姨说，门口还有人把守，他们全拿着刀和矛子枪。

于瘸子说，他长的什么样子？

小姨说，你不想知道他是什么人吗？

于瘸子说，不想。

小姨说，你不想知道我为什么救他吗？

于瘸子说，不想。

小姨说，这事很难。

于瘸子说，只要不用上天，再难的事也不难。

小姨说，会有危险。

于瘸子说，你想什么时间见到他？

小姨说，越快越好。

于瘸子说，明天晚上这个时候，你来这里，我会把人交给你。

小姨说，还需要我做什么？

于瘸子想了一会说，不需要了。

小姨说，谢谢你了。

于瘸子说，不，是我要谢谢你。

说完谢谢小姨的话，于瘸子走了。天很黑，一会儿，就走得看不见了。看不见了，小姨还在看，说不上想看到什么。只是看着，看着看着，小姨把手从裤子口袋里拿了出来，随着手一起从口袋里拿出来的还有那把刀子。

白天，小姨没有下地干活。好些天了，说要搞“文化大革命”，不用下地了。好些人就不下地了。跑到操场上，看有人贴出的大字报，听那些搞不清是为了什么的辩论。

小姨没有出门，她把行李捆成了一个卷，放在铺上。人靠在上面，开始等天黑下来。

从来没有觉得白天有这么长过。

小姨等得心好乱，手里一直玩着那把刀子。看着那把刀子，小姨心里想，要是今天晚上我不能见到吴之干，我就去救他，谁拦着我，我就杀谁，杀掉一个算一个，当然可能她还没有把别人杀掉一个，别人已经把她杀了。

就算是她被杀了，她也愿意。那她就变个鬼，去保护吴之干，天哪，能变个鬼多好啊，小姨真想变成这个鬼。

一个人连鬼都敢做了，那就没有不敢做的事了。

天黑了。可不太黑，有月亮，地面像落了一层霜。

小姨出现在了昨天夜里站过的一个地方。站到了下半夜时，小姨看到远处月光下走来一匹马。

马走到跟前，小姨看到马上坐着两个人。一个是于瘸子，另一个就是吴之干。

于瘸子从马上下来。下马时，于瘸子差一点没有站住。正好旁边有一棵小树，他赶紧扶住了。

于瘸子说，骑上这匹马，往西边走，那里有一片胡杨林，大得很。进到林子里，再往东南走，能看到一个小木屋，木屋前面有一口泉水。马背上驮的东西，够你们用一个月了。用完了，就去一棵让雷电烧黑的树跟前，那里有你们需要的东西。

于瘸子又说，不会老这么乱下去的，等情况好了，你们再回来。

于瘸子说话，小姨一直看着他，看到了于瘸子脸上，有一道刀伤正流着血。真想掏出手绢给他擦擦。可她只是想了想，站在那里没有动。

于瘸子说完，没有马上走，站在那里，让小姨和吴之干先走。

小姨骑到马上，从后面抱住了吴之干的腰。

让马往西走。

走了一会，坐在吴之干后面的小姨不由得回了一下头，想看看于瘸子是不是还站在那里。一看于瘸子正在月亮下面一瘸一瘸地走着，走得很慢，好像在爬。

小姨惊呆了。

小姨看到于瘸子的另一条腿也瘸了。

在马上，吴之干问小姨，这个人是不是你说过的那个人？

小姨说，就是。

吴之干说，你去找的他？

小姨说，是的。

吴之干说，为什么要找他？

小姨说，只有他对我说过，他什么忙都可以帮我。

吴之干说，他可真厉害，五六个人也没有打过他。

小姨说，他受伤了。

吴之干说，有一刀砍在了他的腿上。

小姨说，他伤得很重。

吴之干说，那一阵子，他太凶了，好像不要命了。

小姨……

不再说话，只听到马蹄声在月光里响。

又走了一会，吴之干说，我已经把床单撕成了布条，正用它们来编一条绳子，要是你今天看不见我，你永远就看不见我了。

小姨一下子把吴之干的腰抱得更紧。

小姨说，谁都有倒霉的时候，可谁也不会永远倒霉。

小姨不识字，可小姨的话，却很有道理。这些道理，可以写成很多本书，让人读。

马驮着小姨和吴之干走向胡杨林。刚下过霜，走着走着，小姨看到了远远的天边上，出现了一片翻着波浪的金黄……

在一间小木屋里，小姨什么也不让吴之干做，也不用他做。一到吃饭时，小姨就把饭端上来了。吴之干说，我干点什么呢？小姨说，你看了那么多书，你怎么不自己写一本书？吴之干就真的趴在木桌子上，写起了书。

写得时间长了，小姨又会走过来，说别老写，太累。让吴之干出去活动活动。吴之干走到外面，走到泉水边。小姨就从背后抱住吴之干，轻声说，洗个澡吧。吴之干说，好。吴之干刚要脱衣服，小姨把他的手拿开。小姨说，你不要动，只要闭上眼睛就行了。

吴之干闭上眼睛，小姨就牵了吴之干的手，下到泉水里。小姨的手就从吴之干头顶一点点洗下来，一直洗到吴之干的脚后跟。吴之干这时就会睁开眼，就会抱住小姨，要和小姨做另外一件事。

这时，小姨就换了一个人似的，闭上了眼睛，把自己完全给了吴之干。

一个月中的有一天，小姨会骑上马去那棵烧黑的胡杨树前，取回来吃的和用的东西。

许多天过去了。

有一天，小姨去取东西时，看到麻袋上面放了一张纸条。纸条上写着歪歪扭扭一行字：没事了，出来吧。

小姨和吴之干出来了。把在胡杨林写的书寄出去，不久就接到了要出版的消息。紧接着吴之干就平反了。不但要给补发好多工资，还要把他调回原来的城市去工作。

吴之干抱着小姨激动得泪水直流，说跟我走吧，跟我到城市去过好日子吧。

小姨也哭了。可小姨哭过后，却对吴之干说，你的倒霉的日子到头了，多好啊，我真的为你高兴啊，可我不能跟你走。

吴之干问小姨为什么。

小姨说，对我来说，胡杨林里的日子就是我最好的日子，有了那样的日子，别的日子我不再想了。

吴之干说，你没有去过城市，你不知道城里的日子有多好，你一定要去，你去了就知道了。

小姨说，你去吧，去了以后，要是还记得我这个姐，就给我写个信。

吴之干真的走了。小姨去送吴之干，小姨拿出那把英吉沙刀子，小姨说，没什么东西给你，这把刀子给你做个纪念吧。吴之干说，城里用不上这个东西，你还是留着用吧。小姨说，我也用不上了，你拿去吧。放到你的书架上，看书看累了，就看看它。吴之干说，好吧。

送吴之干到公路边坐车，路上遇到了一群牛，跟着牛后面的一个人，叫老潘。看着还是那么老实。看到小姨和吴之干，老潘说，走了？小姨没听见一样，不理他。吴之干说，走了。老潘说，早看出来了，你是个有本事的人。老潘走过去后，吴之干问小姨咋不理人家。小姨说，他不是人。吴之干说，过去的事情，别老记着了。人活着，要大度。小姨说，我是女人，心眼小，好多事，我到死都会记着。

送走了吴之干，小姨到二宝家，给刘玉说这事。刘玉说小姨真是个傻女人。小姨说，再好的日子也有个头，我和吴之干已经过了最好的日子，再往下过，就不会有那么好的日子了。

二宝听说吴之干走了，走过来对小姨说，我这儿还有一些吴叔叔的书，还没有还给他。小姨说，不用还了，那些书他用不上了。小姨说，二宝你要好好读书，现在可以考大学了，你一定要考上大学，去城里过日子。二宝说，我去，小姨也得去。小姨说，我去，我去天天给你做饭。二宝说，小姨做的饭我最爱吃。

刘玉可不想听二宝和小姨闲扯。她是当姐的，小姨这个样子，别人不着急，她不能不着急。刘玉说，那你咋办？小姨说，姐，不用你操心，我早想好了。

下野地很平常的一天，阳光和往日一样亮。好多人看见小姨走进了大晒场。又过了几天，大家听到了一个消息，说小姨要和于瘸子结婚了。听到这个消息大家都很吃惊。

不过，这是真的，小姨真的和于瘸子结婚了。

2003 年 5 月于北京鲁迅文学院

青黄

一

六十年代初开始，连着好几年，每年都有一些大城市的青年来到下野地。他们的名字，叫支边青年。

几个大城市，上海北京天津武汉的都有，上海的要更多些。他们是唱着歌来的。唱着到边疆去，到祖国最需要的地方去一类的歌，来到了戈壁荒原上。

他们的到来，让下野地有了好些不同。这些不同，不用说，也可以想得出来。如果说，这以前，下野地的人，主要是一群大兵，一群农村人，那么从此以后，下野地就有了城里人。

城里人说话，不随便说脏话。他们喜欢唱歌，很少唱戏。他们不太拉二胡，吹笛子，他们喜欢拉手风琴、小提琴。他们收了工，不像老兵凑在一块不是抽烟喝酒，就是吹牛胡扯。他们踢足球，打乒乓球。还有人手里托着一台留声机，骑着自行车，在操场上转来转去。

一群大孩子，追着听留声机发出的声音，然后再一起为留声机里的人是怎么进去的争论不休。

他们的作风，不管男的还是女的，都好像有点不太好。不管啥时候，男男女女都凑在一起，说说笑笑，打打闹闹。大家确实有些看不惯。可不知为什么，越是看不惯，越会老盯着人家看。并且看的时候，还会有些莫名的兴奋。

虽然这以前，当官的多次讲，说下野地很快会变成一座城市，但大家一直有些不太相信。不过，在看到了这些成群结队的支边青年后，大家有点相信了。

支边青年来了以后，发生了许多事。要讲，讲多少天也讲不完。别人的事就不在这里说了，现在只说说白草和许姗的事。

许姗是个上海支边青年。

不大爱说话的人，很少会招人喜欢，许姗也一样。到了休息时，别的青年，成群结伙跑出去玩，把许姗一个人丢在宿舍里。

不太爱说话，并不等于愿意一个人待着，不等于不愿意出去玩。于是看到别的人出门了，许姗也出门了。

同样是玩，在下野地，和在城里的玩法，会完全不一样。在下野地，要说出去玩，一般来说，会去水库，会去沙漠，会去山上。这三个地方比较起来，水库要去得更多些。水库离住的地方近。水库里有水。有水的地方，还会有草有树，还会有鸟有鱼。水库看起来，有点像城里的公园。只要是公园，不管在什么地方，去的人都会比别的地方多。

许姗也知道，去水库最有意思。走出门去，先是朝着水库方向走的，可走了两步，又停了下来。她看到前边，有一群人正在走着。她想她要是走过去，肯定会遇到他们。她想一个人走走，不想那么多人一块热闹。于是，她就转了个方向，朝另一个地方走去。

另一个地方没有水库，可一样会有另外的风景。不管这风景如何，至少是在上海看不到的。这么一想，许姗高兴了，落下的脚步也轻快起来。

本来白草是不可能遇到许姗的。

放羊不能老在一个地方放。一个地方的草吃得差不多了，就要换一个地方去吃。每天早上起来，白草都想一想，今天把一群羊放到什么地方去。做这样一个决定时，还走出木屋看看天气。如果看出来是很晴朗的一天，就会去一个比较远的地方。这天早上白草看出了是个好天，就决定去离沙漠不远的一个地方。这么一来，她在赶着羊群走下山坡，走向荒野时，其实是正在不断地接近许姗。

许姗朝前走,没有路了,还往前走。没有路,说明前边一些地方没有人来过,或者说很少有人来过。这样的地方，往往可以看到不常见的东西。果然走着走着,许姗就开始有了惊喜,并且是不断有惊喜。一只野兔子从她面前跑过去后,又停下来看她，好像有什么话要对她说。一只马鹿从草浪中跃起，又落下，像是要给她表演一种舞蹈。一只很小很小的云雀，站在她面前，叫个不停，好像前边有什么东西，不想让她接近。这让她很好奇。走过去一看，发现在地上有个小鸟巢，里边有两只刚长了一点绒毛的小鸟张着嘴，等着母亲喂食。许姗只知道鸟窝是建在屋檐下的，是建在树上的，从来不知道，还有修在地上的鸟窝。她马上想，要是下雨了，要是有蛇来了，小鸟怎么办？想不出怎么办，只是退到了一边,让云雀衔来小虫子喂小鸟。再往前走,又遇到了一只刺猬。在课本上,读过刺猬的故事。别看它小，凭着那一身刺，连那些虎豹一类的大野兽也拿它没办法。又走了一会，看到了一片沙丘。远处看，沙丘像是一片水，还有波浪起伏，走近了，才会发现这些波浪是不会动的。不过，走到了沙浪上，却又会发现，它们其实真的很像水。脚踩下去，沙浪会把脚淹没；蹲下去，用手去捧起沙子，它们就会像水一样，从指缝间漏掉；再躺上去，更像躺到了水里，它们会把你托起，让你有一种漂浮的感觉。许姗闭上了眼睛，任自己在沙海中漂浮，身子底下的沙浪，好像全活了过来，把她一次次往高处推举，再一次次让她落下来，那感觉极像在荡秋千。这让她有些高兴。她想那些去水库的人，一定没有她在这里玩得尽兴。

许姗在荒原上玩到了中午，玩得很高兴，看到好多有意思的东西。可同时，也有点累了，有点饿了，就想回营地去吃午饭，去休息了。决定抬脚往回走。脚抬起来了，却不知往什么地方落了，因为看不见回去的路了。不是许姗眼睛不好，是压根儿就没有路。抬起头，往天上看，太阳在中间，让她也一下子判断不出东南西北了。营地的房子，都是极低矮的地窝子，而她个子不高，四周的乱草野树，全比她高。记得营地操场上，是插了一面旗子的。可这会儿，她怎么看都看不见。只能凭着感觉走了。这么一走，就走错了方向，本来是该往北走的，却走向了南边。

其实本来许姗也是不可能遇到白草的，但她迷路了，走错了方向，而这个方向却恰恰是白草走来的方向。

往南走，越走越荒。走了好一阵子，不但看不到房子，连一个人影子都看不到。许姗有点心慌了。不管是谁，在一个地方走很久，遇不到一个人，都会心慌的。因为，老是遇不到人，就可能会遇到别的东西。果然，许姗走着走着，就遇到了一只狼。

一般来说，狼是成群的，很少会有一只狼单独活动。很多人会想，遇到一只狼，怎么也比遇到一群狼好。其实并不是这样的，一群狼，会在头狼的带领下，围追一些食草动物，总是会有吃的，很少会处在饥饿的状态。狼如果不是太饿，是不会向人发起攻击的。一只狼却不是这样，没有别的狼配合，几乎是连一只野兔子都抓不到的。并且因为是被狼群赶出来的，心情不好，脾气也会变得很坏。饥饿再加上坏脾气，一个人遇见一只狼，危险就会加大许多。所以人只要遇到了狼，都会赶紧逃跑。可人只有两条腿，狼是四条腿。真要跑起来，人是跑不过狼的。这么一来，狼吃人的事，从古到今，从来就没有断绝过。

狼不但凶狠，也很狡猾。同样是遇到一个人，它也会看这是个什么人，才会决定怎么行动。比如说，要是遇到了白草，它顶多会站在远处看一看，接着就会转身逃走。狼认识枪认识刀，知道带了它们的人，都不太好对付。反过来，如果说这个人，身上除了单薄的衣裳什么都没有，而它正好也很饿的话，那它就不会轻易放过这个机会。

关于狼，许姗的知识，全都来自书本，并且很少。让她能记住的就是课文《东郭先生》。正是想到了这个课文，许姗的腿软了。腿一软就坐到了地上。狼看到她坐下来了，有点奇怪。按说，人这个时候，应该是转身就跑的。它做的准备，就是等人跑起来，它从后面追上去，扑到人的肩上，咬住人的脖子。可这个人不跑，打乱了它的计划，它不敢往上扑了，站在了离许姗不远的地方。狼要么不出击，要出击，就要达到目的。

许姗不想坐在地上，想站起来跑。可腿怎么使劲，都站不起来。狼看了一会，看出许姗坐在地上，不但不会影响到它的攻击，反而会让它很容易就可以咬住了她。明白了这一点，狼不想再等了，它盯着许姗，朝她走过去。它没有走得很快，是因为谨慎，它怕其中会有什么圈套。

看到狼朝自己走过来，许姗一点办法都没有了。腿还是软的，还是站不起来。就算能站起来，她也跑不快。就算能跑快，她也不可能比狼跑得快。到了这个时候，许姗只能是把眼一闭，等着可怕瞬间的到来。只是就像刀子割到肉，会流血，会疼痛，人到了这个时候，同样会有些本能的反应。这个反应，在这个时候，对许姗来说，就是大声喊叫。女人的力气可能不大，但喊叫声却会很尖厉，很响亮。

于是喊叫声，在这个时候，就有点像武器了。它虽然不可能扎进狼的胸膛，让狼丧命，但它却把狼吓了一大跳。让狼不由得又停下脚步，看看她还会干什么。还有，这样的喊叫声，在空旷荒野里，会产生雷一样的效果，让很远的人都能听到。

恰好这时白草和许姗相距不过二三百米。这个距离由于中间野树的遮挡，让她们不能相互看见，但声音却不会被野树挡住。不管是谁的叫声，对方都能很清楚地听到。也就是说，白草这时听到了许姗的喊叫。光凭喊声还是不能知道发生了什么，但可以知道有一个女人遇到了麻烦。白草马上抓起了猎枪，拍马朝着喊叫声跑过去。同时跑过去的，还有那只名字叫大黑的狗。

二

尽管白草的马，跑得像飞起来了一样，好像还是跑得慢了一点。白草看到许姗时，她已经喊不出声音了，因为那只狼正咬住了她挡在脸上的胳膊，而她早被吓得昏了过去。不过，慢了这一点，并没有给许姗造成太大的伤害。那只狼在看到了飞奔过来的白草和大黑狗后，马上松开了咬在许姗胳膊上的利齿，转身逃跑了。

白草把羊群交给了大黑狗，把许姗抱到了马上，朝着场部方向跑去。一直跑到了场部卫生院，把许姗交给了医生，她才骑着马离开了。羊群和大黑还在荒野上等着她呢。

许姗伤得并不重，狼咬了她一口，只是刚咬上，只把皮咬破了。可许姗吓得不轻。后来看到了白草，问白草到底是怎么回事。说当时她啥都不知道了，还以为自己肯定要死了，没有想到能活过来。白草说，好好一个人，怎么能说死就死。许姗说，要不是遇到你，我肯定死了。白草说，是老天不让你死。你这么年轻，刚开始活人，不会就这么死了。

从卫生院出来，白草没有先把许姗送到她的宿舍，她把许姗带到了山上。医生给开了病假条，让许姗休息几天，恢复一下受惊吓的身心。白草说，到我那里去吧，我可以照顾你。许姗想也没想，马上跟着白草上了山。

到了山上，看到了小木屋，看到了青色的山坡，还有牛羊，许姗说，真是没有想到，在下野地，还有这样的地方，像画一样。白草说，要是那些大树还在，就更像画了。

问许姗想不想洗澡。许姗说，想洗。白草说，多久没有洗了？许姗说，来了以后，就没有好好洗过，顶多拿毛巾擦一擦。白草说，走，我带你去一个地方，你可以好好洗洗。许姗说，水渠和河我可不下，我不会游泳，还怕冷。白草说，没事，你看一下，要是看不上，就别洗。

带着许姗走到泉水边。一塘水，清得见底。许姗呆住了，山上和山下，相隔并不远，可看到的，却完全不同，像是一个地下，一个天上。白草说，用手摸一下水。许姗蹲下来，用手一摸，更惊奇，水竟是热的。白草问，想不想洗？许姗看了看白草，我真的可以洗吗？白草说，当然。

一听可以洗，许姗等不及了。顾不上脱衣服，两手张开，身子一跃，跳到了水中。溅起的水花，落到了白草脸上。这举动，让白草喜欢，说，这丫头，原来也会撒野呀。

跳到了水里，在水里闹腾了一会，才把衣服脱了。脱下一件，扔到泉边的石头上。白草拾起扔过来的衣服，顺便洗了起来。洗好了，就晾晒在树枝上。看到白草帮自己洗衣服，许姗不好意思，让白草放在那里，等会儿自己洗。白草说，你是病人，我照顾你，是应该的。许姗说，有这样的风景，有这样的泉水，有你在身边，我的病已经好了。

好久没有这么痛快地洗过澡了，很想把身上的灰全洗掉。用毛巾一点点搓着，手能够到的地方全细细地搓了。只有脊背后面手够不到。白草看到了，让她坐到泉水边，拿过了毛巾帮她搓。许姗的皮肤细又嫩，薄得能看见青色的血管。白草的手不敢用劲，怕一用劲把许姗的皮搓破了。

正轻轻地搓着，听到许姗的哭声。以为把她搓疼了，忙说对不起。许姗说，不，不是你的事，是我自己想哭。

没有人想哭。想哭，一定有原因。白草没有问。别人想告诉你的事，不用问，别人自己会说。去问，别人不想说，反而会让别人为难。

衣服晒到了树枝上，把自己长裙拿出来，让许姗披上。带许姗回到了木屋。让她躺到了木床上。

烧了壶奶茶，倒了一碗，放到床头，让许姗喝。许姗喝了一口，说真好喝。说着连着喝了好几口。

看天色晚下来，白草说，别回了，就住下吧。

许姗说，你不会不方便吧？

白草说，我一个人，很方便。

许姗说，你一个人住在山上，不害怕吗？

白草说，我不是一个人。

说着，白草指了一下正在地上踱步的一只大狸猫，又喊了一声，一只大黑狗摇头晃脑跑了进来。

看到大黑狗跑进来，许姗吓得往后退。

白草说，没事，它不会乱咬人的。还有我爷爷，他睡在不远处，天天陪着我。

说着白草指了指不远处草丛中的一座坟丘。

许姗说，那你的父母呢？

白草说，我打记事起，就没有见过父母的样子。

白草生在兵荒马乱的年月，父母死于土匪的杀戮。她跟着爷爷长大。爷爷在刚解放时病逝。她又被解放军收养，成了垦荒农场的一员。

听白草说她没有父母，马上说，我和你一样，也是一睁开眼，就没有看到父母亲。许姗说不知是谁生了她，也不知为什么，把她给扔了。记事起，就在孤儿院。幸亏是新社会了，国家管她，让她上了小学，又让她上中学。没有国家，她不知会怎么样。想感谢国家，一听国家动员来支援边疆建设，什么都没有问，就报名了。来了后，看到这个地方，这么荒凉，心就凉了，凉得心里结了冰。不过，现在不凉了，白草给了她暖意，把冰化开了，化成了泪水，流了出来。

以为天下人没有父母的，只有自己，没想到许姗也是这样。突然觉得许姗很亲，亲得让她不由得伸出了双臂，把许姗抱住了。许姗也抱住了白草。许姗说，把我当你亲妹妹吧。白草说，比亲的还亲。

面对着面，相互看着，说着话，不大一会，两个人睡着了。到了半夜，白草醒过来，凑着月光，看到许姗，抱着她的胳膊，脸贴着她的乳房，嘴巴轻轻咂着，好像一个婴儿，刚吃过了奶。吃饱了，正睡得很香。白草看着她，用手摸着她头发，一下子觉得，许姗像个小女孩，而自己却像个母亲。

作为母亲，不管什么时候，都应该让自己的女儿活得高兴些。一下子觉得以后有事干了，有一个很大的事情干了。

三

骑在马上，去场部。不是一个人去的，带上了许姗。让她坐在身后。不会骑马，坐在马上，许姗有点紧张，搂着白草的腰，搂得很紧，怕摔下来。

白草说，没事，放松点。

知道没事，可手还是不肯松开。白草不管了，让她抱着。边走，边和她说着话。

白草说，谈对象了没有？许姗说，没呢。白草说，有人追吧。许姗说，有几个，没事时，老往跟前凑。白草说，那就是追。许姗说，干部说了，要想着工作，别想着谈对象。白草说，这是两码事，有喜欢的，就谈。许姗说，我怕。白草说，怕什么，告诉你吧，谈对象，很有意思的。许姗说，这么说，白草姐谈过了。白草说，当然谈过了，要不，不是白活了。许姗说，那你们现在怎么样？白草说，这个话，要说起来，几句说不完，等到有空了，我会全都说给你听的。

去场长那里，给场长说，让许姗和我一块放羊。

看许姗是个小姑娘，场长答应了。

不但答应了，还有些高兴。有一个姑娘陪着白草，不但白草有了伴了，也不用担心白草的安全了。场长有点怨自己怎么没早想到这一点呢。

说一个男人和一个女人在一起没有乐趣，不大有人信。就如同说，两个女人在一起，会很快乐一样，也是不大有人信。

白草和许姗是两个女人。这两个女人在一起时，她们高兴的样子，好多人都看到了。

先是许姗和白草骑在一匹马上，过了没有几天，许姗就自己骑在了一匹马上。不管是两个人骑在一匹马上，还是一个人骑在一匹马上，两个人都会一块唱起了同一首歌。经常是大家还没有看到她们人，就先听到了她们的歌声。

她们唱的歌，有老歌，也有新歌。老歌是白草主唱，许姗跟着唱。唱的多是哥呀妹呀，肉呀亲呀心肝肝呀。不用说，新歌主要是许姗唱，白草跟着哼哼。唱的多是这个美好的时代，人民生活得多么幸福。

不但唱歌，还笑。不知说了什么，她们会一下子笑起来，笑得声音很大。大家顺着笑声看过去，会看到两个女人花一样的笑脸。就算是那一会儿，大家有什么不开心的事，在听到她们的笑声，看到她们的笑脸后，也会全忘光了。

大家在荒野上干完活，收工走回营地的路上，常常会遇到白草和许姗赶着羊群，从大家面前走过，往另外的方向走。

太阳要落还没落时，光线像是放了染料的水一样，到处流淌。不管是石头，还是树和草，还是飞着的鸟，和奔走的兽，全变了样子，看上去，都像画里的东西了。羊群和两个女人也一样，荡起的烟尘，像从水中捞出的纱一样，一缕缕一条条，各种颜色都有，披在她们身上，看上去真的是比画还要美。

大家停下来，看着她们走过，看着羊群走过。真想让她们和羊群停下来，让时间停下来，让眼前的一切，一直这个样子，再也不变了。

吃过了晚饭，要睡觉了，两个女人，一定会去温泉洗个澡。不但是为了洗掉身上的汗尘，温泉里泡上一阵子，整个身子骨会一下子轻了许多，像是变成了一片羽毛，轻得可以飞起来。身上的汗味，会全变成了香味。

许姗闻到了白草的香味，凑过来，像只小狗似的，围绕着白草嗅。同时，还叫着，说白草姐，你怎么这么香呀。

白草说，洗了温泉嘛。

许姗低下头，去嗅自己。嗅了一会，说，我也洗了，怎么不香。

白草说，多洗几次，就香了。

又洗了几次，许姗嗅自己还是不香，又问白草是怎么回事。

白草说，自己的香味，自己是闻不出来的，要别人闻，才能闻出来。

许姗说，那你闻闻我。

白草也凑近了许姗，嗅了嗅说，谁说不香，可香了。

许姗高兴地说，真的吗，我也像你这么香了吗？

洗的时候，两个人会一块洗。

一开始，许姗还有点不好意思。下水和出水时，会用毛巾遮一下。看白草光着身子，在水边走来走去。说白草不怕别人看见了。白草说，没事，这里没有别人。再说了，就算有别人，被看了，也没有什么。看又看不坏，看不掉一块肉。许姗说，你这么好看，怕是别人看到了眼睛里，就拔不出来了。白草说，你也一样好看。许姗说，没有你，我还算好看，有了你，和你一比，我就不能看了。白草说，女人啊，首先得自己看着自己好看，别人才能看着好看。

听白草这么说，许姗拿掉了遮在身上的毛巾，看了看自己，好像真的好看了。以前没有这么好看，到了荒原上，到了山上，变好看了。可能是经过了山泉水的洗浴吧。

木屋里，有一个大木床，很宽，可以睡两个人。睡觉时，白草一直光着身子睡。有了许姗，也是一样。看许姗穿着汗衫，给许姗说，光着睡，才会睡得踏实，睡得香。许姗有点不信，白草让许姗试一试。许姗就试一下，也脱光了。睡了一夜，早上起来，白草问许姗，睡得怎么样？许姗说，真舒服。再以后，不用白草说了，到了睡觉时，许姗自己就会脱光了，才躺到被子里。

许姗睡得很香，很舒服。可白草却会在睡到半夜醒来。不是自己没有睡好，白草半夜醒来和许姗有点关系。

起先，是在做梦。一个男人，抱住了她，在她胸脯上乱亲。她不让亲，男人不愿意，还是要亲。白草挡不住，只能让他亲。亲了一会，白草不管了，还伸出手，搂住了他的头，让他亲。只是这样的梦，做不长，做上一会，就会醒过来。

醒过来一看，发现不是在做梦。真是有一个人趴在怀里。只是这个人不是男人，而是个女人。不知什么时候，许姗钻进了她的被窝，偎在她的怀里，竟用嘴含着她的乳头，像个没有断奶的孩子一样，吸吮着。看着许姗那幸福的样子，白草不忍把她叫醒，把她推开。

再说了，这个时候的白草，身体里荡起了一阵阵潮水，让她不由得也想让许姗这么继续下去。

天亮后，白草问许姗，睡得好吗？许姗说，好。白草说，做梦了吧？许姗说，做了。白草说，做了个什么梦？许姗脸红了，说，乱乱的，记不住了。

四

骑马去放羊，到了一片草滩上，羊群停下来，放开了，让它们去吃草。

坐在草地上，晒着太阳。

白草说，妹子，该找个男人了。

许姗说，我还小呢。白草说，二十一了，不小了，我十九岁，就找男人了。

许姗说，我这样子，男人看不上我。

白草说，你这样子，男人做梦都想要。

许姗说，姐，就这样，多好，咱俩一块过。

白草说，尽说傻话。

许姗说，男人有什么好，哪比得上白草姐，男人个个都很臭，哪有白草姐这么香，要是你不嫌弃我，我就跟着你过，过一辈子。

白草说，男人好不好，你还不知道呢，等知道了，你就不这样说了。

许姗说，我才不要知道，我就知道白草姐好。

说着，许姗就靠在了白草身上。

白草摸着许姗的光滑的头发，说有些事，到了时候，你不想知道都不行。

一群支边青年中，许姗一直是不起眼的。可这段日子里，情况发生了变化。当许姗骑着马，军装扎进腰带，扯着马缰绳，黑头发在风中飘着，由远处奔来，出现在大家面前时，一块来的伙伴全都呆住了。

把许姗围住了，让她说，她去了什么地方，怎么让她一下子变了样子，怎么会骑马了？

许姗给他们说，有一个地方，在山上，有一个木头的房子，有草地，有森林，还有泉水。这还不算，在这美丽的地方，还有个美丽的女人，她的名字叫白草。

都说许姗是不是做了个梦，才会这么说。许姗说，那样的地方和人，梦都不可能梦到。

这样的地方和人，不去看一看，活着还有什么意思。全闹着让许姗带他们去。许姗说，这我说了不算，我得问一下白草姐。

给白草一说，白草说，这也是你的家，你想带什么样的客人来，都行。

很快到了一个休息日，一大早，一群支边青年出了门，男的女的，足有好几十个，按照许姗说的方向和路线，朝山上走去。

知道许姗的同伴要来，提前两天，白草就做了准备。她要让这些年轻人，不但会看到一些在城里看不到的风景，还要让他们吃到在城里吃不到的饭菜。

这对白草来说，一点儿也不难，天上飞的，地上跑的，草里长的，树上结的，各种野味，随便做一下，就能做出几十道好吃的。不但吃的，要让他们没有吃过，还有喝的，也得让他们喝到没有喝过的，白草跑到了山里哈萨克人家，要了一大桶的马奶子酒。

荒野上没有路，就算有路，也只是不好走的路。野草乱长，横竖扯开来，像网一样，走不好，会被绊倒。就算没有草了，也会有起伏的坑洼和大小不一的碎石块，和你的脚过不去。

不过，很多人一块走路，再难走的路，也会变得不那么难走了。

全是年轻人，太阳再毒辣，道路再不平，也会不在乎，也会仰起头，扯着嗓子唱起歌。

要去的那个山，其实一出门就看见了。想着不会有太远，走不了多久就可以走到。谁知走了一个多小时，还没有走到。直到走得头上和身上出了汗，才走到了。

全部人的身体都朝着了一个方向，眼睛都睁得很大很大，显然他们看到了一些东西，是他们没有想到的。

其实这些东西，并不是什么了不起的东西，在这个地方，全是些很平常的事物。

一片起伏的山坡上，水浪一样地开着各种小花的野草，在风中飘来荡去。

一群羊像是天空掉落下的白云，在草浪间时隐时现。

一只黑色大狗，奔跑在羊群四周，把那些调皮的离队的羊，赶回到队伍里。

一只和老虎的样子很像的大狸猫，高傲地在草地上踱着步。

一匹雪白的马，在草滩上走动。走几步就会停下来，低头吃几口青草。

天空中，蓝色的背景里，两只褐色的山鹰正在做游戏，一只鹰用爪子衔了一根树枝，另一只鹰，想把树枝夺过来。两只鹰追逐着翻飞着，眼看要追上了，衔着树枝的鹰，把树枝扔了。树枝从空中坠落下来。眼看快落地时，另一只鹰像箭一样，俯冲下来，追上正在坠落的树枝，把它抓住后，翻身又飞到了空中。

一间用根根原木搭建起来的房子，房子顶上铺了一层厚厚的泥土。土里的草籽，受到了雨水的滋润，从土里长了出来，远远看上去，木屋子好像戴了一顶绿色的草帽。

木屋前，石头垒起的炉灶里，松木的柴火烧得正旺。冒出的青烟，像绸缎一样，飘向树梢。

穿着麻布长裙的女人，长得好看又大方，因为忙来忙去，身子不时扭转着，弯伸着，每一种姿态，都恰到好处。

像是经过了精心安排，其实全是随意的动作。忙着的人并没有想过要怎么摆，才会好看，只是为了把眼前的事情做好。

这些年轻人，全是读过书的。不管什么东西，都会先有个设想。听许姗说过，猜想过会是怎样一幅画。可真站到了跟前，还是不能不意外。想着就算是一幅画，也不过是幅水墨画，完全没有想到看到的会是一幅色彩浓重的油画。

他们站住了，站在一幅很大的油画前，一直不肯动。不是不想走进画里，是怕走进去了，自己的沾满了尘埃的脚，把好好一幅画给弄坏了，给弄脏了。

直到许姗扬着手，从画里边跑出来，跑到他们面前，请他们往前走。他们才像做醒了一个梦，跟着许姗走进了画中。

五

许姗带着同伴，走到了白草面前，先向同伴介绍了白草。同伴们这以前，听说了白草的事，知道白草是个不平常的女人。没见白草以前，也对白草有些想象。一般来说，想象总是强于亲眼看见的，但这次例外了。看到了白草真人，才知道人们为什么要说白草不寻常了。

介绍了白草，许姗给白草介绍她的同伴，告诉白草她的同伴都叫什么名字。谁都没有想到，只是这么介绍了一遍。白草却把他们的名字全记住了。

这一天的活动，白草和许姗全安排好了。

先让他们去洗温泉。没想到，还会有温泉，看到了温泉，全跑了起来。跑到泉边，衣服也不脱，就往水里跳。城里有专门洗澡的地方，下野地没有。要洗澡，不是在水库里，就是在渠道里，洗不痛快不说，还有被淹死的危险。差不多每年，都有男女洗澡淹死在水库水渠。现在面前一下子有了一池清清的热水，怎么能不让人激动。

洗澡要洗痛快了，穿着衣服可洗不成。问题是有男的有女的，都想先洗，谁也不肯让。男女打起了水仗。打水仗，女的可打不过男人，女的叫起来。把白草叫了过来。白草是女的，当然向着女的。白草说，男的要让女的，让姑娘们先洗，放心吧，水是活水，不管先洗后洗，水都是干净的。

主人说话了，大家不能不听。男青年们退开了，来到了木屋前。坐到了一片草地上，白草给他们端来了奶茶。等了差不多有一小时，姑娘们洗完了，走了过来。男青年看着她们，全张开了嘴。怎么一个个全变了样子。头发变得乌黑油亮了，脸上容光焕发，像抹了胭脂一样，腮上透出了红晕。

白草说，小伙子们，该你们了，去洗个痛快吧，洗掉你们的汗味和臭味，姑娘们会更喜欢你们的。

小伙子们喊叫着，扑向了冒着热气的温泉。

青草长得细，却很密，交织在山坡上，像铺了一块很大的地毯，各色野花的开放，让它成了一块绣花地毯。

就在这地毯上，把吃的喝的，摆放了一大片。有烤的，有煮的，有炒的，还有炸的，光是样子，就有好多种。味道更不用说，不管是菜还是肉，全在自然状态里，生长出来。不管用什么方式，把它们做成饭菜，都会是天下最好的食物。

大凡好吃的东西，吃起来的样子，不管是什么人，都会差不多。只是环境不同了，吃的时候，心情会不同。心情不同了，说出的话，做出的动作，就会不一样。

阳光明亮，直晒下来，却不很热。风吹过来，把树和草的叶子吹动，也把头发吹动，却不猛烈，只像一只小手，轻轻地抚摸着光滑的皮肤。

马奶子酒，说是酒，却不苦，不辣。从来不喝酒的人，也能喝上一大碗。小伙子们喝了，姑娘们也喝了。喝下去时，都喊着好喝。可一大碗，喝了下去，一些人的脸，就红了起来，叫着好喝的人，改口叫着头晕了。马奶子酒，也是酒。喝多了，一样会喝高。

本来，就很兴奋，喝了酒，就更兴奋了。兴奋了，光说话，会不够劲。就想唱，就想跳。先是有一个人，唱了一句，马上就有人跟着唱。一会儿，全跟着唱了起来。都当过学生，学过同样的课本，也学过同样的歌，你会唱的，我也会唱。那就一块儿唱吧，一首接一首唱，不停地唱。

都在唱，有一个人没有唱。不是白草不想唱，只是这些歌，白草没有学过，不会唱。不会唱，会听。他们唱，她听。听的时候，身子随着节拍，轻轻晃动。

唱了好一阵子，唱了好多首歌，把会唱的歌唱完了，停了下来，不唱了。白草说，唱啊，继续唱啊，真好听。许姗说，会唱的歌，大家都唱了，白草姐，该你唱了。

许姗这么一说，大伙全叫起来，让白草唱。

白草说，大家都唱歌了，我就不唱了，我就跳个舞吧。

白草说，我跳的舞，是我跟树学的。

白草说树，以为树是一个人。问她树是谁。白草指指山上的树，说，就是它们。

一棵棵树，站在那里，一动不动，更不会说话，怎么会教人跳舞？大家都有些不相信白草的话。不过，越是不相信，越是想看。看白草会跳出一支什么样的舞。

开始跳了。

站直了，一动不动，像一棵树。手臂慢慢举起，还像树，生长的树。手臂伸展开来，还像树，长了树枝的树。两只手，在空中晃动，还像树，像树的叶子。身子轻轻摇摆起来，还像树，微风中的树，腰肢扭动起来，还像树，大风中的树。张开双臂仰面向天，还像树，暴雨中的树。环抱着胸膛，弯下了腰，还像树，冬天飞雪中的树。跳起来，四肢舒展，还像树，春天里返青的树。

一个接一个动作，每一个动作，都会让人想到树。树是有生命的，树是有灵魂的，树是坚强不屈的，树是自由奔放的。好一个大树之舞，让这些城里的青年，看呆了，看傻了。

没有人说，全像听到了一种召唤，一个个站了起来，站到了白草四周，跟着白草跳了起来。开始跳得有些乱，合不到一个拍子上，跳了一会，就跳到了节奏上，当所有的手臂一齐举起时，就像平地上长出一片森林。当跳起来的双脚，一齐落下时，一座山不由得晃动起来。

跳完舞，白草说，好了，吃好了，喝好了，也唱了跳了，现在你们可以自由活动了，想去干什么，就去干什么吧。坡上有野花，山谷里有野苹果，山壁上有鸟窝，树林里有蘑菇。有意思的地方，到处都是。

青年们马上分散开来，两个一块，三个一伙，往四处跑。白草喊着，别跑远了，小心碰到狼和熊。

六

都走了，只有白草和许姗了。

白草有点累了，坐在草坡上，抽了一支烟。

许姗说，我把他们喊来，你不生气吧？

白草说，我很高兴。

许姗说，下个休息日，他们还要来。

白草说，来吧，想来就来，只要他们高兴。

许姗说，我怕给你找麻烦。

白草说，人活着，哪有不麻烦的。有些麻烦不好，有些麻烦让人高兴。让他们来吧。

许姗说，我要给他们说了，他们一定会高兴得要死。

白草说，他们全是懂事的孩子。

白草说，你知道吗，有一个小伙子喜欢上了你。

许姗说，谁呀？我怎么不知道。

白草说，那个叫尚柯的。

许姗说，他呀，我怎么没觉出来。

白草说，你要不信，你就等着，不出三天，他就会来找你。

许姗说，真的，他要来找我怎么办？

白草说，那个小伙子不错，他要约你，你就去。

许姗说，姐，你不是逗我吧。那么多人，你怎么单单会说到他。

白草说，我不是乱说的，我发现了，他看你的眼神，和别人不一样。

许姗说，真的呀，姐，我有点怕。我不去，我要和你在一起。

白草说，别傻了，你是女人，要结婚，还要生孩子。

许姗说，那你呢，你怎么还是一个人？

于是白草就说了她的事。

白草说，我二十岁就结了婚。那个男人，大我三岁，第一眼，我们就互相看上了。像疯了一样，我就扑上去了。没办法，那种感觉，实在太幸福了。两年后，我怀孕了。说多吃鱼，生了孩子奶水会多。他去水库捉鱼，腿抽了筋。他死了，我也差一点死。

许姗问，那孩子呢？

白草说，流产了。

许姗说，为什么不再找一个？

白草说，也想找，也有人追。可那个男人，还在心里面。他在，别人就走不进来。

许姗说，我明白了。

让白草说对了，两天后的下午，尚柯来了，一个人来的。来的时候，许姗不在，只有白草在。

尚柯给白草说话时，老往别处望。白草说，别望了，你在这儿等着，我去喊她。

尚柯不好意思，说他没有什么事。白草说，我知道，你没什么事，就是想和许姗说说话。

许姗在山坡下面的一片草地上放羊，离得并不算近。好在有马，骑上马，让马快跑一会，就会用不太长的时间，找到许姗了。

白草走过去，说有人找她，让她去。

许姗说谁找她。

白草说，还能有谁？就是我说的那个尚柯。

许姗说，呀，他真的来了。

有点意外，也有点惊喜。放羊的鞭子给了白草，许姗一蹦一跳地走了。白草看着许姗的背影，心里边为许姗高兴。女人到了某个年纪，就要有男人盯着看，就要有男人找。要不，女人活着就没有意思了。

草坡上，羊在吃草。不用管。什么草好吃，羊知道。吃饱了，羊就不吃了，会找一个地方卧下，歇一会。太阳这会儿，比起中午，柔和多了。照在身上，暖暖的很舒服。晒上一会，想躺下来了。想躺就躺了，到了草地上，人也和羊一样，没有谁管。躺下后，干脆闭上眼，要是能睡着，不妨睡一会也好。经常在草坡上放羊，躺下一会，就睡着了。真睡着了，也不会有事，有大黑狗在，羊跑不丢，狼也不敢来。要是有人来，只要是生人，大黑狗就会叫起来，通知她。

躺下，完全把身体放松了，把四肢摊开了。胸前的几个扣子也解开了，让阳光照在了雪白的山峰上，一会儿，她就真的像一堆雪一样融化了，整个人从这个世界上消失了，变成了水蒸气，飘到了天上。

天上什么都没有，只有云。云像棉花，一团团的，踩上去一点声音也没有。可也很结实，怎么踩都踩不坏。走着走着，一个棉花堆，裂开了一道缝，从里面走出了一个人，竟是一个男子。再一看，男子不是别人，却是丈夫。好久不见了，真是想死了。主动扑上去，脱衣解裤，完全不知一点羞了。直到整个瘫软了，融化成水……

只是棉花留不住水，水透过棉花，变成了雨，从空中落了下来，落到了白草身上，让白草湿了，也让白草醒了。醒了后，忙四处看。一个人没有看到，只看到了大黑狗。大黑狗看到白草，以为白草有什么事，要它去办，忙小跑着奔过来。

跑到白草身边，蹲了下来，看着白草。白草摸它的头，它转过头，伸出舌头，去亲白草的手。白草说，大黑呀，你不用老待在我身边，抽时间去找一个你喜欢的伴吧。

大黑狗好像听懂了白草的话，朝着白草摆了摆尾巴，很高兴的样子。

好晚，许姗才回来。

一直等许姗，等得有点急，怕许姗出事。不是怕跟尚柯一块出事。怕离开了尚柯，回来的路上出事。都是女的，可不一样。白草一个人，多晚都不用怕。这荒野上，不管发生了什么，没有她不能对付的。许姗就不同了，城里长大的，荒野上的事，别说经历了，就是听都没听说过。真遇到个什么事，不知怎么对付。

走进木屋，看到白草，坐在那里，直直的。被看得心发慌，好像做过的某一件事，被白草看到了，脸不由得红了起来。

本来想问问怎么这么晚才回来，可看到许姗脸红了，就没有再问了。有一些事，用不着问的，人的表情，也是一种话语，看一眼，就会明白发生过什么。

到了睡觉时间，许姗躺在床上，却睡不着。看看白草，好像睡着了。抱着白草的胳膊，摇了摇，把白草摇醒了。白草一看许姗那样子，知道许姗想说话。想说什么话，不知道。可知道，不把想说的话说出来，就会睡不好觉。

白草说，想说什么，说吧。许姗说，不好意思说。白草说，那就别说了。许姗说，不说，我憋得慌。白草说，那就说吧。许姗说，尚柯说他喜欢我。白草说，光是说了。许姗说，他还亲了我。白草说，这么快呀。许姗说，我不让，他非要亲。白草说，亲了哪儿？许姗说，就亲了脸。白草说，什么感觉？许姗说，不知怎么的，整个人像被火烧着了。白草说，是不是还想让他再亲。许姗说，白草姐，你坏。

说着，抱住了白草的胳膊，脸贴住了。许姗的脸，真的很烫。

七

又一个休息日，那些支边青年，又来了。

来了，吃了，喝了，唱了，跳了。

接下来，像捉迷藏一样，全都不见了。连许姗和尚柯也不见了。

不见了，白草也不会着急，更不会去找。

一个人只要到了某个年纪，就一定会去做某些事。不让他们做，就像不让他们吃饭喝水一样。

一个地方好，大家就会喜欢，就会记住。

去一个地方玩，玩得高兴，总想着再去玩。

平常不能来，要干活。只有到了星期天，才能去。

并不是过个七八天就会有一个星期天的。一忙起来，一个月都不会休息一天。大家有意见，可没办法。为了建设社会主义，要搞大跃进，不让你休息。你还不能说怪话。说怪话，就会成为思想落后的证据。

干活时都约好了，休息时，一块去白草的牧场。

可休息天的一大早，一个干部来通知，说今天不能出门，师首长要来看大家，要全在宿舍等着。

早饭后，尚柯第一个背上了挎包，往门外走。后边有人喊住了他，说干部通知了，不让走。

尚柯说，休息天，是给个人的时间，这个时间内，个人要干什么，谁也不能干涉。说完，尚柯大步走出了门，朝着白草的牧场的方向走去。

都觉得尚柯说得太有道理了。是啊，凭什么，自己的休息天，自己不能做主。这么一想，马上理直气壮起来，不大一会，一屋子人就全走了出去。

了解到支边青年到了山上的行为后，政工干部去给白草说，别再让那些青年上山去了。

白草听了却说，我做不到。他们要去哪里，是他们自己的事，我管不着。如果他们真的来了，我也不可能不理他们，因为，他们全比我小，都是我的弟弟妹妹。再说了，你们不是开会一直说，大家来自五湖四海，好不容易走到一起了，一定要互相关心互相爱护吗？

政工干部说不过白草，只能回来给场长说，白草的性格你是知道的，她想做的事，她一定会去做的。

场长当然了解白草，他知道想让白草改变，不如让这些青年改变。

于是让政工科制定了新的纪律。

再开大会，场长讲话。宣布了新纪律。

场长说，这条纪律，一是为了革命事业，二也是为了大家好。让大家晚一点谈恋爱，大家可以把更多的精力放在工作上，可以给国家多做贡献，我想，不会有人不愿意多干工作，多给国家做贡献吧。所以，经党委研究决定，女的二十五岁男的二十八岁以前不准结婚。

场长说，谁不遵守这个纪律，后果只能自己负了。你们不要觉得委屈，觉得我们的要求不近人情，你们只要想想，你们身边的一些老兵，为了革命的胜利，都是三十多岁了，才解决个人问题的。而且，至今还有一些人打着光棍。你们就不会有意见了。

场长还说，山上有个牧场，是农场的牧羊点。谁要去那里，必须向干部请假，只有得到批准了才能去。不要问为什么，这是命令。是命令就不许违抗。

有些事，是纪律可以管住的，可有些事，是纪律很难管住的。或者说，一般的纪律很难管住的。

一些在白草的牧场上开始的事，离开了白草的牧场，想要结束，实在不那么容易了。

天黑透了，从屋子里跑出来。大树林没有，小树林还是有的。深草丛没有，墙角落还是可以找到的。

凑到了一起，白天分明一块地里干活，挤过眉弄过眼。这一会儿，却像几百年没见过一样，直往对方怀里扑。

来以前，想好了，要落实场长的讲话精神。不让谈了，那就不谈了，不让上山，就不上山了。组织的话，领导的话，不能不听。

可一见面，分手的话，还没有说出口，眼泪出来了。

想着以后不见面了，却一下子抱得更紧了，怎么也舍不得松开。

商量的结果，是明着不谈，暗地里谈，明着不去山上，暗地里，还是往山上跑。

比如说，尚柯和许姗，想不让他们见面，不去谈一些不让谈的事，他们已经做不到了。

尚柯做不到，许姗也做不到。一天不见面，都急得发慌。路远，尚柯上不了山，许姗就骑马下山。

白草支持她，只要说去见尚柯，不管啥时候，白草都不会拦着。不但不拦，还鼓励许姗，让她什么都不要怕。

许姗真的不怕，骑马下了山。到了土房子门口，把马一拴，就进了屋子。看到屋子里人多，就拉尚柯出来，再骑着马，往没有人的地方跑。跑到什么地方，干了什么，别人看不到。可两个人骑在马上的亲热样子，大家都看见了。看见了，就会在背后说。还会有人想快点进步，就报告给政工干部了。

下野地，不管发生了什么事，想让场长不知道，是不可能的。知道还有人在谈对象，还有人往山上跑，场长有些恼火。在下野地农场，不把他的话当回事，是绝不可以的。给政工干事说，抓个典型，严肃处理。

说真的，对这些支边青年早就看不惯了。和开荒的时候比，现在他们过的日子和泡在蜜里差不多。可他们一点儿也不知足。走在老兵修出的大路上，住在老兵为他们盖的房子里，不但不感谢还有些看不起老兵。觉得老兵们土头土脑没文化没意思。实在是太不像话了。早想能有个机会收拾他们一下了。

接受了任务，政工干部找了几个老兵一块商量怎么去完成。骂骂咧咧开着玩笑，就确定了要收拾的对象。

许姗和尚柯正在谈对象，沉醉在爱的甜蜜中，一点儿也不知道同时也成了别人要收拾的对象。

这几个老兵，别看都是大老粗，文化程度不高。可都不是一般的大老粗，不但懂得许多革命道理，还对革命很忠诚。党组织的话，对他们来说，就是圣旨，让干什么就干什么，从不会有二心，说二话。交给的事，不管有多大困难，也会努力完成。而这件事，对他们来说，压根儿就不是个事儿。经历过南征北战，胆子和本事都练了出来。鬼子汉奸国民党特务，都不是他们的对手，许姗和尚柯在他们眼里又算个什么。他们向政工干部保证，一定会抓个现行。

几个人商量后，决定先盯着尚柯。男女的事上，一般来说会是男的比较主动。只要把男的盯住了，早晚会逮住他们。

白天要干活，不可能干什么，用不着管那么多。主要是收了工后，或者说吃过饭后，到睡觉前会有一大段时间。男女要做什么事，大都会在这段时间去做。

这方面，都是过来的人，有些事全明白。说真的，尽管都是觉悟很高的老兵，却几乎没有一个能等到入洞房，才和老婆去做那个事的。不是不想等，是真等不了。

很快大家就发现那个叫尚柯的，每过个两三天，在吃过晚饭后，就会悄悄地走出房子。

这时还有好多人在外边乘凉，光线变得灰暗，又都在说说笑笑，没有人会在意或注意他。他也装得像没事一样，慢慢地散着步，慢慢地从营地中间，走到了营地边上。

那里有一条水渠。渠里流着水，渠边长着树。树栽了不久，不高。什么也遮不住。他们见面的地点，不会在这里。再说了，许姗没有来，他跟谁见面呀。

没有见到许姗，他好像并不着急，还是慢慢走，顺着渠沿往前走，走一阵子，再回头看，差不多什么都看不到了。夜色像水一样，把营地淹没了。

也就在这时，从远处传来一种声响，先是很小，过一会，变大了。能听出来，是马蹄声。很快，一匹马跑过来，停在了尚柯跟前。

不光是一匹马，马上还有人，是许姗。许姗弯下腰，伸出手，拉了尚柯一下。

尚柯身子一跃，跳到了马背上，抱住了许姗的腰。许姗一扯马缰绳，马掉了个头，朝着荒野跑去。

当过骑兵，可这些年，只是种地，早就没有马骑了。马跑得有多快，老兵知道。尽管老兵在后边追，可没有过多大一会，两个人就跑得没有影子了。

没有影子，也得追。

马的影子，看不见了，大家就找别的影子。别忘了，都当过兵，有的还当过侦察兵。马跑过去，会留下烟尘，还留下马蹄印子，没准还会留下粪便。

只是天黑，月光不够亮，要凭着这些东西去跟踪，有些难，还要花较长时间。

不过，他们的认真和坚持，还是得到了回报，虽然没有找到两个人见面的准确地点，但大概在什么地方，还是知道了。

只是老兵们赶到时，两个人已经骑马离开了。但收获还是很大的。他们找到了两个人约会的小沙丘。

沙子很细很软，像水一样，却不能像水一样，怎么去搅动，都会不留下痕迹。

这个沙丘，分明有人在上面躺过，滚过，打闹过。

尽管没有看到他们在这里见面时干了什么。但大家可以肯定，他们干坏事了。

因为，找到了一张揉皱的草纸，上面有些东西，还没有干。

几个男人，坐在沙包上，一人抽了一根烟，商量好了下一步的行动办法。

紧挨着沙包，有一棵胡杨，可能用来拴马。他们两个见面时，就是把马拴在这棵树上的。树干上，有马缰绳磨过的印子，树下面，还有马的粪便。

沙包东边的不远处，有一片灌木丛，倒是可以利用。只要提前埋伏好，这一仗，准能打胜。

果然，到了第四天，老兵们就打胜了这一仗。

那个晚上，月亮很大，像个大灯笼，照在沙丘上，让沙丘变得更醒目了，像一张纸一样。

一匹马跑过来，停在树下。从马上跳下了两个人。他们拉着手，朝着沙丘跑去。跑到了沙丘上，像跳到了水里一样，马上在沙丘上翻滚起来。翻滚了一会，两个人的衣服，就离开了身体，散落在了一边。

这时，天上的月亮，突然一下子不亮了，不过，反而让大家看得更清楚了，因为，不是月亮真的不亮了，是那个叫许姗的女子，身子太白了，比月亮还白，把月亮给比下去了。

本来说好的，只要两个人脱光了衣服，就冲上去。可不知为什么，两个人衣服都脱了，老兵们都没有动。就那么瞪着眼，一直盯着看，像呆子一样。

结果，一直等到两个人把一件最想干的事干完了，瘫了似的横在沙丘上，几个老兵才大叫着冲了出去。

几乎就在第二天的早上，整个下野地的人都知道了，上海支边青年乱搞男女关系时被抓住了。

没有办法，不是大家的嘴巴长，其实干部让老兵先不要把这件事给别人说。可老兵不给别人说，总不能不给老婆说吧。

你想，女人的嘴哪能藏得住话呀。再说了，这件事，实在是太刺激了，太让人兴奋了。它一下子就成了最有意思的事，没有人能让自己不对这件事产生兴趣。知道了，不给别人说，非把人给憋坏了。

八

下野地有一间房子，叫禁闭室。只有门没有窗子。建的时候，用来干什么，就定好了。一句话，是用来关人的。一些人不听话了，干了坏事了，弄起来后，还没有处理前，就会先关在这里。

许姗和尚柯被抓了后，也关进禁闭室。没有关在一起。关在一起，会成全了他们。只把尚柯关进了禁闭室，而许姗只是关进了一间空房子。

看到许姗一夜没有回来，白草有些担心，天一亮就骑着马来到了场部。路上遇到一些人全用怪怪的眼光看她。

问别人看到许姗了没有，别人都摇头。最后遇到了政工干事的老婆。她不但知道得早，还知道得最清楚。

看到了白草，也一样，不等白草问她，她就拉住了白草，一口气把什么都给白草讲了。

知道发生了什么事，再找人就容易多了。

门锁着，门口站了一个人，手里拿着枪。

进不了门，白草大叫一声许姗。许姗听到了，在里边又哭又喊，让白草救她出去。

白草给看门的说，把门打开。

看门的说，得场长同意才行。

知道了得场长同意才行，直接去找了场长。在下野地，不管什么事，别人说什么并不重要，重要的是场长说什么。

白草知道，这个事虽然是几个老兵抓的。但是没有场长同意，他们是不敢这么做的。

不想绕圈子，耽误时间，只想快点把许姗救出来。白草直接去找了场长。

看到白草闯进了办公室，场长没有意外的神情。这个事一出来，他就想到了白草不会不管的。

白草让场长把许姗和尚柯放了。

场长说，不可能。

白草说，你一定要放。

场长说，纪律像铁一样。

白草说，他们是人，不是铁。

场长说，人不能碰铁。

白草说，铁更不该去伤人。

场长说，是他们自找的。

白草说，把他们放了。

场长说，不放。

白草说，真不放。

场长说，不放。

白草开始解衣服的扣子。场长问白草要干什么。白草说，你要是不把他们放了，我就脱光了，从你这儿走出去，走遍下野地。

场长知道白草的脾气，她要么不说，只要说了，她一定会做到。一个寡妇光着身子，从他屋里走出去，让全下野地的人都看到了，他就是跳进黄河也洗不清了。

场长说，我只能把那个女的放了。

白草同样也了解场长的脾气，真的把场长逼急了，没有退路了，他也会什么事都做得出来的。那样的话，不但她救不出许姗，还可能把自己也一块关进去。

白草说，让我带她走。

白草把许姗带回了山上的木屋。

许姗趴在白草怀里，哭着说着。

许姗说，其实我知道，不能那样做。一开始，我不做，尚柯非要做。说没事，不会有人知道的。没有做过，嘴上说不要，心里却好奇。想知道是怎么回事。坚持了好几次，那一次经不住尚柯缠，就愿意了。说好了，做了这一次，再也不做了。再做，就等到结婚后。谁知道，做了一次，就管不住自己了。不能怨尚柯，开完会后，尚柯有点害怕。给我说，算了吧，先别来往了。可我做不到了，一天看不到尚柯，就心发慌。过上几天，不做那个事，就觉得活着没意思。白草姐，我真的是个坏女人，那天，政工干事问我什么，我都说了。他说我是女流氓，我也认了。

白草说，许姗，你别瞎说。你不坏，也不是女流氓。你是一个好女人。什么都好，心好，身体好，做的事也好。你多大了，二十岁了。这个年纪的女人，就是该做这个事，不但想做，还要会做。你没有一点儿错，用不着说自己不好。

许姗说，那他们为什么要抓我们。

白草说，因为你们做的事，太好了。这么好的事，别人得不到，别人就会生气。就会想办法，不让你们把好事继续做下去。

许姗说，你说，他们会把尚柯怎么样，我现在真的很担心他。

白草说，不会有事的，这么个事，判不了刑，更不会被枪毙。不过，你们可能会很长时间见不了面了。

许姗说，我是他的人了，这一辈子只会和他好了。

白草说，你们一定会在一起，两个人真要好，谁都没有办法把他们永远分开。

九

这个事，虽然是个大错事，可还够不上枪毙，够不上判刑。可却可以让你以后再没有好日子过。

把大家全集合了起来，说是开一个帮助尚柯的大会，其实就是批判尚柯的大会。也是杀鸡给猴看，让别的人不敢不听话，不敢再做他们那样的事。

本来要把许姗一块拉来批判的，但由于白草坚决反对，她拿着猎枪守在门口，说谁要是敢进屋子里把许姗拖出去，她就朝谁开枪。

为这么个事动刀动枪的，显然有些过分。去请示场长。场长说算了，她不来，也一样可以开批判会。

这样的大会，能开成什么样子，想也想得出来。乱搞男女关系，怎么说怎么骂都不过分。发言的人，事先通过党支部和团支部做了安排。都是些要求进步的积极分子，有这么个表现自己的机会，谁都不肯放过，全争着要发言。

在会上，宣布了对许姗和尚柯的处理决定。给了许姗一个警告处分，给尚柯一个记大过处分。尚柯处理得比许姗重了一点。

别小看这样的处分，它不但会放进你的档案，让你的履历里从此有了一个污点。至少你想再入团入党，提拔当干部，都不再可能。

为了不让尚柯和许姗有机会见面，第二天就把尚柯派到了水源勘测小分队。这支小分队一年大部分的时间，都在天山间寻找水源。和内地不一样，这里的庄稼不能靠天上的雨水，要靠水利灌溉。能够引到荒野的水流多少，决定了开垦者的蓝图能够有多少可以变成现实。这个任务是重要的，也是艰苦的。奔行在悬崖峭壁间，危险几乎就拴在脚后跟上，随时给人带来伤害。

知道尚柯要走了，许姗想见见他。可没法见。原先见面，是先说好了，定下时间地点，去就能见到。现在不行了，尚柯不是一个人住，好多人住在一起。一去找他，别人就看见了。看见了，会说他们不改正错误，还会抓他们，批他们。这么一想，许姗的脸上，布满了愁云。

看到许姗脸色不好，问许姗是不是想见尚柯。

许姗说他明天就要进山了。

白草说，那就去见他呀。

许姗说，我怕别人看到，又会惹麻烦。

白草说，走，我带你去。

两个人骑上马，走到了营地旁边。让许姗在树林里等着，白草去了尚柯宿舍。

尚柯正在收拾行李，旁边还有几个人在打扑克。白草走进去，对尚柯说，你出来，我跟你说个事。

尚柯没有马上出去，问一个正在打扑克的汉子，能不能出去。

这个汉子是班长，他看了看白草。白草朝他笑了笑。这一笑，汉子说，那就给白草个面子，快去快回。

把尚柯带到了树林里，让许姗和他见了面。白草走到了一边，打算让他们好好说说悄悄话。可只过了一会，许姗就过来了。白草说，怎么这么快。许姗说，我怕时间长了，别人又会找我们的事了。白草说，人活着，不能太怕事，越是怕事，事就越会找你的麻烦。

走在路上，许姗说，我太高兴了。白草说，为什么？许姗说，他给我说了，不管发生了什么，他都会爱着我。还说，完成这次任务回来，就写结婚报告。

白草说，那你说什么？许姗说，我说，我等着你回来，我已经是你的人了，一直到死，都不会变。

对尚柯和许姗的处罚，确实把许多支边青年吓住了。几乎没有什么人再来白草的牧场了。也很难再看到他们在光天化日之下，有什么打打闹闹的亲热举动了。

单调的生活，压抑的青春。支边青年们开始意识到，边疆也许并不像歌里唱的一样。

十

连着两天了，许姗的脸色有些不好，不管吃什么，都吃不多。稍吃得多一点，就想吐。有两次，正吃着，突然跑出去，蹲在那里呕了好一阵子，可什么都没有呕出来。

看来是有病了，是什么病，许姗自己说不出，白草在一边也看不出。商量了一下，决定去场部卫生院看看。

把羊群交给了大黑狗。

到了场部卫生院。白石灰的墙上，红色的十字，老远就能看到。

一进卫生院，没有去门诊挂号，直接去找医生。

听许姗说了症状后，问许姗多久没有来月经了。

没想到会问这个，许姗脸红了，她想了一会，说好像很久没有来了。

医生说，有两个月吗？

许姗说，好像有两个多月了。

医生说，你做个化验吧。

做完了化验，医生看着化验单说，你怀孕了。

许姗脸不红了，变白了，转过脸，看着白草。

白草说，你是不是搞错了？

医生说，这样的事也能搞错，还是医生吗？

白草一下子抱住了许姗说，太好了，你没有病，你是怀上孩子了。

离开医院时，白草把医生拉到一边。让医生不要把这个事给任何人说，尤其是不能给场长说。

医生不太理解白草为什么会这么做。因为生孩子这么大的事，是不可能不让别人知道的。

问医生一个孩子在女人肚子里待上多久就不会再流掉了。医生说六个月以后孩子就是个有生命的人了。

也就是说，六个月后，谁要是和肚子里的孩子过不去，谁就是等于谋杀了。白草让医生至少给许姗保密六个月。

有了孩子，白草高兴，许姗不高兴。许姗说，我还没有结婚，有了孩子，还怎么活。

白草说，没有结婚怎么样？谁规定了，没有结婚，就不能生孩子了？

许姗说，我不想要这个孩子了，想个办法拿掉吧，听说可以做流产。

白草说，这个孩子，是你和尚柯的，你不能这么做。他要是知道，你把他的孩子杀死在你的肚子里，他会恨你的。

许姗说，我怕。

白草说，你怕什么？

许姗说，我怕会开会批判我，还会给我处分，还会连累尚柯，再说了，我还怕，孩子生下来，会受委屈。

白草说，有我在，你什么都不用怕。我会保护好你和孩子的。我发誓，我会说到做到的。

白草的话让许姗觉得自己不再那么怕了，许姗说，白草姐，以前，我没有亲人，现在有了。我听你的。

很快，许姗的肚子鼓了起来。白草不让许姗去干活了，说万一干不好，累着了，影响到了肚子里的孩子，那就糟了。

许姗过上了新的生活，每天睡到自然醒。醒来以后，白草已经把牛奶烧好，放到了床边的桌子上。

不过，要是许姗总是躺在床上，白草也不愿意。白草说，要多活动，多晒太阳，肚子里的孩子才会长得好，生孩子才能顺利。

把每天要干的活干完了，白草会带着许姗在草地上散步，坐到干草垛上，呼吸新鲜的空气。她们还靠在一起，你一支我一首地唱歌，唱给许姗肚子里的孩子听。都说，孩子在肚子里多听歌，生出来长大后，嗓子就会好，歌也会唱得好。

随着肚子越来越大，许姗活动越来越不方便。几乎干什么都离不开白草了。去温泉里洗澡，也要白草帮她洗。给许姗洗澡，白草喜欢耳朵贴到许姗肚子上，听里边孩子的动静。边听还边惊喜地叫着，我听到了，听到了，孩子的手脚在动。

躺到一张床上睡觉。以前是许姗睡外边，许姗要睡的，说上下方便。怀上孩子后，白草不让她睡外边了。说睡外边，万一许姗不小心滚落到床下，摔了可怎么得了。非要许姗睡里边，她睡外边，这样她就可以护着许姗，不用那么担心了。

躺到床上，不能马上睡着，两个人就猜谜语一样，猜许姗肚子里的孩子是男的还是女的。只是猜着好玩，有意思。并不把肚子里的孩子的性别看得那么重要。男孩子和女孩子，各有各的好，只要生下来，什么都不缺，就是最好的。

月光透过窗子照进木屋，让许姗想起了尚柯。这时的许姗多少就会有点难受。

白草就告诉她，上次去场部买东西，正好遇到了水源勘测队的一个人。他是回来拿给养的。白草问他尚柯怎么样，他说，尚柯干得还行，就是不太爱说话。白草就临时写了封信，封了口。让他带给尚柯。在信上，告诉尚柯，许姗怀上了孩子了，他很快就要当爹了。

白草回到山上，把这个事告诉了许姗。白草说，没有一个男人知道自己要当爹了，会不高兴的。

听白草这么说，许姗不那么难受了。

十一

白草去场部的商店买了一些布和棉花回来，她开始教许姗做薄的和厚的衣服。

很小的时候，白草就跟着爷爷学会缝制穿的和用的，现在她身上穿的长裙，还有长裙里边的短小的裤衫，都是她一针一线缝出来的。

教许姗做衣服，不是她们没有穿的了。她是想到了许姗肚子里的孩子，才去买了布和棉花。因为孩子生出来后不能让他或她光着身子，得给孩子穿上合适的衣服。这些衣服要在生出来之前做好。

女人一双手天生适合做针线活，稍稍一教，许姗就可以飞针走线了。

这以后，只要白草赶着羊群离开木屋，去到山谷里吃草，许姗就会坐在木床上，拿出针和钱，给快要出生的孩子缝起了衣服。

不知为什么，只要一缝起衣服，许姗马上就觉得自己不一样了，好像已经做了母亲，整个身体马上变得畅快暖和起来。这个时候，从窗子望出去，不管望到什么，都觉得是那么顺眼，那么好看。

不过，这么看着看着，看了许多天后，在一个有落叶飘在秋风的日子，她看到了一个东西，让她不由得一下子紧张起来。

这个东西，其实不是个东西，而是个男人。

只是这个男人，她从来没有见过。来下野地三年了，下野地的人差不多都见过了。不过，她紧张，还并不因为从来没有见过他。她紧张，是这个男人不但没见过，而且还穿了一身黑衣服，脸上表情也很难看。

这还不算，他的手里握着一把刀子，并且是直直地朝着木屋走过来的。

这个男人不是别人，正是判刑关进了劳改队的杀人犯。

下野地有一个劳改队。里边关押的人，犯什么罪的都有。经常会有劳改犯从里边逃出来。

杀人犯握着刀，是一把杀猪刀。

草坡上，一条小路是弯的。他走着，不顺着小路走，直直往坡上走，不管踩到什么，也不管。还边走边看，像在找什么。

刀晃动着，一亮一闪的。

看着杀人犯朝木屋走过来，许姗坐在床上没动，只是把手中的针线活停了下来，她的样子看上去很镇静。其实她是因为不知道这个人是谁，也不知道他要干什么，她一点儿也不知道自己要怎么做才对，只能是看着他走过来。

哐的一声，木屋的门被推开了。

门的响动，震得许姗的身体晃了一下。杀人犯大声问，有吃的吗？

许姗说有剩的饼子。

杀人犯让许姗拿给他吃。

杀人犯晃着手里的刀子，不敢不去拿。

杀人犯饿了，几大口就把饼子吃了。

吃过了，又说给拿一碗水。

拿了一碗水给他喝了。

吃完了饼子，喝了水，想着杀人犯会走了。

杀人犯也好像真的想走了，他站了起来，问，你们家男人呢？

许姗说，我家没有男人。

这么一说，杀人犯站下不动了。

过了一会，他转过了身子，朝着许姗走过去。

看杀人犯走过来，刀在手里晃。许姗急了，说，你要干什么。

杀人犯说，你想让我干什么？

许姗说，我让你走，快走。

杀人犯说，那也得办完我想办的事。

说着，杀人犯一把抓住了许姗。

许姗说，别碰我，我怀着孩子呢。

杀人犯这才注意看了一下，果然看到了许姗的肚子明显地鼓了起来。

杀人犯说，没有男人，就有了孩子，看样子，你也是骚货呀。

说着，把刀子扔到了一边。也许他想对付一个孕妇，是用不着刀子的。

一只手搂住了许姗，一只手伸到了许姗的衣服里。

没有用刀子，却像被刀子扎进了肉里一样。许姗发出了比刀子还要尖厉的叫声。

叫声变成了刀子，谁都不想听到。杀人犯用一只手捂住了许姗的嘴。

接下来，会发生什么，不用多说，也能想得到。这个身体强壮的男人，已经三十八岁了。可在差不多十年时间内，他连和女人说话的机会都没有了。而这一会儿，他的身体却紧贴着了一个年轻女人的躯体，他除了要做一件事情外，还可能干别的吗？

许姗哭了，说她肚子里的孩子已经八个月了，求他不要伤害她。

如果是在十年前，在没有进劳改队以前，杀人犯听到许姗的哭求，看到许姗挺着大肚子，可能会放过许姗。但现在，已经没有任何可能让他停止正在做的事情了。

杀人犯扯开了许姗睡衣的纽扣，抓住了那因为怀孕而变得饱满的奶子……

就在一个可怕的事情马上要发生时，白草出现在了木屋的门口，她平端着猎枪，朝着杀人犯大喝了一声。

十二

杀人犯看到了白草，他反应很快，几乎就在同时，抓起了扔在一边的刀子，横在了许姗的脖子上。

白草说，把她放了，要不我就开枪了。

杀人犯说，你要是想让她也死，你就开枪吧。

白草说，我们不认识你，你不该这样。

杀人犯说，我恨你们这些女人，她说好了，要嫁给我。可是来了个当官的，看上了她，她马上就变心了。我生气了，和她厮打起来，她就说我强奸他。那个当官的，带人来把我抓了起来，就把我送进了劳改队。

白草说，你该去找他们算账。

杀人犯说，早上让我去杀猪，猪有点大，不好杀。那个管教，骂我笨得像猪。

他老骂我，还打我。我一火，就把他当成了猪，用刀子捅了他。我杀了人，犯了死罪。

一个犯了死罪的人，再对他说什么该做什么不该做，全是废话。一个杀了人的人，只要他想做，没有什么事他不会做的，不敢做的。

白草说，你有理由杀他，可你没有理由杀我们。

杀人犯说，那你们得听我的话。

白草说，你只要把她放了，什么话都好说。

杀人犯说，等我快活了，就把她放掉。

白草说，她怀了孩子，没法让你快活。你要是真想快活，让我来替她。

杀人犯没有说话，看着白草。只要是个男人，只要看到白草，都能看出白草长得有多么好看。

发现杀人犯有点动心，白草一只手端着枪，另一只手却把胸前的衣襟往一边拉开，露出了大半个奶子。

如果两个碗里都有好吃的，而只能吃一碗，谁都会去挑那最好吃的一碗。杀人犯说，你先把猎枪扔下。

白草弯腰把猎枪放到了地上，又站了起来。

杀人犯推着许姗往前走，走到白草跟前，用脚把猎枪踢到了屋子的角落。

把衣襟扯得更开了，让整个奶子都露了出来，白草还笑着说，你把她放了吧，我会让你快活的，再说了，我也好久没有和男人快活了，也想了。

杀人犯伸出一只手抓住了白草，另一只手才把许姗推开。

抓住了白草后，杀人犯把白草拉出了木屋，并顺手把木屋的门关上，挂上了铁锁。这么一来，就让白草跟许姗和那把猎枪完全隔开了。这样他就可以不用再想那么多了，可以一心来对付白草了。

看到木屋的门关上了，白草悬着的心落下了一半，至少现在许姗安全了，不会受到伤害了。只是另一半心，还不能落下来。面对一个杀人犯，不管你怎么做，他随时都可能做出你意想不到的事情。就算你让他快活了，也不等于什么事都没了。一个人如果杀了一个人，那他就会杀十个人，甚至可能不停地杀下去。因为，不管他杀多少人，等待他的只有一个结果。

就算让他快活了，他一定还会杀人。既然让他快活了，他还要杀人，为什么还要让他快活呢。

不但不能让他快活，还得不能让他杀人。白草嘴里说的话和心里的想法完全不一样。她一边不断地亮出身体让杀人犯看，一边想着怎么样让他把手中的刀子扔到一边。

告诉杀人犯他手里的那把刀子，让她真的很害怕，有它在眼前晃着，她不能完全放松下来，也就没法让他很快活。给他说先把刀子放到一边去，等和她快活完了再拿起刀子。

可这个杀人犯好像并没有那么傻，他知道白草肯与他快活，就是因为他手上有一把杀猪刀，要是刀子没有了，这个女人就可能不会按他说的做了。

刀子确是个有用的东西，其实这个时候白草的身上也有一把刀子。这把刀子就插在她的皮靴子里。只是一个男人和一个女人都有一把刀子，女人要想打败男人几乎是不可能的。

不过，白草看到了卧在一边的大黑狗。这会儿大黑狗完全不知道发生了什么事。就算那个男人手里拿了一把刀子搂住了白草,大黑狗也不会管这个事的。因为它知道如果白草想让它管，她会给它发口令的。一条好狗就是要听主人的话。

杀人犯不肯放下刀子，他让白草自己脱衣服，白草穿的是裙子，不用脱靴子，也可以把自己脱光。

杀人犯只顾去看白草的身体了，他没有太在意白草的皮靴子，可以说，白草的身体弄花了他的眼睛。

还想再等一个机会。白草脱光了衣服。他要想快活，也得脱掉衣服。那么这个时候，他的刀子就不得不离手了。想好了，只要他刀子一离手，白草就抽出刀子扑上去。

好像看出了白草的想法，杀人犯没有自己动手，他让白草来解他的腰带。

怕白草朝他扑过来，他让白草跪在地上给他解。白草一边按他说的做着，一边想着如何抓住这最后的机会。她当然也可以等他正快活时采取行动，但她真不想让自己的身体任一个杀人犯作乐。

就在他扯掉杀人犯的腰带，一把把他的裤子拽下来时，她一只手拔出了插在皮靴里的刀子。可那个杀人犯一直在盯着她的动作。刀子是拔出来了，可是没能扎进杀人犯的身体，只是刚举起来，就被杀人犯伸出来的胳膊挡住了。

一只胳膊挡住了白草的刀，另一只持刀的胳膊挥了过来。白草不得不赶紧后退了一步，躲开了刺过来的刀子。

躲过了杀人犯的刀子，也错过了给杀人犯致命一刺的机会。好在杀人犯因为裤子掉了下来，行动受到影响，没法追扑上来，朝白草攻击。但他的眼睛气得出了血，这个女人在这个时候还要耍他，让他除了想马上把白草杀掉外，再不想别的了。

要用刀子杀人，得有个重要的条件，就是要离得近。要想杀白草，就得追上白草。要追上白草，就得提起裤子，把它系好。

看到杀人犯要去提裤子，白草知道她不能再等了。当然，这会儿，她可以跑。不远处就是大白马。骑到大白马上，杀人犯拿她一点办法都没有。可她不能这么做。屋子里还有许姗。杀人犯追不上她，会拿许姗出气的。

想到这里，白草不后退了，举起刀子，朝着杀人犯扑去。同时，还叫了一声大黑狗，让它一块上。

白草和大黑狗一块朝杀人犯扑过去，还是有点迟了。杀人犯已经提好裤子，他踢出一只脚，用来对付大黑狗，同时，舞起刀子，迎向白草。杀人犯不是个胆小鬼，他知道怎么都是死，所以他就不怕死了。

白草不是怕死，她不想死，是知道她要是死了，许姗也就活不成了。这么一想，看到杀人犯的刀子刺过来时，她还是凭着跟爷爷学过一点武术的身手，躲了一下。

这一躲让杀人犯占了优势。他一脚踢到大黑狗下巴上，让大黑狗在地上打了个滚。大黑狗爬起来，又向杀人又扑又咬。可它咬不到要害处，只是起到了一点牵制的作用。作用不大，杀人犯的刀子一下又一下，离白草的要害部位越来越近了。

谁也没有想到就在这个时候，那只像虎一样的大狸猫会从一边蹿了起来，朝着杀人犯的脸部飞去。它的爪子划过了他的眼睛，他大叫了一声，条件反射般用手捂住了眼睛。

几乎就在同时，白草冲了上去，把刀子扎进了他的胸膛。

杀人犯倒在了地上。

十三

杀死了杀人犯，除了一大祸害，白草立了大功。

只是许姗怀了孩子的事，下野地的人都知道了。

知道了，也没有办法了。再有两个月，孩子就要出生了。场长气得只能是再给许姗一个处分。把警告处分变成了严重警告处分。

只是受了白草影响，许姗对这样一个处分已经不在乎了。

都说，躲过了大难，紧接着的，就是大福。

至少，对白草和许姗来说，她们看不到，也想不到，在接下来的日子里，会有什么不好的事发生。

可以说，这些天来，她们的内心，一直是高兴的，并且是一天比一天高兴，因为，离许姗的生产期越来越近了。

许姗要生孩子了，可白草显得比许姗还要高兴。好像这个孩子是为她生的一样。

也难怪，白草早就给许姗说好了，孩子生下来后，白草和她一块养，还要让这个孩子不但喊许姗妈，也要喊白草妈。

白草的这个提议，许姗当然愿意，说真的，如果没有白草，她不会要这个孩子的，她没有勇气要，更觉得自己没有这个能力养。

让这个孩子喊白草妈，许姗一点意见都没有。

两个人都没有一点儿意见，按说这个事，就会很快变成现实。但生活不管在什么时候都可能会发生一些我们意想不到的事。这些意外的事，往往看起来很偶然，但却会起到很大作用，并让某件事的进程发生根本性的变化。

比如说，许姗生下的孩子，本来就算是喊白草妈，她也只是个干妈。但结果却是，这个孩子，从生下来到长大，不但只喊白草一个人妈，还要被白草一直抚养。

因为许姗在生孩子时，发生了一个天大的意外。

她把孩子生下来了，给世界添了一个新的生命，自己却出现了产后大出血，经过抢救无效而离开了人间。

当时，白草一直守在身边，一直握着许姗的手没有松开。

许姗明明已经闭上了眼睛，她还不相信，喊叫着让医生快救她。

直到许姗的双手凉透了，整个人变成了一块冰。白草才不喊叫了。

忍住不让泪水掉下来，白草把许姗生的孩子，紧紧抱在了怀里。

那天，天气不好，一直阴着。白草抱着孩子走出医院时，下起了雪。

这是1965年冬天的第一场雪。

一片片雪花，白白的，很轻，要在空中飘上好久，才肯落到地面上。

天快黑时，一块很大的白纱，把下野地盖住了。

好在母亲没有了，父亲还在。白草去找场长，说许姗不在了，是不是可以让尚柯回来了。孩子睁开眼时，该让她看到她的父亲。

场长想了想，说好吧。

消息很快传到了天山上。正在进行测绘的尚柯，知道许姗不在了，整个人就一下子变得神志不清了。嘴里不停地说，不会的，不会的，许姗不会死，这不是真的，不是真的。

别人劝他，想开一点，说他可以马上下山去。但别人说什么，他已经一点儿也听不到了。半夜里，别人都睡着了，他睡不着。听到外边有响动，以为是许姗来了。赶紧爬起来，走出了帐篷。走了一阵，走到了悬崖边上，天黑黑的，啥也看不见。只是听到许姗在前边喊他，还继续往前走。结果，掉了下去，掉到了结冰的河里。

在白草的坚持下，农场把许姗和尚柯埋到了一起。

下野地西边，有一块墓地，不管是谁死了，都会埋在这里。

从下野地有了农场到这会儿，连许姗和尚柯在内，已经有二十七个人埋在这里了。

许姗生的是个女孩子，白草让她跟了自己姓，又用了许姗的名。于是这个女孩子的名字叫白姗。

没有养过孩子，一样会养。只要是女人，天生就知道怎么做母亲。

抱着白姗，骑着马回到了山上，白草一路上都在对白姗说，我一定会把你养大，把你养好，你就放心吧。

尽管知道白姗一句也听不懂，可白草还是不停地说。

刚生下来的孩子，不能吃别的东西，只能吃奶。白草的奶子很大，很饱满，可流不出奶水。

好在有几只母羊，刚生了小羊。母羊的奶水，一样营养很丰富，烧开了，灌到奶瓶里，套上橡皮奶嘴，让白姗含着，一样吃得很香。

有那么一段时间，白姗吃饱了就会睡。可过了这段时间，白姗就不是这样了，有时吃饱了，不睡，还会哭。这个时候，非要白草把她抱起来，晃着摇着，才会不哭了。

每天晚上要睡觉时，都会把白姗搂在怀里，白姗有时会往她怀里拱，用手抓她的奶，还会咬住她的奶头，一个劲地吮。

白姗要吮，白草不管，就让她吮。吮的时候，白草的身体，好像一下子充实了，胀胀的，好像真的有汁液流了出来，去喂养白姗。

从此以后，人们只要看到白草，不管是在天山牧场的绿浪间，还是在下野地土路上，都能看到骑在马上的白草总是会带着白姗。白姗要么是趴在白草的背上，要么是睡在白草的怀里。要么是坐在白草的腿上，被风吹着，被阳光晒着。

再后来，白姗长大一些，白草还带着她一起去放羊。边放羊，边把一些爷爷讲给她的故事讲给白姗听。还会给白姗唱许多古老的民歌。有些歌，白姗听了几次以后，就会自己唱了。白草去忙别的事时，会让大狸猫和大黑狗来陪白姗。白姗边和它们一块玩，边把学会的歌唱给它们听。

白姗唱歌的声音很好听，白姗只要一唱歌，正在嬉闹的猫和狗就会安静下来，竖起耳朵听她唱。连天上飞的鸟儿，也会落到附近的树梢上，听白姗唱歌。正在干活的白草，听到白姗的歌声，不由得会停下来，朝白姗这边望过来，脸上浮现出了少有的笑意。

1984年，19岁的白姗考上了京城的音乐学院。要离开时，白草带着她走到了许姗和尚柯的墓地。白姗把采来的大把野花放到了墓碑前，并跪下了双腿，连着磕了三个头。站在白姗身边的白草，此时想起了20年前和许姗在一起的许多事情，一串泪珠无声地从眼角流了下来。而这个时候，那些支边青年大多数都离开了边疆，返回了故乡。

……

2012年12月7日改定于乌鲁木齐

三个男人的战争

一

新疆有一个地方，叫阿尔金山。这是个野生自然保护区，很有名。因为在这个自然保护区里，生活着许多藏羚羊。因为藏羚羊毛皮里的羊绒，比黄金还要贵。所以一些想发财的家伙，就拿着枪和刀悄悄地跑来了，朝着藏羚羊伸出了黑手。所以另一些善良的人，就生气了，也拿起了刀枪，为了保护藏羚羊的生命，挺身挡住了那些凶狠的黑手。于是，这样一来，一些和生和死相关的故事，就没法不发生了。

这一类故事已经发生了许多。这里要说的一个故事，和三个男人有关。一个男人叫马乃，是个盗猎者。一个男人叫艾力，是个巡山的警察。还有一个男人，叫李康。本来他和阿尔金山，和藏羚羊，和盗猎者，和巡山警察并没有什么关系。只是因为他是个摄影家，喜欢拍野生动物，包括藏羚羊，他也就很自然地出现在了这个故事里。

马乃头一次和艾力遭遇，是在一年前。那一次，马乃是个新手，跟在别人后边，别人让开枪，就开枪，让动刀子，就动刀子。他有力气，胆子也大，很能干，他们这一伙，一共打死了一百只藏羚羊，其中有三十只是他一个人打死的。他们定的目标是三百只，可打到一百零一只时，艾力出现了。艾力不是一个人，他们是五个人。人不多，可他们帽子上，国徽放着光芒。盗猎者人再多，也没有用，只能吓得四下逃窜。跑得慢的，就被抓住了。头目年纪大，跑不快，就被抓住了。马乃年轻，跑得快，跑掉了。不但跑掉了，还带走了一大袋子藏羚羊绒。马乃回到村子里，很快就把羊绒卖了，得了一万多块钱。这个地方很穷，一年下来，挣不了一千块钱。这么一下子，等于把十年的钱都挣回来了。马乃没法不激动。原想着，不干了。可一看能挣这么多钱，马乃就忍不住了。知道那个抓起来的头，被关进了大牢。知道要是再干，也可能会被抓进大牢，弄不好，还会被警察的子弹打断腿，打坏腰，打烂脑瓜。被警察发现追赶，真的很可怕，那个叫艾力的警察，看他跑得快，就朝他开了枪，一颗子弹擦着他的耳根子飞了过去，差一点就要了他的命。可马乃翻来覆去想了好几夜，还是拿定了主意。在经过一段时间的认真准备后，马乃在刮着风的一天夜里，带了几个人，离开了村子，朝着阿尔金山的方向走去。

其实艾力和马乃头一次遭遇，谁也没有能记住谁。没错，当时追马乃的是艾力。可和马乃一块跑的，有七八个人。艾力把两个跑得慢的摁倒以后，就没法再去抓别的家伙了。没办法，警力太少，每一次，都会有一些家伙逃脱。艾力当时喊了几声，让马乃站住。马乃也回头看了一眼。可是这惊慌中的一眼，只让马乃记住有一个警察差一点抓住了他，没有能记住警察的样子。艾力一样，虽然马乃回了一下头，可那种情况下，只是一闪，他只能记住了有一个盗猎者跑了，没法记住盗猎者长着一张什么样的脸。不过，当时艾力心里想，你跑不掉的，我早晚都会抓到你。艾力这么想，不是没有根据的。盗猎藏羚羊的家伙，没有一个只干一次就不干的。好些家伙，抓住了，送进大牢，刑期一满，一放出来，就马上拿起了屠刀。这年头，真是有一些人，为了钱，可以不要命。不过，一些人为了钱财，敢不要命，另一些人，也会为了爱，为了理想不要命。艾力干这事，一些人劝过他，说太危险。艾力一听笑起来，说没有啥，大不了，就是一个死。我不怕。一般来说，一个人只要不怕死了，就会什么都不怕了。

这一次马乃和艾力相遇，李康不在跟前。他当时在城里。那座城叫乌鲁木齐。不过，这以前，他已经三次来过阿尔金山，和艾力已经是老朋友了。这个时候，他当然不知道，有个盗猎者叫马乃。不过，他们却在差不多一个时间里，有了一个在表面看上去，很有些相似的想法。那就是为了藏羚羊，准备再回那个原始荒凉的阿尔金山。并且，没用多久，他们就把自己的想法变成了行动。

二

再次去阿尔金山，对李康来说，有点不顺利。以前，也不顺利，可没有这么不顺利。让李康不顺利的，是李康的老婆杨梅。这些年，李康老去野外拍照片，一年中有一半时间不在，不得不让杨梅一个人守着空房子。杨梅才三十岁刚出头，老是这样，她受不了了。每次李康离开，她都会和李康吵，会流泪。不过，吵完了，流完泪，还是帮李康收拾东西，把李康送到门口。这次不一样，这次一听李康还要走，杨梅不吵不流泪，而是提起包，住回了娘家。

已经在娘家住了五天了，还没有回来。明天李康就要走了，不能不给杨梅说一声。拿起电话，拨通了杨梅的手机。

李康说，杨梅，我马上要走了。你不要生我的气好吗？我这次去时间不长，顶多半个月就回来了，等我回来了，我一定好好陪你……

不等李康把话说完，那边的电话挂断了。李康苦笑了一下，想再拨一次。一拨，发现杨梅把手机关了。

呆呆地坐着,看着挂在墙上的结婚照。看了一会,拉开抽屉,拿出一张稿纸,在上面写了起来。

写了一会,写好了,看了一遍,改了几个字。把它折了起来,站起来放到了相框后边。

不再想那么多了,反正定下的行程,已经不可能改变。李康坚决地拿起了照相器材,走出了门。

住宅楼前,停放着一辆越野吉普。还没有走到车子跟前,李康一下子站住了。不是有了别的什么想法,是他没有想到杨梅这会儿会站在车子旁边。

以为是杨梅想明白了,不生他的气了。李康心里一阵热,笑着朝杨梅走过去。等走到杨梅跟前,才发现杨梅的表情,还像冰一样,没有一点融化。李康也不得不收起自己的笑。

杨梅说,你真的要去?李康说,我不能不去。杨梅说,不去又怎么样?李康说,不去,我的摄影展就搞不起来了。杨梅说,搞不起来又怎么样?李康说,那是我的理想,我没有别的追求,就想干成这么个事。杨梅说,你就光想着你了,你怎么就没有想过我。我是个平常人,没啥理想,就想平平安安,当个贤妻良母,过好自己的小日子。可你算一算,和你结婚后,一年里,有多少天咱们在一起,我还不如个寡妇。寡妇还能明打明地去找个男人调情、做爱,我呢。还有,和我一样大的女人,只要没有毛病,有几个还没有孩子?我一说要个孩子,你就说,再等一等,等一等,怕孩子拖累了你。李康说,这次拍完了藏羚羊,我哪儿也不去了,天天陪你,再生个孩子。杨梅说,拍天鹅时,你这么说,拍野驴时,你又这么说,可你说了,和没有说一样,全是瞎说,你说让我怎么信你?李康说,你就再信我一次吧。杨梅说,我信你?我就是因为太信你,才会落到这个地步。人家的房子铺木地板,咱家房子铺地板胶,人家的彩电都换三十四了,咱家还是十八的。我同学要到家里来玩,我都不敢往屋子里领,我实在丢不起这个人。好不容易挣的一点钱,你全赔到你的摄影上去了。李康说,我知道,你跟着我,受了不少委屈。杨梅说,我也想了好久了。这一回,你再说什么,我也不听了。就这么着,要我,要这个家,还是要你的摄影,你的展览,你自己拿主意吧。李康说,那就等我回来,再告诉你吧。

说着,李康打开了车门,把照相器材放了进去。

看到李康拉开车门,杨梅不再多说什么了,她从口袋里掏出一张纸。边给李康边说,这样吧,为了你能更安心地拍你的照片,你还是不要再想那么多了,你就在上面签个字吧。李康一看纸上的字,上面有五个字很大很黑。那五个字是"离婚协议书"。

杨梅把手中的一张纸往李康手中一塞,转过身走进了楼门里。

李康看着这张纸,看了一会,身子动了一下,好像要往楼门里走,去追杨梅。可是李康并没有迈开步子,而是把协议书塞进了摄影挎包,转身跳上了吉普车。

杨梅一直站在楼上的窗子前往下看,看到李康想往楼门里走,心里想自己的这一招奏效了,李康一定是被吓住了,要上来向自己赔不是了。可是她马上就失望了,看到李康的车子很快地起动,箭一样地蹿了出去。她像是被李康的车狠狠地撞了一下,撞倒在了沙发上。

就在这时,电话响了起来。一想,一定是李康打来的。杨梅赶紧抓起了电话,大声说,李康,你不要走。

没有想听到杨梅这么说,电话另一头马上说,喂,谁是李康,别搞错了,我是陈军。

杨梅一听是陈军,马上说,讨厌,怎么是你?陈军说,看来你今天的心情不太好呀,连我的声音都听不出来了。说说,什么事?要不要我帮忙,若能帮得上的,我一定帮。杨梅说,就是帮忙也轮不到你呀。陈军说,我们是老同学,轮不上我,还能轮上谁。

杨梅这会儿可没有心情和谁耍贫嘴，就啪的一下把电话挂掉了。挂掉了电话，坐在那里，越想越气，气得两行眼泪顺着脸颊流了下来。

三

在一条穿越塔克拉玛干沙漠的公路上，有两辆吉普车在行驶着。

一辆是那个叫马乃的家伙开着的。连他在内，车子里一共有五个人。五个平常很少洗澡的男人挤在一起，使车子里充满了一股难闻的臭味。不过，他们可没有觉得臭，在这种臭味中待久了，不知道臭了。

还有一辆吉普车是李康开着的。比马乃要晚出来两个小时，所以虽然在同一条路上，他们至少相隔有一百多公里。李康车上只有他一个人，不过，虽然只有他一个人，车上并不安静。车子的音响正播放着交响乐，是那首很有名的《大峡谷》。表现了大自然的广阔神秘，只要一听它的旋律，李康的精神就会不由得振奋起来。

马乃车子没有音乐，却很吵闹。另外四个家伙头一回出来干这个事，有些兴奋，还有些怕，不停地问东问西。问得马乃不耐烦了，说不用问那么多，到时候听我的，我让你们怎么干，你们怎么干就行了。这回你们跟着我干，算是你们的福气。你们不就是想多挣钱吗？管吃管住，一个月，保证你们每一个人的腰包鼓起来。一个家伙马上问，马哥，能挣多少？马乃说，怎么也得让你们挣个三四千吧。几个家伙一听能挣这么多，顿时来了情绪。向马乃表决心，一定听他的。其实到了这会儿，到底要干什么，马乃也没有给他们说明白，马乃怕他们知道了，把他们吓住了，不敢跟着他干了。

车子开到了塔里木河边，这里有一座桥，过了这座桥，就进入沙漠腹地了。李康把车子开到河边，把车子停了下来。他拿了个塑料壶，走到河边洗了个脸，提了一壶水。在沙漠里，水比金子还要宝贵。放一壶水在车上并不多余，不一定什么时候就用上了。常在野外跑，李康有这方面的经验。看了一下时间，这样跑下去，天黑以前就可以到且末县了。只要到了且末县，就可以见到艾力了。

要想多挣钱，早挣到钱，就得快一点到达阿尔金山。可马乃的车，是个二手的北京吉普，五千块钱买的。车子越野性强，什么难走的路都能走。可这种车也有毛病，跑不太快。还爱出毛病，说不上什么时候，因为什么就熄火了，把你搁到了半路上。这不，走到了两边都是死了的胡杨的一段路上时，车子的发动机突然就不转了。

马乃让几个人下车。几个人正好尿憋得厉害，一下了车，就站在路边方便了起来。马乃顾不上撒尿，打开了车盖子，看出了什么毛病。马乃不懂得车，看了好一阵子也看不出问题出在了什么地方。没有别的办法，只能拦一辆过往的车辆，让别的司机给看看出了什么毛病。马乃站到了路边拦起了车。可是这条路上过往的车辆实在太少，好不容易过来了一辆车，人家也不停。

马乃的车坏了，停了下来。李康的继续往前走，这就让李康和马乃相遇有了机会。当然这会儿还不知道前边有一个吉普车坏了。他听到手机响了，拿起手机一看，是艾力打来的。他马上高兴地接起了电话。这里虽然是沙漠，但由于发现了石油，在这里建起了许多油井，使得这里的通讯和交通都有了很大的改变。差不多在每个地方，都能接收到手机的信号。

李康说，我现在在塔里木河边上，天黑以前可以见到你了。艾力是在乡派出所打的电话。艾力说，快来吧，我这里有好酒好肉，还有美丽的姑娘。

李康一听，大笑起来。就在这时，李康看到了站在路边拦车的马乃。再一看马乃身边停的那个车，李康就知道这个家伙的车子出毛病了。最早出来拍照片，李康开的也是这车，知道这个车的脾气不好，老和主人过不去，不好好干活。李康边想边放慢了速度。一看招手的是几个农民，看样子就很老实也没有什么本事，这样的人有了困难不能不帮。李康把车开到路边停了下来。

李康下了车，走到马乃跟前，问是怎么回事。马乃说，发动不着了。李康凑到发动机跟前看了一阵子。几个家伙也凑过来看。马乃不耐烦地说，去，去，去，什么都不懂，看什么看，一边待着去。四个人赶紧退到了一边。

李康把电瓶线取下来看了看，用螺丝刀在电瓶的电极柱上刮了刮，再把线头重新套上，李康说，发动一下，试试。

马乃上车，一打马达，车着了。马乃叫了起来，说师傅你太有本事了。你怎么一下子就找到毛病了。

李康说，这种车，我开过，遇到过这种情况，这是小毛病，电瓶柱上有了锈，不导电了，当然就发动不着了。

马乃拿出烟让李康抽。马乃说，要不是你，我们就得困在这里了，真是太谢谢你了。

李康摆了摆手，不会。李康走向自己的车子，马乃追着李康一个劲说谢谢。李康说，出门在外，谁没个难处。李康急着赶路，不想和马乃说那么多。其实这个时候，李康能多问几句，问问马乃他们干什么去，没准就能发现他们盗猎者的身份。可李康只是摄影家，不是警察。

开上车继续往前走的李康，也许还在为自己的助人为乐的行为得意呢。却不知道他干的一件事其实是件坏事，他帮了盗猎者一个忙，加快了他们达到罪恶目的的速度。

四

离艾力说的那个乡镇越来越近了，这时太阳也已经西下，又一个美丽的黄昏马上就要到了。这个时候光线柔和层次丰富，好的摄影作品往往会在这个时候产生。李康不由得打开了摄影包，把相机拿了出来，放到了旁边的座椅上，做好了随时抓拍的准备。没有想到往外拿相机时，把那张杨梅给他的纸带了出来。这让他的心情稍稍地有些不好起来。

要说心情，杨梅会比李康要更不好一些。下班好一会了，别的人都走了，她还没有走。不是喜欢待在办公室，实在是没有事让她急着要去办。别的女人这会儿，要赶回去带孩子，给老公做饭，她没有这些事要干。又一时想不出来去干点别的什么，就这么有些茫然地走出办公楼。

杨梅从台阶上走下来，看到了一辆小轿车。没有在意，刚要绕着小轿车走过去，听到有人喊他。杨梅到处看，没有看到喊她的人。听到一辆车响起喇叭，朝车子里一看，看到了坐在车子里的陈军。

杨梅说，吓了我一跳，你怎么会在这里？陈军说，等你。杨梅说，等我？陈军说，是的。杨梅说，什么事。陈军说，没事。杨梅说，那我走了。陈军说，别走。杨梅说，干吗？陈军说，请你吃饭。杨梅说，为什么？陈军，不为什么，就想请你吃顿饭，不行吗，别站在这儿说了，上车吧。

别说是老同学了，就算杨梅和陈军是一般的朋友，杨梅也没法说出那个不字，没法不上陈军的车。这个时候，陈军的出现对她来说，有点像饥饿的人，突然遇到了一块刚出炉的面包。

因为那个离婚协议书，因为不断地想到杨梅，尽管黄昏很美丽，尽管李康准备好了相机，可他还是没有能拍下一张照片。因为，他实在不是个无情的男人。

五

天黑透了，李康才到了地方。正想打电话和艾力联系，发现前边的车灯的光亮里，站着一匹马。再一看，马上骑着的一个人是艾力。

马上下了车，朝着艾力走过去。艾力也看到了李康，也从马上跳了下来。两个人在车灯的光柱里抱在了一起。

李康问艾力，啥时候不开车，骑上马了？艾力说，车坏了，正在县城里修，山上的路太难走，毁车厉害，上去一趟就得修理一次。

李康说，坐我的车上，我的车刚保养过，不会有问题。艾力说，你来了，我当然要全程陪着你了。快有一年没来了吧，我还以为你这大艺术家被雪豹和野狼给吓住了，不敢来了呢。

李康说，有你在，我怎么会怕呢。再说了，这个地方，只要来过一次，没有不想来第二次的。艾力说，为什么？李康说，不为什么，只为了不得病啊。艾力说，什么病？李康说，相思病。两个人大笑起来。艾力说，手抓肉已经煮好了，就等着你呢。李康说，走，我都快馋死了。艾力说，跟着我，我给你带路。

李康开着车，艾力骑在马上，吉普车跟着马朝着一个院落走去。院落里亮着灯。和汉族人的院落不一样，维吾尔族人的院落的门上，画着一些色彩鲜明的图案。

李康和艾力一块走了进来。艾力用维吾尔语招呼了一声，从屋子里出来了几个人都和艾力拥抱握手。艾力向大家介绍李康。艾力说，这是从大城市来的摄影家李康。每个人和李康握手说着祝福的话。

这边说着话，那边已经端上刚煮好的手抓肉。艾力先用刀子把羊鼻子上的一块肉割了下来，递给了李康。李康知道这个礼节的意思，给他吃这块肉就是把他当成今天晚上这个地方最尊贵的客人了。

维吾尔有个习惯，吃肉时不喝酒。等把肉吃好了，再开始喝酒。喝酒也不是一个人倒一杯一碗，而是由一个人倒酒，大家用一个碗轮流喝。轮到你了，你不喝，下面的人就没法接着喝。所以不管轮到谁，不管能不能喝，一碗酒放到了面前，怎么也得喝下去。

李康的酒量就是在这样的场合锻炼出来的。他们喝酒还有个好习惯，喝多了，喝得来了情绪，就唱歌，就跳舞。一唱一跳，就把酒力给挥发了，人就不会醉了。

几杯酒下去，大家就坐不住了，就想唱歌跳舞了。跳一种叫麦西来甫的舞。李康早就学会跳这种舞了。两杯酒下肚，李康就和这帮异族的兄弟跳了起来。跳得动作虽然说不上好看，可他觉得很痛快。

而就在这个时候，马乃也开着他的破吉普进到了且末县城。他找了一家私人的便宜的小旅馆，安排几个兄弟住了下来。

同一个时间，在一个都市的酒吧里，杨梅正和陈军在轻轻回响的音乐中不停地碰着杯。看到杨梅的脸色不好，陈军问杨梅出了什么事。杨梅不说。陈军说，是不是和李康闹别扭了。杨梅不让陈军提到他。陈军说，哟，这是咋了，当初你爱他不是爱得死去活来吗？杨梅说，你再说，再说，我就走了啊。陈军说，好了，好了，不说了。杨梅说，你开的车是你自己的？陈军说，刚买的。杨梅说，你现在行了啊，连私家车都有了。陈军说，这算个啥。李康不是早就有车了吗？杨梅说，那是个什么破车，不能和你的比。陈军说，别看我的车比他的好，可还是不如他。杨梅说，为什么？陈军说，因为他有你啊，一个男人只要有了你，就是天下最富有的男人了。杨梅说，没想到你还这么会说。陈军说，我不但会说，还会做，会做好多事。杨梅说，我怎么不知道？陈军说，唉，你眼睛里只有李康，哪有别人呀。杨梅说，你说，那会儿我咋会那么傻，硬是觉得李康什么缺点也没有。陈军说，就像我看你没有缺点一样。杨梅说，别瞎说。陈军，没瞎说，是真的。说这个话时，陈军朝着杨梅靠近了一点，杨梅没有躲开。

小城也很热闹，城中间，有一个广场，吃过饭了，没有事了，老百姓会来这里转一转，看一看，有什么合适的活动，也会参加进去。马乃带着四个人，也来到广场，他们没有多停留，只是从广场中间走过去。走到了一个行人不多的街道上。小城虽然偏远，可城里有的，这里几乎都有。只是规模档次不一样。看到一个洗桑拿的地方，马乃带着四个人走了进去。

在干蒸房里，马乃说，今儿个，你们就洗个痛快。等到了山里，就得吃苦了。一个家伙说，大哥，只要有钱挣，吃多大苦也不怕。另一个家伙说，别说吃苦了，就是把命豁上也行。马乃说，这话说得好。这年头，天上不会掉馅饼，要想挣大钱，就得有种不要命的劲头。一个家伙问，大哥，到底让我们干什么呀？另一个家伙说，问那么多干吗，能挣上钱就行了。马乃说，等会儿，每个人找个小姐，好好享受享受，钱，我掏。

别的人，一人找一个小姐，进了一间房子。马乃没有找小姐，而是出了洗桑拿的地方，回到了招待所。在房子里没有等多大一会儿，就听到了有人敲门。马乃没有马上开门，从猫眼里往外看一下，看清了敲门的人是什么样子，才把门打开了。

进来一个人，手里提了个大袋子，把大袋子交给马乃。马乃打开门，看看外面没有什么人，又把门关上，插上插销。打开袋子，从里面拿出了一支猎枪。马乃说，不是让你搞两支吗？来人说，大哥，你知道，现在枪支管理得太严了，就这一支也差点没有搞上。风险太大了。马乃说，搞了多少子弹？来人说，这是按你说的数，五百。马乃把枪又装回袋子。从口袋里拿出一沓钞票，交给了来人。来人把钱点了一下。来人说，大哥，谢谢，我走了。

来的人走了。马乃把猎枪拿到手上，把枪栓来回拉了几次。那样子，有一种按捺不住的兴奋的冲动，恨不得眼前马上能出现一只藏羚羊，让他能扣动扳机。

六

刚刚醒来的村子，早上的阳光在薄雾里闪动。李康挎着相机，在村道上走着，寻找着让他动心的风景。摄影的黄金时间，是早上和黄昏。一个职业的摄影家，一般来说是不会睡懒觉的。当然，不光是摄影家，只要是勤劳的人，都会早早起来去做事的。比如说，一群挎着篮子的维吾尔姑娘，也在这个时候，出现在了通向果园的乡村小路上。

太阳刚出来，照在她们身上，让她们显得很鲜活很青春。李康朝着她们举起了相机，不停地按动着快门。姑娘们也看到了他，很大方地向他打招呼。一群姑娘走过去，又有一个姑娘走过来。和走过去的一群姑娘不一样，这个姑娘没有挎着篮子，而是拿着几本书。这使得她不但长得好看，还透出一种文雅的气质。在乡野里，李康还是头一回看到这样的姑娘。李康举起了相机，对着她连拍了数张。

正拍着，姑娘一下子笑了起来，并朝着他这边扬起小手。以为是给他打招呼，正要去应答，却看到了一个年轻的男人走进了镜头，走到了姑娘的跟前，和姑娘说着什么。李康一看，进入镜头的竟是艾力，不由得笑了，马上换了个角度，把相互凝望的两个人一块拍进了镜头。

艾力也看到了李康，就给姑娘介绍了李康。姑娘说，老听艾力说，他有个汉族朋友，是个大艺术家，原来就是你啊。李康说，艾力可从来没有给我说起过你呀，看来，艾力不够朋友，不想让我认识这么漂亮的姑娘。姑娘说，这不能怪艾力，我们才认识半年多。艾力说，她叫古丽娅，刚从师范学校毕业，是镇上的老师。李康说，老师呀，怪不得这么有气质。古丽娅说，不好意思，我得去学校了，学生还等我带他们早读呢。

看着古丽娅的背影，李康拍了一下艾力的肩膀，说，行啊，小伙子，说，什么关系？艾力有些不好意思了，脸跟着红了起来。一看艾力这个样子，李康知道不用再问了。

艾力说，走，到我办公室去，把你进山的路线定一下。还有些情况，我也要给你这个大艺术家介绍介绍。李康说，艾力，咱们是朋友，以后别叫我什么艺术家，叫我大哥就行了。

派出所简单的办公室里，墙上挂了一张阿尔金山自然保护区的地形图。

艾力和李康站在地图前。艾力指着地图，这个季节，大批的藏羚羊会从这儿转向产羔区，这里呢，有一个湖，是它们一定要经过的地方，它们会停下来喝水。你只要到了这里，肯定可以拍到很多的藏羚羊。

李康说，顺着上次走的路，就可以走到吧。艾力说，可以。李康说，我想今天就出发。艾力说，别今天走，休息几天，等着和我一起走。李康说，没事，我今天走，在前面等着你。艾力低头想了一阵，抬起头对着李康说，嗯，也行。

艾力嘱咐着李康，把要带的东西都带好了。李康说，十五天的干粮和油全带上了。艾力说，还有个情况，你也得小心，这个季节盗猎分子也很猖狂。前几天，我们刚刚打掉了一个团伙。这些家伙，残忍得很，把藏羚羊打死了，光要身上的皮，有些母羚羊肚子里已经有了小羊，也不放过。

李康说，真是一群畜生。艾力说，可惜没有全部抓住，有几个家伙跑了。李康说，我想把这些情景也拍下来，不但要让人们看到藏羚羊的美丽，还要让人们看到藏羚羊的悲惨遭遇，呼吁大家都来保护这些濒危动物。

艾力说，太好了，那你就先去吧，我明天去库尔勒开会，回来后，把所里的工作处理一下，就到山里找你，帮你一起完成这个伟大的任务。李康说，好，那我就在湖边等你。

李康正要出门，看到了桌子上的电话机。拿出手机想拨个电话，一看没有信号。艾力说，这里手机打不通，是不是想给老婆打电话，来，用这个电话打。

李康有点不好意思，不过还是用座机拨了个电话。电话通了，一直响，没有人接，杨梅不在。

李康放下了电话。李康说，没人。

艾力说，你这一进山，至少半个月没有消息，不给老婆一个信怎么行，这样吧，把你家里的电话告诉我，我给嫂子说一声，让她好放心。

李康说，也行。拿出一张纸，写了个电话号码给艾力。

送李康先走，艾力骑马挎枪，立在那里，看着李康把吉普车发动了起来，又看着李康把车子开出去。

李康边开车边回头看。看到了艾力站在阳光下的那种英武姿态，被触动，又把车停下来，拿起旁边座椅上的照相机，下了车。

对着艾力调起了焦距，摁动快门。

骑在马上的艾力，在阳光的照射下，像一座雕塑。

七

李康的车往阿尔金山行驶的同时，马乃的车也在往山上走。天还没有黑透时，马乃就上了路，比李康早出发了好几个小时。

进入到了自然保护区后，路极难走，几乎是没有路。车上的人好像随时都会被颠出车外。好容易到了一块比较平坦的地方，马乃把车停了下来。马乃说，歇一会吧。一个家伙说，马大哥，还要走多远？马乃说，快了，再走个大半天就到了。

五个人坐下来，马乃掏出烟，给了每人一根。一个家伙说，都走到这儿了，快到地方了，马大哥，你也该对我们说说，咱要干个啥呢。

马乃没说话，走回车里。再从车里走出来时，手里拿了一杆猎枪。四个人看着马乃拿着猎枪走过来，一脸不解的样子。

马乃说，现在，我就告诉你们，我们这次来，是挖金子。一个家伙说，挖金子，拿枪干什么？马乃说，我们要挖的金子，别的东西挖不了，只能用枪挖。一个家伙问，这是啥金子？马乃说，这种金子不是埋在沙土里的，它是长在一种动物的皮上。

四个家伙瞪大眼睛听马乃说，于是他们头一回从马乃嘴里听到了“藏羚羊”三个字。

李康驾驶的车，也进入了阿尔金山自然保护区。李康把车里的音乐声开大了一些。在优美的旋律中，美丽的自然风光像油画一样展现在李康的面前。蓝蓝的天空上白云在飘，鸟儿在飞。路边有正在转场的羊群。羊群后面跟着一个骑在马上的维吾尔姑娘，她让李康不由得想起了那首歌，歌名是“在那遥远的地方”。李康被吸引，停下车，拿出相机，站在路边，对着羊群和姑娘拍照。看到李康在拍照，姑娘朝他挥了挥手。

再往前开，看不到羊群和牧羊姑娘了，却看到了在草浪间奔跑的野生动物。这让李康更兴奋了，把安装长距的镜头相机，像一支枪一样，不时瞄向那些飞奔的鸟兽。但是他的这支枪里没有凶恶的子弹，只有真心的爱。

马乃还在给另外四个家伙鼓劲，马乃说，就是这么个事，按我说的去做，保证大家发财。一个家伙说，干这个事，政府不管吧？马乃说，你想得美，抓住就得坐牢。一听说要坐大牢，四个人的脸色一下子变了。另一个家伙不解地问，坐牢？又不是杀了人坐啥牢？马乃说，这可是国家一级保护动物。不过，这个地方大得很，没有什么人来，想碰到个人也碰不上。一个家伙问，真要碰上了怎么办？马乃说，真碰上了什么人，问咱们，就说是挖金矿的，也不会有事。

听马乃这么说，四个人没有那么害怕了。马乃说，谁要是不想干，现在还来得及。马乃的样子有点凶，手里又拿着猎枪。四个人听他这么问，马上说，我们跟着你干，你说怎么干，我们就怎么干。马乃笑了，说，对，这才是男人说的话嘛。

接着马乃分了工。他主要负责用猎枪把藏羚羊打死，剩下的人，主要负责用刀子把藏羚羊身上的皮剥下来。马乃说，你们剥皮的动作要快，越快，我们就会越安全，就会多挣钱。几个人听了后，让马乃放心，说他们在家里经常剥羊皮，保证不会误事。

一个很大的湖。一群藏羚羊在湖边喝水。李康的车从远处开过来，一听到李康车的马达声，羊群飞快地逃开。李康把车停下来，不等把照相机拿出来，羊群已经跑得不见影子了。只有野鸭子等飞禽还在湖中游荡，看到李康来了，也不跑，好像知道李康是它们的朋友，不会伤害它们似的。李康往湖边走去时，发现在草丛里卧着一只藏羚羊，没有跑，觉得奇怪，走过去一看，看到藏羚羊的腿受伤了。李康从车里取出药箱，给藏羚羊的腿包扎伤口，一看伤口，就知道是子弹打的。包扎好了伤口，藏羚羊站了起来，一瘸一拐地向前走。走了几步，又回过头，看了李康一眼。李康举起了相机，拍下受伤藏羚羊的回眸。

天黑了，李康在车边搭起了一个小帐篷。李康躺在帐篷里看天上的星星，想起了杨梅。想了一会，李康拿出日记本，打亮手电筒，写起了工作日记。

“今天看到了一群藏羚羊，非常可惜没有拍到，好像这些藏羚羊，不想让我拍，很害怕的样子，见到我来了，一下就跑得不见影子，可能是被猎杀它们的人吓着了。不过，值得高兴的是，我救了一只受伤的藏羚羊。不管它们跑到什么地方，我都要找到它们，这次到阿尔金山来，就是遇到再大的困难，也要拍到藏羚羊。这个时候，不知杨梅在做什么……”

从酒吧出来，陈军开着车把杨梅送到了一座楼前。杨梅说，我到了。杨梅要下车。陈军说，怎么，到了家门口，也不让我进去坐坐。杨梅说，太晚了，改日吧。陈军一听，就笑了。杨梅说，你笑什么？陈军说，看来，你对我还是不太信任啊。杨梅说，看你说的，连老同学都不信任了，我还信任谁呢？杨梅下了车。

杨梅看着陈军开着车消失在灯火中。

八

这一天是个星期日，学校不上课了。古丽娅要回草原看阿妈，想把艾力喊上一块去。不是艾力没有见过阿妈。其实早在认识古丽娅之前，艾力就认识古丽娅的父母了。那时古丽娅在外地上学，那个冬天，暴风雪来了，把古丽娅父母困在了山里，情况很危急。是艾力和几个警察带着粮食和干草，把他们和畜群救了。古丽娅回来后，父母非要她去感谢艾力，正好也在镇上工作，古丽娅就去了。这一去，两个人就相互喜欢上了。听说古丽娅和艾力好了，父母高兴得不行，一见到古丽娅，就要说到艾力。一说到艾力，就让古丽娅带艾力回来。艾力也想来，可每次说好了，都没有能来成。警察的工作，就是这样，没有自己的时间，不管什么时候，说有事，马上就得去干。这一次也一样，去看古丽娅父母的东西都买好了，就要出门了。事情来了，说有几个盗猎者上了山。让艾力赶紧出发，去追捕他们。艾力说，进山要做许多准备工作，不能和她一块去看她的父母了。古丽娅很懂事，虽然很想让艾力陪伴自己回家，可还是什么都没说。倒是艾力不好意思了，说，要是时间来得及，我会赶去看望你和老人的。

一片草滩上，坐在坡上的古丽娅朝远方望着。阿妈走了过来，端着一杯奶茶。阿妈说，刚烧好的，快喝一点。古丽娅喝了一口，说，真香。阿妈说，你和艾力的事定下来了吧？古丽娅说，什么定下了呀？阿妈说，我的意思，你也不小了，要是定下来，就抓紧时间结婚吧。古丽娅说，着什么急呀。阿妈说，等这次艾力完成任务回来，就先把订婚仪式举办了。古丽娅的脸红了，站了起来，朝着草浪间的羊群跑去。阿妈的话，说到她心里去了，她自己也是这么想的。她真的很喜欢艾力，很想白天黑夜都和他在一起。

马乃一伙人坐在草坡上太阳底下晒着太阳，一边抽着莫合烟，一边还聊着天。他们的运气好像并不太好，已经在荒野上跑了两天了，还没有见到一只藏羚羊的影子。不过，他们并没有泄气，这年头，不管什么钱都不好挣。尽管知道了藏羚羊可以让他们发财，可到底为什么能发财，除了马乃外，几个家伙还是搞不太明白。同样是羊，山羊绵羊黄羊就不行，非要藏羚羊才行。他们想搞明白这个事。没有事了，就想问问马乃。马乃倒也挺耐心，想要让他们死心塌地跟着他干，就得让他们知道这件事是多么值得干。马乃说，藏羚羊身上有一种绒，别的羊身上没有。这种绒做出的披肩，只有两三百克重。也叫沙图什，一条这样的披肩，有人拿到国外，要卖到几十万。

一条披肩要卖到几十万，几个家伙全半张着嘴，瞪大了眼睛，不说话了。他们开始朝荒野四处看，盼着早点有藏羚羊出现。一个家伙突然喊叫了起来，指着远处的一片飘荡的烟尘说，你们看。

光是看，只能看到烟尘，看不到别的什么。没有刮风，烟尘不会自己飘起来，一定是什么东西，把它们掀起的。马乃有望远镜，赶紧拿了出来。马乃看了一会，叫了起来，说太好了，是群藏羚羊。

其他四个家伙一听，马上高兴了。给马乃说，那我们还等什么，快下手吧。

马乃放下望远镜，说，你们真是笨蛋，藏羚羊跑那么快，不等我们靠近，就跑得没有影子了，怎么打。

听马乃这么说，四个家伙不高兴了。说找不到藏羚羊，咱们没办法，找到了藏羚羊，各位还没有办法，那咱们来干什么，还不如不来了呢，受这么大罪，担这么大风险。

马乃笑了，说，谁说没办法了，放心吧，不会让你空手回去的。走，上车，远远跟着羊群，到时候，你们就看我的吧。

四个家伙半信半疑地跟着马乃上了车，远远跟上了一群藏羚羊。

艾力把枪擦好了，又把要带的东西检查了一遍，看到没有什么落下的，就拿起了枪和挎包，往门外走。刚走到门口，记起了什么，又回过了身，走到了办公桌前，拿起了一张放在台历上的纸。按照纸上写的一个电话号码，艾力拨着电话。

这个电话直通李康的房子。这个电话打得很及时，再晚两分钟，杨梅就会出门了。她穿了一身很休闲的衣服，已经完全做好了出门的准备，就在她要走到门口去穿鞋时，听到电话铃响了。以为是陈军打来的，想着陈军是等不及了，催她快下楼去。她有点不想接，可想了想，还是把电话听筒拿了起来。

一听不是陈军的声音，也不是李康的声音，听不出是谁，就问，你是哪一位？艾力说，我是李康的维吾尔兄弟。李康进山了，进山前，给你打电话没打通。他让我再给你打。杨梅说，有什么事吗？艾力说，没什么事。只是告诉你，他没事，让你放心。杨梅说，噢，我知道了。艾力说，山里用不成手机，我把这个电话号码告诉你，你要是有事，就打电话来，这里什么时候都有人值班。

杨梅拿起笔记下了电话。杨梅放下电话，有些发呆。电话又响起来，杨梅没有马上接，看着电话。一看来电显示，是陈军打来的，看来他是真的有点等不及了。杨梅没有接，不过，她也没有再发呆，而是穿起鞋子，拉开门走了出去。

放下电话，艾力也拉开门走了出去。只是杨梅走出去坐在了陈军的小车里，艾力走出门没有车坐。车坏了，还没有修好。原先想等车修好了，开车上去。现在看来等不及了。晚上去一会，就会多几只藏羚羊遭到枪杀。同样是往山上去，只是杨梅坐的车要去的那座山，是一个著名的风景区，那里只有美丽和欢乐。而艾力骑着马要去的那座山，虽然也美丽，却存在着残杀和流血。

同样是人，同一个太阳下面，只是因为在不同的地方，肩负着不同的责任，生活和命运就可能会完全不同。

九

骑马往山里走，虽然没车快，但可以抄近道，时间上不会耽误太多。快进山时，艾力想起了古丽娅。自从认识了古丽娅，再去执行任务，格外多了一份精神，可同时，也就多了一份牵挂。

想到这一去，不知多久能回来，想到说好了要和古丽娅一块去看她父母没有去成，想到了早上分别时古丽娅的眼睛里的依恋，艾力觉得怎么也得去看看古丽娅和她的父母。不然的话到了山上，心里也会觉得欠了古丽娅什么，不会踏实的。心不踏实，就会影响到执行任务。再说了，去看一下古丽娅，也算顺路，不会太耽误时间。这么一想，艾力就扯了一下马缰绳拐上了一条土路，朝着一片草原奔去。

杨梅坐在副驾驶的位子上，可以说是挨着陈军坐着的。可杨梅的脸却转向窗子一边，好像在看窗子外面的风景。可窗外的风景实在没有什么可看的，陈军知道杨梅这么做，是不想和他说话，是有什么心事。陈军问她为什么情绪不好。一听陈军这么问，杨梅转过脸，朝着陈军笑了笑，说没什么不高兴的。杨梅觉得陈军抽出休息时间带自己上山去玩，自己也不能太不懂事，扫别人的兴。

陈军说，人活一次不容易，得好好活，高高兴兴地活。不管什么事，想开点，别和自己过不去。怎么说呢，大片《泰坦尼克号》看过吧？杨梅说，当然看过，还掉了眼泪呢。陈军说，我倒没有哭，可里边有一句话，我一下子就记住了。杨梅说，什么话？陈军说，享受每一天。

杨梅不再说话。换一种姿态，让身子靠在椅子上，让自己的双眼微微闭起。

前面的草滩上出现了一顶白色的毡房和一群白色的羊儿，艾力离它们越来越近。躺在草上的古丽娅，什么都没有看见，可她的心好像感觉到了什么，跳得急促起来，她一下子坐了起来，一下子就看到了艾力。

她没有朝艾力跑过去，反而转过身，朝毡房跑去。跑到毡房门口，大声喊，阿妈，艾力来了。阿妈从毡房里走出来，看到了艾力，马上笑了起来。

古丽娅用铜壶往外倒清水，让艾力洗手洗脸。放下壶，古丽娅又拿出一条新毛巾递给艾力。

阿妈要去烧奶茶，古丽娅没让阿妈去，自己亲自去给艾力烧奶茶。毡房里只有阿妈艾力了，阿妈说，一直盼着你来呀。艾力说，一直想来，只是太忙。阿妈说，你干的事重要，不管啥时候，都不能耽误工作，都要先把工作干好。艾力说，大妈说得对，有一份工作不容易，是得好好干。

说着话，阿妈拿出炸好的油果子给艾力吃。古丽娅端着烧好的奶茶走了进来，给艾力倒了一碗。艾力喝了一口，真香。古丽娅说，香，那就多喝几碗。阿妈说，去宰一只羊，艾力来一次不容易。艾力一听要宰羊，连忙摆手说，我只是顺路来看看大妈，不能多待，还要赶路，天黑以前，要赶到山上。

一听说艾力天黑前要赶到山上去，阿妈知道不能多留艾力了，看着艾力喝了两大碗奶茶，就让古丽娅送艾力。

走在青草地上，艾力伸出胳膊搂住了古丽娅的肩膀，古丽娅也依顺地靠在艾力的胸前。古丽娅说，真想天天这么靠着你。艾力说，我也想和你天天在一起。古丽娅说，你说的不是真心话。艾力说，有一个字是假的就让我……古丽娅说，不许说不吉利的话。艾力说，我想执行完这次任务，就把两家的大人喊到一起，把咱俩的婚事定下来，你愿意吗？古丽娅说，不愿意。艾力急了，问古丽娅为什么不愿意。古丽娅说，你还没有向我求婚呢。艾力一听，马上顺手摘了几朵野花，抱在胸前，朝着古丽娅神色庄重地说，亲爱的古丽娅，请你嫁给我好吗？古丽娅没有说话，闭上了眼睛。这会儿，艾力只要不是一根木头，就会知道接下来，该做的是什么事了。

艾力是个血气方刚的青年，当然不是根木头。

艾力一只脚踩到了马镫子，古丽娅还是抱着艾力的胳膊不肯松开。古丽娅说，现在盗猎分子挺多的，你可得小心点，那些家伙坏得很。艾力说，我就怕遇不上他们。遇上他们，才能显出我的本事。说着艾力拍拍肩上的枪。

古丽娅从脖子上取下了一个兽骨挂件，给艾力挂到脖子上。古丽娅说，这是雪豹的骨头做成的。戴上它，坏人野兽就不能伤害你了。艾力又在古丽娅的额头上亲了一下。说，谢谢你了，古丽娅，等着我，我们一定会很幸福的。

古丽娅站在那里，一直看着艾力消失在远方的地平线。

这个时候，在离一座城市不远的山上，杨梅站在一座别墅的前面，看着近处的松林，远处的雪山，呼吸着新鲜的空气。陈军走过来，牵了两匹马。给杨梅一匹，让杨梅骑。杨梅上不去马。陈军过来帮忙，杨梅上不去，陈军几乎是把杨梅抱到了马上，这多少让杨梅有点不好意思。

陈军也上了马。两匹马并排走在开着各色小花的草原上。

杨梅说，真像在梦里。陈军说，只要你愿意，就可以让生活变得像梦一样。

十

天黑了，完全黑透了。天上的鸟不飞了，地上的走兽也找地方去休息了。一群藏羚羊走到了一块平坦的草地上，也停下了脚步。它们跑了一天了，有些累了，也想睡觉了。

夜晚是安静的，可许多罪恶就是发生在这安静的黑夜里。一直跟在藏羚羊后边的马乃，把车子停在了羊群的旁边后，就把猎枪拿了出来，把子弹推上了枪膛。

马乃对另四个家伙说，你们谁该干什么，都知道了吧？四个家伙说，知道了。马乃说，好吧，现在我们开始行动。说着，他一下子打开了车灯。炫目的车灯光，在黑暗里显得非常刺目。

灯光照进了羚羊群，像有许多把尖刀刺进了羊群。不过，被尖刀刺中的藏羚羊，并没有惊慌地四处逃散，只是稍稍地动荡了一下，就站在那里不动了。

四个家伙头一回见到这种情况，不明白这些藏羚羊为什么不跑。问马乃这些藏羚羊为什么这么傻。马乃说，不是它们傻，是它们心好，知道你们是穷光蛋，想让你们发个大财。几个家伙听完，全嘿嘿地笑了起来。

马乃拿着猎枪头一个跳下车，另外四个家伙紧跟在他后面，每个人手里握着一把明亮的刀子。一直走到藏羚羊中间，举枪对着一只藏羚羊的脑袋扣动了扳机。只听嗵的一声，一只藏羚羊就栽倒在了地上。一个家伙马上扑了上去，用刀子划开了藏羚羊的肚子，开始剥藏羚羊的皮。

一阵枪响过后，几十只藏羚羊全倒在了地上。这些藏羚羊没有跑，也没有叫，看到身边的伙伴倒下了，也没有反抗，直到自己被打死。这个地方，昼夜温差很大，到了夜里会变得很冷。而弥漫的血腥味，使这冷里又多了一份刺骨的寒。

李康这时也在这个自然保护区里，可他离马乃有几十公里，虽然夜里很寂静，可他还是没能听到猎枪的声响。他正待在他那个自己搭起的帐篷里，整理着相机和胶卷，为第二天的工作做着准备。

离李康帐篷差不有一千多公里远的地方，还有一顶帐篷，这是一个只是外形像帐篷，里边却是带酒吧的豪华客房。杨梅和陈军已经在音乐声中，喝下了一大瓶子红葡萄酒了。杨梅说，我实在不能再喝了，再喝我就要醉了。陈军说那就不喝了，那咱们就跳舞吧。杨梅说，我不跳，要跳就跳迪斯科。可响起的音乐，是很温柔浪漫的那种，只适合跳另一种舞。陈军拉起了杨梅，和杨梅跳起了舞，贴得很近。杨梅好像并不想贴得那么近，可她喝得确实有些多了，身子软得自己做不了主，只能整个地靠在陈军身上。陈军酒量大，平常都喝白酒，这些红酒对他来说，几乎和没喝差不多。看到杨梅成了这个样子，陈军不由得心里一阵欢喜，把杨梅趁势搂到了怀里。

十一

李康是在第二天早上看见那群被马乃杀死的藏羚羊的。他先是看见了几只秃鹫在天空里盘旋，接着又看见它们全朝着一个方向飞，并且飞到了某一个地方，都一起落到了地上。李康立刻断定，那个地方一定有什么动物死了。

马上想到了藏羚羊，这个地方最多的一种动物就是藏羚羊。不管是什么原因，要说是死亡的概率，一定是藏羚羊最大了。应该说，朝着秃鹫降落的地方驶去时，李康想到了藏羚羊。

尽管有思想准备，但面对着那些死去的藏羚羊时，李康还是惊呆了。也就是说，想到了死去的是藏羚羊，可没有想到会是这样的死法，不但把它们身上的皮剥了下来，还把它们的肚子划开了，有的母羚羊肚子里已经有了小羊。更没有想到死了的藏羚羊会有这么多，一眼看过去就像是个经过了无情残杀的战场。

李康拿出了相机，可他没法马上就拍照，不是别的原因，是他的心和他的手一直在颤抖，让他没法让相机稳定下来。他不知道可以用什么词语形容他此时的心情。他觉得有些喘不过气，好像有什么东西堵住了嗓子眼，让他没法呼吸。

不过，不管怎么样，他一定要把眼前的惨景拍下来，让世人知道在这个文明世界里，正发生着多么野蛮的事情。闭着眼睛，努力让自己镇静下来后，他才慢慢地举起了相机，将镜头聚焦在一具具藏羚羊的尸体上。

在一处避风的山凹处，马乃一伙人正在庆贺他们猎杀藏羚羊的成功。马乃举起碗，碗里是烈性的白酒。五个碗碰在一起，一片乱响，有酒从碗里溅出来，洒在地上。马乃说，来，为咱们的胜利，干。另外几个家伙跟着一齐喊，干。马乃说，大家还要再加把劲。

一个家伙拿过猎枪，用手拍了拍。说，你放心吧，大哥，把枪交给我，我保证一枪撂倒一个。

其他家伙也拿出了铮亮的刀，让马乃看。马乃说，把刀磨得快点。马乃说，好，有这个劲头，那咱们肯定能发财。一个家伙说，那么多藏羚羊光是剥了皮就扔掉了，太可惜了，咱们怎么不弄一只煮煮吃啊，有肉不吃，在这儿啃干馕，是不是太傻了？马乃说，你以为就你聪明啊，谁不想吃肉，可藏羚羊的肉里有一种寄生虫，人吃了不但会生病，还可能会要你的命。这一点你们可千万要记住，再饿也不能吃藏羚羊的肉。听马乃这一说，几个家伙再不说想吃藏羚羊的肉的话了。

而在一个山坡上，艾力正四处眺望，他已经骑着马走了一天多了，还没有看到他想看到的目标。他的目标有两个，一个是摄影家李康，另一个是一群盗猎分子。不过，当他走到了这个山坡后，从北边刮过来的一阵风中，他闻到了一种气味。这种气味是一种血腥的气味。虽然这气味还不是很浓烈，但他知道他离想看到的目标没有那么远了，顶多还有两天他就可以看到他们了。

这天夜里，月亮很大，显得很安静。在小帐篷里，李康打开了手电筒，写起了工作日记。

“我找到了一群藏羚羊，是一群不会奔跑的藏羚羊，因为它们全死了，被人打死了。刚被人打死的，尸体还在滴着血，身上的皮都没有了，看上去惨极了。我的心也在滴血。真想让手中的相机变成一支枪，把那些屠杀者全都消灭掉。这时，我不由得想到了艾力。艾力有枪，只有艾力可以阻止他们的暴行。艾力这会儿肯定也在山上，不知他在什么地方，只想马上见到他呀。”

城里的一张席梦思上，睡了一觉的杨梅醒了以后，再也睡不着了。因为这个时候，她的身边躺着一个叫陈军的男人。尽管刚才这个男人给了她身体一种久违的快乐，可她这会儿，却觉得有一种难言的痛苦，刀子般地划割着她的心。因为这个时候不能不想起另一个叫李康的男人。她还知道这个男人，这会儿，正在一个遥远的地方，在黑色的寒风中，为了理想在忍受着孤独。

十二

拍完了死的藏羚羊，李康很难受。他想拍藏羚羊，可他要拍的，是活的，不是死的。还要拍活着的藏羚羊。这会儿，他心里边，想的已经不是摄影艺术。他想的是拍出藏羚羊的可爱，让更多的人看到他照片后，都喜欢上藏羚羊，关心爱护藏羚羊。李康开着车，四处找寻藏羚羊。走着走着，看到了前边有一群藏羚羊。高兴极了，把车停下来，拿起相机，向藏羚羊走过去。这群藏羚羊看到了没有逃开，边吃着草，边走着。好像知道李康是它们的朋友，不但不会伤害它们，还在做许多努力，让更多的人关爱它们，保护它们。李康对它们这么好，它们当然也要配合李康的工作了。就这样，藏羚羊群游荡着走了一个山坡又一个山坡，李康也跟着拍了一卷又一卷，拍了一卷又一卷。

太阳从他的前边转到了他的身后，他一点也没有察觉。

跟着藏羚羊群拐进了一条山谷。李康觉着渴了，一摸身上，矿泉水瓶子没有了。想回去拿水，转过身，一看，看不到自己的车了。他跑到了一个坡上看，茫茫的荒原上，连车的影子都没有看到。他站在那里想了一会，向着他确定的方向走去。

走了很远了，李康还是没有看到自己的车。太阳像个火球在头顶上燃烧。

没有水喝，他的嘴皮干得裂了口。李康有点走不动了，他太饿了，可一点儿吃的也没有，水和干粮全在车里。但现在他找不到他的车了。真想坐下来歇一会。可他不能坐下来，他知道在这样的地方，一坐下来，就可能再也站不起来了。

他还得走，还得去找他的车。找不到车，他很有可能就活不成了。

李康跌倒了，爬起来走，又跌倒了，又爬起来走。

和李康比起来，马乃他们的运气也有些不太好。好像知道他们是一群杀手，嗅到了他们身上的血腥味，所有的藏羚羊都远远地躲开了他们，并想方设法不被他们找到。一个家伙有些着急了，问马乃咋碰不上羚羊群了？马乃说，没办法，越来越不好打了。打得人太多了。你们知道吧，一年要打死好几万只。再多它也经不起这么打呀。前些年，这里的藏羚羊，漫山遍野都是。现在，一天有时还碰不上一只。另一个家伙马上说，那咱们可得抓紧时间，要不，等别人打完走了，就没有咱们的份了，就发不了这个财了。马乃说，可不是嘛。马乃把车停下来，下了车，蹲到地上，看着草地上的一些蹄印。马乃说，这里有藏羚羊走过。说着，又走到一个高一点的地方。拿出望远镜，朝前边望着。望着望着，他好像望到了什么东西。那个东西，是个活着的东西，但却不是藏羚羊。

李康还在荒野上寻找他的吉普车，等他完全确定他已经迷失了方向，再往前走也不可能找到他的车后，他好像再也没有一点力气了。正在他想改变一个方向继续寻找时，一块很小的石头把他绊倒了。怨不得那块石头，是他的腿软得已经站不住了。他努力站起来，继续走了两步。没想到，又有一块很小的石头，再次把他绊倒了，这次绊倒后，他没有能马上站起来。他直接仰面朝天躺在了地上。

李康摔倒时的样子马乃看到了，他说有一个人好像不行了。别的人一听有人马上紧张起来。一个家伙说，是不是警察？马乃说，就算是警察也没啥了不起的，咱们这么多人，他才一个人，能把咱们怎么样。没准也是个咱们的同行，迷路了。一个家伙说，要是咱们同行，把他救了，让他入伙，多个人手。一个家伙说，走，过去看看，要是警察，就不管了，让太阳晒死他。另一个家伙马上说，晒什么，直接把他干掉就行了。马乃说，别胡来，杀人的事，咱们不能干。不过，警察有枪，咱们把他的枪拿过来，正好可以用来打藏羚羊。这么一商量，觉得不管那个人是什么人，过去看看，都是只有好处没有坏处，都不会给他们带来麻烦。

于是，他们就上了车，直奔没有了力气摔倒在地的李康。

把趴在地上的李康转过来，让李康脸朝上。一看李康的脸，几个家伙大吃一惊。因为就在前几天他们相遇过，李康的样子他们还记得很清楚。只是他们不明白李康怎么会在这里出现。一般的人不会到这里来，到这里来的人不是盗猎者，就是警察。他们想不出这个人到这里来的理由。

不是警察也不是盗猎者，问马乃怎么办。马乃说要是别的人咱们就不管了。咱们有困难时，这个人给咱们帮过忙，这会儿，他有困难了，咱们也不能不管他，这是老天的安排，不听老天的话，可不行。

马乃从一个人手里接过一瓶矿泉水，蹲下来，给李康喂水。

喝了水的李康，睁开了眼睛。

骑在马上的艾力，循着那股越来越浓的血腥味，先是看到了那片藏羚羊的尸体。接着在走过了几个山坡后，又用望远镜看到了李康的吉普车。艾力高兴了，想着找到了吉普车，就可以找到李康了。艾力让马跑起来，跑向吉普车。跑到吉普车跟前，看到车门打开着，里边没有人。车在，人就不会走远，艾力呼喊李康的名字。喊了好几声，只有艾力自己声音的回响，却听不到李康的回应。

艾力想着李康肯定会回到吉普车跟前，就在车跟前等李康出现。想到很快就能看见李康了，艾力有些高兴。不过，想到了刚才看见的一片藏羚羊的尸体，艾力的心情又像石头一样沉重了起来，他知道，必须尽快找到盗猎者，不然的话，还会有更多的藏羚羊遭到屠杀。

十三

喝了马乃喂的水，李康醒过来。李康看到马乃，没法不吃惊。他问马乃，你们怎么会在这里？马乃说，我们是来这里挖金子的。李康说，挖金子的人一般都去阿尔泰，很少听说有来这里的。马乃说，这里的金子是少，可只要不怕苦，还是能挖到的。李康说，要不是遇到你们，我肯定活不了。马乃说，是你的造化大。李康说，真不知怎么谢你们了。马乃说，你说过，大家出门在外，谁还不会遇到个难处。上次你帮我们，这回我们帮你，都是应该的，也是咱们的缘分。

马乃对一个家伙说，炖些羊肉，咱们的朋友，身子虚亏得很。那个家伙说，大哥，羊肉吃完了。马乃说，去找老乡买一只。李康说，别麻烦了，我已经没事了。马乃说，不行，什么没事了，你看你脸都变什么色了。

马乃手下的两个家伙开着车来到了古丽娅家的毡房前，停下车后，大喊起来，有没有人啊？看到古丽娅的母亲从毡房里走出来。问有没有羊想买一只。母亲看着他们问他们是干什么的。两个家伙赶紧说是开矿的。母亲又问他们是开什么矿的。他们说是开金矿的。说完了，有些嫌母亲啰唆，说我们买你的羊，又不是不给钱，你说，多少钱，我们有钱。这时古丽娅走了过来，听他们说了他们是开矿的后，有些不相信，问他们是不是来打猎的，是不是打藏羚羊的。说要是打藏羚羊的，不但不会把羊卖给他们，还会报告派出所让警察把他们抓起来。他们一听不由得有些发毛，马上对天发誓说他们真的是开矿的。听他们说真的是开矿的，古丽娅就让母亲把一只羊卖给了他们。不过，等他们走了后，古丽娅对母亲说，我闻着他们身上有股味道不对劲。母亲说，要是艾力在，就可以搞清楚他们是干什么的了。古丽娅说，阿妈，我想去找艾力，我放假了，一个多月都没有事，我想去和他一块巡山。阿妈说，去吧，孩子，相爱的人就该经常在一起。

这会儿，坐在车里等李康出现的艾力睡着了。睡着的艾力梦到了李康。李康在荒野上走着，只是，他没有朝吉普车的方向走，而是朝相反的方向走。艾力一看急了，大声喊起了李康，可是李康好像一点儿也听不到，压根儿不理会他，只是闷着头朝前走。艾力赶紧去追李康，眼看着就要追上李康了，一块石头把艾力绊倒了。这一摔把艾力摔醒了。艾力往车窗外望去，荒野茫茫，还是连李康的影子都看不到。艾力想，难道说，李康真的出了什么事了。不行，得赶紧找到李康。

吃了羊肉，喝了羊肉汤，李康好多了。马乃说，羊肉汤可是个好东西。有病治病，没病大补。你也没什么病，就是脱水了，歇歇就好了。李康说，太谢谢你了。马乃说，你是个好人，好人会有好报。我信命。人过得好，过不好，人活，人死，都是老天定好的。自己不用想那么多，该怎么样就会怎么样。李康说，看来咱们是命里有缘了。马乃大笑起来，问李康叫什么名字。李康说了自己的名字，又问马乃叫什么。马乃也说了自己的名字。这一说名字，好像又亲近了不少。马乃说，好啊，你是个有文化的人，能和你这个有文化的人交朋友，是我的福分。李康说，什么有文化没有文化，到了这个地方大家都一样。看到马乃几个人全待在帐篷里，李康问他们为什么不去挖金子。几个人笑了笑不说话。李康以为是自己耽误了他们干活，说他已经没事了，不用他们陪着。马乃说，这几天干活有些累了，正好歇一歇。可李康不想再待下去了，他说他要走了，说要去找自己的车，找不到他的车，他的工作就没法继续进行了。

马乃嘴上说让李康养一养再走，可心里边还是想着让李康早点走。李康不走，他的事就不好接着往下干了。尽管知道李康不是警察，不会给他们带来什么麻烦，可这种事还是不能随便让人知道。装样子劝了几句，看李康坚持要走，就没有再劝了，说他要亲自开车送李康走。

马乃出去开车，帐篷里只有李康一个人了。李康整理了一下自己的东西，打算走出帐篷离开。就在整理摄影包时，无意中看了一眼帐篷角落里的一个麻袋。这一看，他的视线有点收不回来了。他放下了手中的摄影包，靠近了麻袋。麻袋是扎着口的，可有个破洞。透过破洞可以看见里边的东西。李康凑近了破洞，仔细一看，他的心不由得紧了一下。果然是藏羚羊的毛皮。估摸了一下，觉得这一麻袋至少装了几十张羊皮。看来，那群藏羚羊就是他们杀死的。

这么说，这些家伙不是挖金子的，而是一群盗猎者。李康马上问自己怎么办，是离开还是留下。离开，这帮家伙穷凶极恶，什么事都可以干得出来，离开了，和自己什么关系都没有了，也就安全了。等和艾力会合了，再来收拾他们。可真的离开了，他们就什么顾忌都没有了，就会继续屠杀藏羚羊。等艾力来了，再去找他们，万一找不到他们怎么办？那他们不就逍遥法外了吗？

不行，不能离开，不能让他们继续作恶。

刚想到这里，马乃进来了。听到脚步响，李康赶紧躺下了。马乃进来说车子准备好了，可以走了。李康却有气无力地抬起头说，我觉得身子骨还是太弱，我想休息一下再走。马乃觉得有点意外，可也没有什么办法，只好说，你歇着吧，要不，就等明天再走吧。跟着马乃后边的一个家伙不愿意了，说这位兄弟，你可不能这样，我们救了你，你可不能赖着不走呀。李康说，我一定会走。让我再歇一个晚上，明天我一定走。

李康很痛苦的样子，哼哼着，闭着眼睛。

看李康睡着了，马乃和手下几个人跑到了帐篷外边商量着夜里的行动计划。一个家伙从远处跑来说，看到了一大群藏羚羊。几个家伙马上兴奋了起来。不过，记起了帐篷里的李康，他们高兴不起来了。一个家伙说，这个照相的家伙在，咱们行动起来有点不方便啊。另一个家伙说，我看，要不，今天晚上就别行动了，等他走了后，咱们再干。不能让他发现了咱们的秘密。马乃说，不能让他误了咱们的事。不能不干。好不容易发现了一群藏羚羊，要是不干，让它们跑了,再找这么大一群就不容易了。这样的好机会不能错过。一个家伙说，要是让他看见了怎么办？马乃说，他只是个照相的，又不是警察，犯不着管那么多事。咱们小心点，尽量不让他知道。再说了，就是真的知道了，咱们也救过他的命，他也不会和咱们过不去的。其他人一听马乃这么说，全认为马乃说得对。

十四

马乃从帐篷里走出来，手下的四个人也跟在他后面走出了帐篷。他们全不说话，走向了停在坡下的吉普车。四个人上了车，车子发动了。车子沉沉地向黑夜深处驶去。车子走出去一会后，李康就从帐篷里走出来。他站在帐篷外面望着吉普车闪出的灯光。又回到帐篷里，拿出照相机。李康紧紧地跟在吉普车后面，荒野上没有路，吉普车开不快，李康不用走得太快，就可以跟上了。

都市的一个别墅里，杨梅已经洗完了澡，躺在了大床上。陈军正在浴室里洗澡，可以听到里面传出的哗啦啦的水声。杨梅看着电视，电视机里正在播放着一个谈情说爱的肥皂剧。电视剧里的人全在笑，杨梅没有笑，她的心显然没有在电视剧里，她在想自己的事。

陈军从浴室里走出来。穿着睡衣走到大床边，躺到了杨梅身边。陈军侧过身子想去拥抱杨梅。杨梅用手把他推开。陈军说，什么意思？杨梅说，你愿意娶我吗？陈军笑了，说，那李康怎么办？杨梅说，我和他离婚。陈军说，别开玩笑了。杨梅说，我说的是真的，早就想和他离婚了，是你让我终于下了决心。陈军有点吃惊地看着杨梅，他没有想到杨梅会这么说。

吉普车在追赶着一群藏羚羊。雪亮的灯光照到了藏羚羊后，藏羚羊们马上站下不动了。吉普车停在了藏羚羊跟前，藏羚羊也不跑。四个人跳下车。马乃拿着枪，把枪对准了发呆的藏羚羊。不远处的草丛里，李康喘着粗气看着他们。马乃扣动扳机。枪一响，马上有一只藏羚羊倒了下来。藏羚羊一倒下，就被四个家伙拖到一边，他们拿出了刀子，开始剥藏羚羊的皮。

杨梅坐在沙发上，陈军点了一支烟，坐在她的对面。陈军说，真没有想到你会这么想，什么年代了，还想着结婚。你知道吧，这年头，结婚已经不时尚了。时尚的就是找情人。这是个情人时代。以为你早就明白了这一点，没想到还是没有脱开那个俗。杨梅说，难道说你从一开始就没有想着要和我有什么结果吗？陈军说，什么结果？大家在一起，开心，高兴，这就是结果。杨梅说，这么说你就从来没有想着和我结婚？陈军说，早些年也想过。这些年不想了，一个人多好，多自由，多潇洒。别跟我说结婚，一听到这两个字，我就像吃了苍蝇，心里要多腻歪就有多腻歪。杨梅说，那你为什么说爱我，又为什么对我这么好。陈军大笑起来，说，你呀，可真够傻的。不结婚，就是不爱了吗？这些天，我们在一起，你不觉得快乐吗？这就是爱，你不这么认为吗？杨梅说，一分钟以前，我还这么认为，可现在，我不这么认为了。我们对爱的理解的确不同。杨梅不再理会陈军，走出门，走出别墅，走到了大街上。

马乃又把枪口对准了一只藏羚羊。正要扣动扳机时，听到从黑暗中传出了一声怒吼，不许开枪。这一声怒吼，把马乃和四个人全吓呆了。李康从黑暗中走出来。看到走出来的是李康，马乃没有那么紧张了，其他四个人也放松了。只要不是警察，他们就不会害怕。马乃说，是李老师啊，还当是谁呢，把人吓一跳。李康说，马乃，你不能开枪。马乃说，这东西，阿尔金山多得很，打几只不影响个啥。李康说，这是国家一级保护动物，你们这样做是在犯法。马乃说，看你说的，没那么严重。不就是只动物吗，又不是人，犯啥法呀。李康说，真是犯法，你得信我说的。不能再打了。马乃说，行，我们听你的，打了这几只，就再也不打了。马乃说着又举起了枪，枪口对着藏羚羊。手刚触到了扳机，李康冲了过来，一下子把马乃的枪夺了过去，扔到了一边。马乃的脸色一下子变了。其他几个人脸色也跟着变了，冲了过来，手里的刀子不由得对准了李康。

马乃把枪捡了起来，还想要继续射杀藏羚羊。李康用身子挡在了藏羚羊前面。李康说，除非你把我打死，不然的话，我不会让你再向藏羚羊开枪的。马乃有点吃惊地看着李康，有点不明白李康为什么要这么做。看到李康那种生气的样子，马乃想不明白。

一场屠杀，被李康制止了，事情并没有完。李康和马乃都想用一种道理说服对方。他们全都走进了帐篷，在蜡烛昏暗的光亮里，开始了争论。李康一个人坐在一个地方，马乃和他手下的四个人坐在对面。李康说，你们为什么要杀藏羚羊？马乃说，羊绒可以卖钱。李康说，藏羚羊是国家一级保护动物，不能打，你们知道吗？马乃说，几级不知道，不让打，知道。李康说，那为什么还要打？马乃说，兄弟，你是城里人，不知道我们乡下人的穷。我们穷得很啊，到现在，还不能想吃肉了就去买肉吃，不能想穿什么就买什么穿呀。还有，我的娃呀，要上学也没有钱。李康说，再穷，也不能来挣这个伤天害理的钱。马乃说，你这个人真是可笑得很，挣不挣这个钱关你屁事。这些羊，不是我养的，不是你养的，也不是国家养的，是野的，没人管，有那么多，打几只有什么，就算是支援贫困地区了，帮着穷人致富了嘛。李康说，你知道吗，这个地球，不光是我们人的，还是所有野生动物的。它们也活得很不容易，我们要是不保护它们，它们就会灭绝。马乃说，看你说的，好像它们比人还宝贵呢。不管怎么说，它们是羊，不是人。李康说，至少它们的生命和我们人的生命一样宝贵，它们的生存权利一样要得到尊重。马乃说，算了，大兄弟。你是有文化的人，说道理，我说不过你。这样吧，反正你也看见了，我也就不瞒你了。我们就是想打一些藏羚羊，换些钱，把日子过得好一点。你嘛，睁一只眼，闭一只眼，算没有看见行了吧？下不为例，我们保证再也不会来了。李康说，我看见了，就不能不说，只要你们朝藏羚羊举起枪，我就不能不管。并且，我还不会让你们把这些猎杀的藏羚羊的皮带出保护区。马乃说，你看，你能不能看在我们救了你的命的分上，算是报答我们，放过我们这一回。李康说，救我，我感谢你们，但放过你们这一回，我是一辈子不会原谅自己的。马乃说，真没想到你这么不讲情义。李康说，这个情义我不能讲。马乃说，看来，你不把我当成是救了你命的兄弟了。李康说，我不会把盗猎分子当兄弟的。除非你们现在放下枪，交出那些藏羚羊皮。马乃说，这不可能，绝不可能。李康说，看来，我说什么，你们也不会听了。只有无情的国法，才会让你们认罪低头。李康说完，拿起照相机，走出帐篷。

马乃和手下的人，一下子没有明白过来，看着李康走出去有点发呆。马乃朝李康的背影喊起来，天这么黑，你往哪里去？李康说，我一秒钟也不想和你们这些人待在一起了。马乃说，荒野里有狼有雪豹，它们会要了你的命。李康说，那我也愿意。说着，李康真的从帐篷门口消失了。马乃说，让他走吧，这个地方，别想一个人走出去。

一个家伙说，他要是碰上了巡山的警察呢？这句话提醒了马乃。马乃说，我怎么把这个事忘了，快，把他追上，不能让他走了。

五个家伙一块冲了出去，不大一会，就把李康追赶上了。追上了李康后，他们就把李康捆了起来。李康说，你们要干什么？马乃说，大兄弟，对不起了，我不能放你走。李康说，你快放开我，你们这是犯罪。马乃说，放你走，我们就走不了了。李康说，不是我不放你们走，是法律不会放你们走。马乃说，现在我不怕法律，我怕你。李康说，你们想干什么？马乃说，不想干什么，想让你陪着我们一块打几天猎。李康说，我可以照相吗？马乃说，随便你照。可以让你一直照到我们安全离开这里，一直下了山。李康说，不过，我不会让你们朝藏羚羊开枪的。马乃说，只怕是那个时候，你连自己的命都顾不上了，哪还顾得上那些和你非亲非故的藏羚羊呢。李康说，干我们这一行的，很多时候会把自己的生命忘记的。马乃说，我就不信，你会把藏羚羊的命看得比自己的命还贵重。李康说，正是因为有太多你该相信的事你不相信，你才会惨无人道地对一群群藏羚羊举枪射击。马乃说，你可不要把我想得那么坏，我没有干过什么缺德事，不就是杀了几头野羊吗?

回到了自己的屋子，杨梅坐在沙发上，发着呆。慢慢地抬起头，看见了挂在墙上的照片。照片上杨梅和李康偎依在一起，杨梅笑得那么幸福甜蜜，李康的眼睛也是那么清澈。杨梅被李康的这双眼睛看得有点无地自容。杨梅站起来走过去，把照片翻过去，不想和李康的眼睛对视。翻转照片时，一个纸条从相框的夹缝中掉了下来。杨梅把纸条拾起来看。看到纸条上写着："梅，每次离开家去野外拍摄时，我都会写一张纸条在这里。没有别的意思。我干的事情和别的事不太一样，说不定会在什么时候出什么事。万一出了什么事，我想这个照片上的我也要随着消失了。我想这个时候你一定会看到这张纸条。我只想让你知道我真的非常非常爱你，可因为老去野外，不能让你得到更多的关爱，我对不起你，请你原谅我，千万不要恨我，不管我在天上还是在地下，我都会祝福你，因为我爱你……"

读着信，杨梅的眼泪流了下来。

十五

艾力把手中的望远镜举起又放下。艾力知道不能再这样等下去了。他不知道李康遇到什么事了，但他知道李康肯定是遇上事了。不然的话，他不可能两天不出现在自己的吉普车前。吉普车里装着他生存必需的粮食和水。艾力拿出了本子和笔。艾力在本子上写下了几行字："我看到了李老师的吉普车，但我没有看到他人。我在吉普车前等了两天了，还是没有见到他的影子。我担心他出事了，要马上去找他。看到我的这个条子后，请立即让上级派增援来，不管有多大困难，我们一定要找到李老师。"

艾力把写了字的纸从本子上扯下来，走到他的坐骑跟前，把纸条放到了马鞍子的下面。在马头上拍了一下，说，快回到乡派出所，把我的信交给甫拉提。

马好像听懂了艾力的话，仰头长叫了一声，向着东南方向飞奔而去。

目送着马的远去，艾力钻到了吉普车里，发动了车子。车子轰鸣着，朝荒野深处驶去。

一个土坡上，马乃和他的人还在那里用望远镜往远处看，寻找在什么地方有藏羚羊群。李康也和他们坐在一起，手里拎着一个带长焦镜头的照相机。李康站起来往坡的另一面走。马乃马上说，你干什么去？李康说，我去撒个尿。马乃说，这里又没有女人，用不着走开，尿就是了。李康说，有人看着，我尿不出来。李康说着，还往坡下走。马乃示意一个家伙跟着李康。

走到了一片草浪前，正尿着，一群藏羚羊从远处跑过来，李康也顾不上尿尿了，站在那里举起了挎在胸前的相机。

跟在李康后边的那个家伙也叫了起来，让马乃过来看。马乃跑过来，也看到了那群藏羚羊，眼睛马上放出了光亮。对身边几个家伙说，太好了，把这一群藏羚羊干掉，咱们就可以大赚一笔了，就可以回家了，可以从此过上好日子了。

看到了藏羚羊不能马上打，要等到天黑才能打。离天黑还早，马乃没有事干，看到李康拿着照相机拍照，就问李康，你这样照相，是不是可以挣好多钱？李康说，我不但挣不上钱，还要往里赔钱。马乃说，你别骗我了，这年头，赔钱的事，哪里还会有人干，乡下人不会干，城里人更不会干。李康说，我一年下来，至少要赔好几万。马乃说，那你为什么要这样干，你又不是个傻子。李康说，我当然不是个傻子。我喜欢这些野生动物。我想让更多的人知道在这里生活着许多美丽的野生动物，包括藏羚羊。我想让大家看了我的照片后，能更加热爱我们的这片土地，更加自觉地保护野生动物。不再让有猎杀野生动物的事情发生。这是多么有意义的事情啊。只要不是傻子都会懂得我为什么要这么做。马乃说，可我还是不明白。李康说，你是不明白，你要是明白了，你就不会干这个事了。马乃说，你不要想说服我，除了钱以外，什么也不能说服我。李康说，如果把钱看得比什么都重要，那钱带给人的就不再是快乐而是灾难了。马乃说，真有这样的灾难，我倒情愿接受。李康说，看来，你是不见棺材不掉泪啊。马乃说，没有钱我才会掉泪。

一个家伙跑过来，对马乃说，马大哥，一个放羊的过来了。马乃说，什么样一个人？那家伙说，一个小姑娘，上次买的羊就是她家的。马乃说，不能让她过来，你看着他，我过去看看。

古丽娅骑着马走过来，被马乃拦住了。马乃问古丽娅跑到这里来干什么。古丽娅不说，反而问他到这里来干什么。马乃说，我们是来找矿的。古丽娅说，这里不让开矿，你找什么矿？马乃说，现在不让开，以后就让开了。

远处的李康看到了古丽娅，也认出了她。他又高兴又急，高兴的是古丽娅来了，就多了一分力量。急的是古丽娅是个姑娘，面对这些坏蛋，会很容易被伤害的。李康想走过去，和古丽娅说几句话。可身边两个家伙把他看得死死的，让他一点儿也动弹不了。

不让李康走近古丽娅，李康还有别的办法。李康突然一下子放开嗓门唱起了歌。李康会维吾尔语，他把想说的话变成了歌词，放到了一首当地流行的民歌里。他用歌声告诉古丽娅，这是一群盗猎者，是一群坏蛋。你赶紧离开，去找艾力，来把他们抓起来。

马乃听到了李康唱歌，可他不会维吾尔语不知李康唱的是什么。也就没有管那么多，任李康把一首歌唱完。不管他唱的什么，可马乃多了个心眼，问古丽娅认识不认识那个唱歌的家伙。马乃想，如果古丽娅要说认识，就不能放她走，就得把她也抓起来。可古丽娅说，我不认识他，也不认识你们，我的羊丢了，我要去找我的羊了。说着，古丽娅拨转马头，让马儿跑了起来。

马乃走过来问李康唱的什么歌，乱七八糟的，李康说，情歌。马乃说，你们城里人真骚，一看见女人，就乱唱，就想着乱搞。

十六

艾力开着车在荒野上奔驰，开到了一个高坡上，艾力把车停了下来。艾力举起了望远镜，突然发现里面有一个活动的黑点。以为是李康，等了一会，等黑点变得大了起来，清楚了起来，才发现不是李康，而是古丽娅。当然，这个时候看到古丽娅，也一样让艾力很激动。

艾力的坐骑跑到了派出所门口，嘶鸣了一声。干警甫拉提从里边走出来，在马头上拍了一下，好像知道在马鞍子下面藏着什么一样。掀开马鞍子，取出了艾力写的信。

看过了信。甫拉提马上跑进了派出所，接通了县公安局的电话。

古丽娅身上散发着一股气味，在没有看到古丽娅的影子时，艾力就先闻到了这种气味。他几乎是下意识地打了一下方向盘，吉普车就迎着古丽娅开了过去。

车子还没有停稳，艾力就跳下了车，朝着古丽娅飞跑过去。在这美丽的草滩上，这样的相见，本来是会像一首千古流传的情歌一样，在阳光下展开一幅幅动人的画面。可他们却来不及说一句和爱相关的话。古丽娅说，快，艾力，有盗猎者。艾力说，在什么地方？古丽娅说，就在前边。艾力说，我去抓他们。古丽娅说，还有那个城里人。艾力说，他怎么样了？古丽娅说，他好像被绑架了。艾力说，只有我能救他。古丽娅说，我和你一块去。艾力说，你不要去。古丽娅说，为什么不让我去？艾力说，我一个人行。古丽娅说，你一个人去我不放心。艾力说，我是警察，我有枪。对付盗猎分子，我没问题，你就放心吧。再说了，我已经让我的马送信回去了，增援的人马上就会到了。你在这里等他们，要是他们到了，你就赶紧给他们带路。古丽娅说，好吧，我听你的。艾力说，这才是个好姑娘。古丽娅扑上去抱住艾力，在艾力的脸上亲了一下。艾力跳上车，开着车，朝着古丽娅指的方向把油门一脚踩到了底，急驰在草原上。

帐篷里，马乃和几个盗猎分子决定在天黑后开始行动，马乃说，今天夜里的行动很重要，我们干最后一下，干完了就走。那个姑娘的出现不是个好事。这里的人和巡山警察关系好得很，有一点事他们都会去报告。这个地方不能久待了，得赶紧走。那群藏羚羊不会走远。天一黑下来，咱们就开始干。

马乃说这些话时，没有避开李康。李康只是个照相的，他们真的没有太放在眼里。听马乃那么说，李康没有说什么。不是不想说什么，是知道他说什么都没有用。从遇到他们起，他说了太多的话，该说的全说了，可全都是像对着牛背弹琴一样，一点用也没有。

说什么没有用，那就任由他们想干什么就干什么，李康不甘心。他得做点什么，让他们干不成他们想干的事。李康看到了放在马乃身边的枪。对了，这帮家伙能够干坏事，全靠这支枪，没有了枪，他们就什么都干不了了。他想要是有个什么法子能把这支枪拿到手，再把它破坏掉就好了。李康打算悄悄地把枪栓卸下来，没有了枪栓，枪就成了一根棍子，就没有什么大用处了。

可马乃这个家伙很狡猾，李康刚一靠近那支猎枪，还没有把手伸出来，他马上就把枪抱到了怀里。看来这支枪的重要性，他比谁都明白。一个家伙指着李康问，他怎么办？另一个家伙说，不行，把他干掉算了。马乃说，他帮过咱们，咱们不能杀他，做人不能不讲义气。

不杀李康，带着他又很麻烦，放了他，他又会去找警察，也不行。看来，只有一个办法了。马乃让人用绳子把他捆了起来。不是一般的捆法，是从头到脚全都捆了起来。让他想动一步都不行。这个时候，看起来李康还是个活人，可实际上，他和一个死人已经没有什么区别了。

马乃对李康说，兄弟，让你受委屈了。我这也是没办法，只能这样了。说着，马乃让四个人把捆起来的李康抬出了帐篷。把他放到了没有任何遮挡的太阳底下。

马乃走到李康身边。马乃说，大兄弟，其实我并不想这样，这是你把我逼的，是你自找的。我们本来完全可以井水不犯河水，你拍你的照片，我打我的藏羚羊。可你就是要多管闲事。李康说，这样的闲事，只要我还有一口气，我就要管。马乃抬起头，看着天上的太阳。马乃说，看来，这个地方，除了藏羚羊的尸体外，还要再添一个人的尸体了。这也好，你不是喜欢藏羚羊吗？那你就和它们一起上天吧。

一个家伙不明白马乃为什么要这么做，说既然想让他死，不如就干脆让他死得快点，干净点，免得带来别的什么麻烦。马乃说，你懂个屁，同样是死，让太阳晒死，让狼咬死，和咱们把他打死，是不一样的，他这样死了，不能怨咱们，只能怨天，怨他命不好。

马乃把一块破布塞进了李康嘴里后，站了起来，对着其他人喊道，兄弟们，走，干咱们的事去。

几个人很快就把帐篷拆了，开着吉普车，朝着发现了一群藏羚羊的地方驶去。离开时，马乃没有忘记把李康的照相机也一块拿上了。马乃知道这个东西里，有他们的相片，怕留下来，会成为他们犯罪的证据。还有这个东西，看起来还挺贵,拿出去卖,一定会卖个好价钱。马乃虽然没多少文化,但脑子并不笨。

十七

虽然是下午，可高原上的太阳仍然很厉害，如果这么晒下去，就算不能把李康晒死，也能把他晒得昏过去。不过，这会儿，可怕的还不是太阳，而是狼。几只野狼，肚子饿了，四处找食吃。走着走着，看到了李康。看到李康后，它们没有马上过来，而是站在那里，看了一会。等看明白了，李康虽然是个人，是个活人，可手脚全捆住了。这样一个人，对饿狼来说，和天上掉馅饼一样。不过，它们还是有疑心，还是没有马上扑过去。又过了一会，朝四周看了看，发现确实不是陷阱，不是圈套后，才朝着李康走了过去。

看着几只饿狼走过来，只能看着，一点办法也没有。可就这么死掉，李康实在有点不甘心。不过，不甘心又有什么用，人都会死，各种死法都有。被狼吃掉，也算一种。明知要死，而又没有办法不死时，人反而会变得平静。一平静就会想起一些事。先想到杨梅，这些年，老在野外跑，很少陪她，确实对不住她，杨梅是个好女人啊，要是有来世，还要和她在一起，补偿自己的过失。还有影展，这些年，东跑西颠，吃了那么多苦，就是想举办一个野生动物摄影展览，实现自己的一个心愿。还有艾力，说好了，要参加他的婚礼，还要给他拍婚礼照，答应的事，做不到可不太好。还有，那几个盗猎者，自己把命都搭上了，还是不能挡住他们朝藏羚羊举起枪，接下来，还不知会有多少藏羚羊遭到残杀啊，连几个盗猎者都对付不了，自己真是太无能了。野狼越来越近了，可以闻到从它们嘴里呼出的腥臭味了，可以看到它们眼睛里放出的蓝黑的凶光了。不过，就算到了这会儿，那几个盗猎分子让他选择，他也一样不会与他们合作，他还会和他们继续斗争。尽管他是多么想活下去啊，多么想把想做的事情做下去啊。

狼群把他完全围住了，它们的影子，像黑夜一样笼罩了他。他已经看不到太阳了，什么都看不到了，他现在能做的只有一件事了，那就是把眼睛闭上，等待死神的降临。这时，他在心里边诅咒那些盗猎者，同时边祝福亲人和朋友，还有这个世界上所有的野生动物。

突然在这个时候，李康听到了一阵熟悉的声音。是车子发动机的声音，准确说是他的吉普车发动机的声音。天天开着这辆车，车子就像他的亲人一样。不过，他有点不敢相信听到的声音是真的，直到又听到了一个熟悉的声音在喊他的名字，他才相信了这不是幻觉，他丢失的吉普车真的又回到了他的身边。当然，他也知道这个奇迹的出现，一定和一个男人有关。

李康睁开了眼，果然，他看到了艾力。

没有走太远，马乃一伙就追上了那群藏羚羊，看到太阳还没有落山，马乃就在附近找了块地方，扎下了帐篷，并让手下人煮了一锅肉，打算吃饱了喝足了，狠狠地大干一场。

艾力把绑在李康身上的绳子解开，拿掉了塞在李康嘴里的破布，赶紧把李康扶了起来，拿了一瓶水让李康喝。喝完了水，李康马上说，走，咱们快去抓那些盗猎分子去。艾力说，你的身子骨有些虚，要不，你在这里休息一会，等支援的人，我去追赶他们。李康说，我知道他们朝什么方向走了，我给你带路。艾力说，上去会有危险的，你还是留下吧。李康说，不行，我也要和你一起抓住那些家伙，他们实在太可恨了。

李康坚持要和艾力一块去追击，艾力没有办法，就让李康跟着一块走，只是艾力让李康一定要听他指挥。对艾力来说，他的任务不但是要抓住那些盗猎分子，还要保护李康的人身安全。

再朝前开。李康没让艾力再开，一是他知道朝什么方向开，二是车是自己的车，他熟悉，开起来顺手，知道如何让车在荒野上跑得更快。再说了，有李康开车，艾力就可以腾出手去做一些对付罪犯的准备。比如说，把冲锋枪从肩膀上取下来，拉开枪栓把子弹推上膛。查看手铐有几副，设想可以出现的情况。得把每一个步骤想好，怎么以少胜多，把几个罪犯同时制服。不用多想，这事很危险。每次抓盗猎分子，不管什么情况，都不容易。几乎从来没有一个盗猎分子，肯老老实实伸出手让你戴手铐的。艾力一个人拿着枪，再给盗猎分子戴手铐，不好戴。只能让李康帮忙。问李康会不会用手铐。李康说不会。艾力就把手铐拿出来，教李康怎么使用手铐。这个活不复杂，没什么技术含量。李康很快就学会了。

当然，这个时候，艾力也可以再等一会儿，根据他的经验，他的同伴在接到他的信后，会很快就赶来了。加上有古丽娅带路，他们肯定离这里不会太远了。但明知犯罪分子就在前边，不马上去抓，这对艾力来说，实在难以做到。也就是说，明知前边有危险在等着他，他也不能为了自己的安全，停下追击罪犯的脚步。

艾力的估计确实没有错。古丽娅在离开了艾力后，没过多久就遇到了甫拉提他们。听到古丽娅介绍的情况后，甫拉提他们马上带着古丽娅，顺着艾力留下的车轮印，用最快的速度追赶上去。

十八

追上马乃他们并没有用太长时间。追上马乃后发生的情况，也没有艾力想象得那么凶险。马乃他们那会儿，刚吃完饭在帐篷里休息，等着黑夜来到。吃饱了，就有了点睡意。马乃想着他们晚上要干活，要用气力，就说咱们睡一会吧。颠了一天，还真有些乏了。说睡，不一会儿真的睡着了。所以等马乃发现艾力时，艾力端着冲锋枪，已经站在了帐篷门口。

一看到马乃，艾力马上记起上次抓获的那帮盗猎者的交代。原来上次跑掉的那个盗猎分子，就是这个家伙了。艾力心里想，这回可不能让他跑掉了。

让马乃把猎枪交出来，马乃就把猎枪交了出来，让马乃他们举着手走出了帐篷，他们走了出来。也就是说一场追捕到了这个时候已经接近尾声。五个盗猎分子脸色灰白，两腿发抖，一副可怜相。可以看得出来，他们已经被艾力威严的气势完全镇住了。接下来只要李康用手铐把他们铐住，行动就可以结束了。

艾力朝李康使了个眼色，李康马上拿起了一副手铐走向了马乃。马乃是头，把马乃的手铐住了，等于就把其他四个人铐住了。李康首先走向了马乃，他看着马乃灰溜溜的样子，有一种说不出的痛快。李康没有说话，可他脸上的表情，马乃一看就明白李康心里在说什么。没错，李康是在说，早就警告过你们不要这么干，现在后悔来不及了吧。心里说着，伸出手，狠狠地抓住了马乃的手。

可就在把马乃的手往手铐里塞的时候，马乃的手有些不听话了。他在朝另一个方向使劲。气得李康不由得朝他大吼起来，老实点。可马乃好像并没有听明白李康这句话的意思，却似乎在这句呵斥里得到了另外一种暗示，并且马上就做出了一个谁都没有料到的举动。

马乃像变戏法一样，一把明亮的刀子突然出现在了他的手中，并且几乎就在同时他和李康变换了位置。蹿到了李康的背后，一只胳膊搂住了李康的脖子，另一只胳膊把刀子架在了李康的脖子上。

等到李康和艾力明白过来是怎么回事时，刀尖已经触到了李康的喉结。也就是说，只要马乃稍稍用力，刀子就会刺进李康要害部位。另外四个家伙，看到马乃这样干时，马上都学马乃的样子，拔出了刀子，一块逼向了李康。

没错，这会儿，艾力手里有枪。和刀子比起来，子弹会比刀子快许多倍。但是马乃已经把李康推到他的前面。也就是说，如果艾力开枪，子弹射向马乃时，没法做到不伤害到李康。艾力没法开枪，艾力只能大声喊着，让盗猎分子放下刀子。

马乃当然不会放下刀子，他知道只要一放下刀子，他就再也不会有机会了。他知道这个警察，他们打过交道。向他求饶不会有一点用，给他再多的钱，他也不会放过他们。他现在只能用这个办法最后一拼了。

艾力让马乃放下刀子，马乃却让艾力放下枪。艾力当然不能放下枪。马乃就说，如果你不马上放下枪，我就会要他的命。说着马乃的手腕使了一点劲。刀子真的刺进了李康的皮肤，能看到血从李康的脖颈流出。

艾力一看李康受到伤害，没有办法了。对马乃说，只要不伤害李康，他可以答应马乃提出的条件。马乃说，我让你把枪放下。李康一听，急了，大声说，你千万不能听他的，快把枪拿稳了，不能没有枪。艾力说，马乃，我知道，你们干这个事，就是想发财，就是想把藏羚羊的皮倒卖出去，挣些钱。我想你并不想杀人。你只要杀了人，在我们这个国家里，你就永远不可能再有好日子过了，那个时候，你有再多的钱，也保不住你的性命了。你听我的，我至少可以让你保住命。马乃说，别给我说这些大道理，我不听。我再说一遍，我数到三，你要是再不放下手中的枪，我就要他的命。艾力说，枪是警察的生命，我告诉你，我不会放下枪的。马乃说，那你就看着你的这个朋友死。我知道，警察是不能让一个人随便死去的。艾力说，你说对了，我们不会让一个好人随便死去的。马乃说，那你把枪放到地上。艾力说，我也提一个条件，只要你答应了，我就把枪放下。马乃说，那你说吧。艾力说，你不就是想把猎获的藏羚羊皮带出山吗，不就是想不让警察把你们抓住吗。这样吧，你把他放了，我跟你们走。我可以让你们平安地出山。他什么也没有，没有刀没有枪，只有一个照相机。什么用也没有。马乃不吭声了。显然艾力的话让他动心了。马乃说，你不会要什么圈套吧？艾力说，我把我整个人还有枪都交给你们了，我就算是有什么圈套，又能怎么样呢？

马乃看到艾力放下了枪，马上让手下的一个家伙去把枪拿了过来。同时，逼在李康脖子上的刀子也离开了。

这时阿克其乡派出所的电话响了。值班的女民警接起了电话，听到里边传来一个女人的声音，问艾力民警在不在。知道艾力不在，去巡山了。又问有一个拿照相机的人从山上下来了没有。女民警告诉她没有从山上下来后，问她是谁，需要不需要什么帮助。电话里的女人说，我是他的妻子，如果他从山上下来，请你告诉他，我想让他给我打个电话。女民警说，你放心，我一定会给你转达到的。

十九

艾力已经取代了李康的位置，被马乃用枪抵住了后背。艾力的枪也被家伙甲拿在了手中。艾力对李康说，李老师，你走吧，这里没有你的事了。李康没有马上走，他跟马乃要他的车和照相机。马乃说，车和照相机只给你一样，问他要什么。李康想了想，说，把照相机给我吧。照相机对李康来说，就像士兵的枪。没有枪，士兵就不是士兵了。

拿到了照相机的李康没有马上离开，他喊了一声艾力。艾力正被马乃他们往车上推。听到了李康喊他，艾力转过身，朝着李康笑了笑。李康快速举起了相机，拍下了艾力的微笑。艾力朝着李康挥了挥说，说，李老师，快离开这里，我们很快就会见面的。

好像从很远的地方传来什么响动，马乃赶紧把艾力推到了车上。两辆车，马乃和一个家伙开了一辆。这辆车子是马乃的，上面有许多藏羚羊的毛皮。另一辆车是李康的车，马乃让另外三个家伙开这辆车。他把猎枪留给了这三个家伙。他的车在前边走，让另一辆车跟在后边，并告诉他们，如果有警察追上来，就朝他们开枪。马乃想实在不行了，就让这三个家伙和警察去拼，这样一来，他就可以像上次一样，趁乱带着藏羚羊皮跑了。

应该说，这次他比上次还有把握。因为，这次他还有个人质，那就是警察艾力。他知道，有艾力在车上，警察就不会朝着车子开枪。主动权就在他的手上。也就是说，万一三个家伙抵挡不住，他凭着手中的这个真家伙，也能让那几个警察没有好果子吃的。

事情果然和马乃设想得差不多，追上来的警察甫拉提几个人，在看到了李康以后，问明白了情况，马上就追了上来。考虑到这帮盗猎分子手中有枪，就让李康和古丽娅骑在了马上，跟在了车子的后面。

警车很快就发现了马乃他们的两辆车子。可警车只有一辆，只能先制服后边一辆，才能收拾前边一辆。知道艾力在前边一辆车子上，对后边这辆车就没有客气。对着天空放了几枪，车子就吓得停了下来。一阵并不激烈的枪战后，可以说，很容易就把车子里的三个家伙给抓住了。

可是追击前边一辆车时，遇到了麻烦。知道车子里有艾力，甫拉提他们怕伤害到了艾力，就不敢开枪。只能是边追赶边喊话，让马乃把车子停下来。马乃看出了警察的顾虑，不免有些得意起来，胆子也更大了。不但不停车，还从窗子里，朝警车不停地射击。结果，还真有一颗子弹打中了警车的轮胎。

警车不得不停了下来。

眼看着马乃他们的车子越跑越远了，并且天色也越来越暗了。等到了天真的黑透了，马乃他们就真的可能会跑掉了。

不过，这时，大家想到了艾力。想到艾力，大家心情有些复杂。想到艾力为救李康，落入盗猎分子手中，随时都会遇到危险。不由得为艾力担心。又想到艾力在车上，凭着他的胆识，他是绝不会让盗猎分子轻易逃脱的。这么一想，大家又不由得有了最终战胜盗猎分子的信心。

没有了警车，就骑上马继续追。

不过，马跑得再快，也跑不过汽车，眼看车子就要从视线里消失时，大家先是听到了几声枪响，接着看到了车子好像停了下来。

不是好像，是真的停了下来。虽然不知道车子怎么会停下来，但大家知道一定是艾力让车子停下来的。

李康家电话铃响起来,以为是李康打来的。杨梅高兴地抓起电话。杨梅说，是你吧，李康。电话里说，我不是你的李康，我是陈军。杨梅的脸一下子沉了下来。陈军说，我再给你一次机会，马上下楼，带你去个好地方吃饭。杨梅说，我不去。陈军说,不是我不给你机会啊,到时候,别说我无情无义啊,别后悔啊。杨梅说，我已经后悔了。陈军说，真的？现在后悔还来得及，快下来吧，我一定会让你幸福快乐的。杨梅说，我后悔是从一开始就不该坐进你的车。陈军笑了起来，陈军说，杨梅，你这样做，我真的很高兴。为你高兴，也为李康高兴。李康真的比我强，也许我现在的钱比他多，可我还是不如他，他活得比我有意义，比我精彩。我真的很羡慕他，羡慕他有你这样一个女人。

二十

究竟艾力是怎么让车子停了下来，李康他们没有看见。等他们赶过去，只看到艾力站在车子外边，那支被马乃拿去的微型冲锋枪，也回到了艾力手中。而马乃和他的同伙也被艾力制服，双手抱着头乖乖地跪在了地上。

看到李康他们走过来，艾力笑着举起了一只手，做出一个胜利的手势。李康赶紧用手中的相机拍下了艾力的这个姿态。

古丽娅这时从李康身后跑到了前边，边喊着艾力的名字边扑向艾力，看到古丽娅像鸟儿一样飞过去，大家都不由得为这对年轻恋人高兴起来。就在艾力也张开双臂马上就要把古丽娅抱进怀里时，艾力好像一下子支持不住了，身子软软地朝地面瘫去。不过，不等他瘫到地面，古丽娅就把艾力抱住了，让艾力倒在了自己的青春的怀抱里。

所有人的心头紧缩了一下，赶紧一块儿飞奔过去，跑到艾力跟前一看，大家全愣住了。艾力胸口有一个子弹的孔洞，正流淌鲜血。

所有的人和古丽娅一块儿喊着艾力的名字，但是不管发出的声音是多么大，多么急切，艾力就像睡着了一样，紧闭着双眼，一句话也不肯说。

鲜血像泉水一样向外涌着，一会儿，就把身子下面的一片土地染红了。

艾力牺牲了。谁也不相信艾力就会这样永远地离去，大家继续喊着艾力的名字。艾力的名字一遍遍地在荒野上回荡，一直传向无边的远方。

马乃交代，当时，他让艾力开车，艾力开着车，就没法干别的事了。他用枪抵着艾力，他想好了，艾力要是不听他指挥，他就开枪打死艾力。艾力一直劝说马乃,可马乃不听。知道后面有警车,马乃不怕。他看出来了,艾力在车上，警察不会开枪。他有些得意，觉得自己马上就要成功了。等到天黑下来，跑出大山，他就会没事了。正在得意时，艾力突然把方向盘一打，让车子对着一块岩石撞过去。车子猛地一震，马乃的头撞到了车顶棚上，还没有等到他回过神。艾力就抓住了他手中的枪。眼看就要被艾力夺过去了,马乃的手指碰到了扳机，他使了一下劲，枪响了。就在枪响的同时，枪也到了艾力的手中。艾力好像并没有发现自己中了枪，他一脚把马乃和他的同伙踹下了车，用枪抵住了他们的脑袋。

五个盗猎分子，全都抓住了，没有一个逃脱。

二十一

在首府城市中心广场一个展览馆的大门上面，扯着一条很大的横幅，上面写着：阿尔金山自然保护区野生动物摄影展。这行大字的下面还有一行小字：献给一位名字叫艾力的巡山警察。

许多人走了过来，他们先是站在横幅前看了看上面的字，接着就走进了展览馆的大门。在这许多人中间，出现了杨梅的身影。虽然看起来，她和别的进来看展览的人没什么不同。但注意看一下，就会发现，她在每幅摄影作品跟前停留的时间，会比别人长一些。

这个时候，离城市很远很远的一个山坡上，一座新的坟墓散发着泥土的鲜湿的气味。古丽娅怀抱着刚刚采集的野花，走到了坟前，把它们放在了墓碑前。同时，她轻声地唱起了一首流传了很久的当地民歌：

花儿为什么这样红

红得好像火一样

它是用那青春的热血来浇灌

花儿为什么这样鲜

鲜得使人不忍离去

它象征着纯洁的友谊和爱情

背着摄影包站在展览大厅前面的李康，似乎听到了古丽娅的歌声，同时看到了阿尔金山自然保护区的山峦和荒野。他还看到了艾力正微笑着朝他走过来，正要迎上去和艾力拥抱，他听到有人在叫他的名字。他转过身，看到了杨梅。

他从摄影包里取出一张纸。李康说，字已经签好了。杨梅把那张纸接过来，看也没看，就一点点撕碎了。接着，轻轻一撒，扬起了一片雪花。杨梅说，早点回去，我给你做你喜欢吃的羊肉抓饭。杨梅转身走了。李康一动不动，久久地看着杨梅的背影。

歌声继续在山野间回荡，艾力的战友甫拉提骑在艾力骑过的马上，和另外两个警察一起来到了艾力的墓前。他们向艾力的墓碑敬过礼后，拿起了手中的枪，朝着天空射出一串子弹。

歌声和枪声一起响起时，一群正在奔跑的藏羚羊，突然停了下来，它们好像听懂了这种声音里包含的意思，它们发现这个时候，天格外蓝，阳光格外灿烂……

改定于 2008 年 5 月 19 日

响泉

一

没有雾，没有云，尽是阳光。好天气，像是特为一件事安排的。库妮娅推开了门，脸往上仰。明亮亮的温暖如落瀑。想到一件事，回到屋里。不愿在屋子里待下去，站到镜前，梳梳头发。慌忙忙的，自己催自己。想走就走，不用问谁。爹娘早死了。爷爷顶着月亮赶毛驴车去小镇，这会儿，正走在山路上。驴蹄嘚嘚地响。爷爷让她一块去，不去。往常，爷爷不让去，闹着也去。这次她不去，不是她不想去，是还有别的事，要她做。和去小镇比起来，这事好像更有意思。

提了篮子，库妮娅出门。别人看到，想她一定是去摘杏子。遇到熟识的人，会问她。她就说，摘杏子。库妮娅十八岁了，正像一颗刚熟的杏子。坡是斜的，往上走，身子不由朝前弯，后腰以下的地方被突出，显得圆满。路窄而且弯曲，是许多脚来回踩出来的。自然错落的石块形成的台阶，极不规则，但很光滑，像一条蛇，在茂密的草间盘转。走惯了，跳跃自如，气不喘。胸脯处的颤动，却不是累所及。脸红红的，也不是太阳涂上去的，是从身体里的血中泛出去的。篮子在后腰处甩摆，像打拍子。她嘴里正断断续续唱着一首歌。

走了好长一段路，前边还有路，却不往前走了。离开了路，往路边的草坡上爬。蹚过一片深草，入了林子。平平的空地上，铺了层茸茸的三叶草。树枝树叶编织了绿帐，隔开炎热的阳光。顺手一扔，篮子骨碌碌地滚，被一块石头挡住，停下。眼睛眨眨，也想和篮子一样，在草上把身子放松了滚。想了没做，在一块大石头上坐定。身后还有一块不规则的长方片岩立着，正好倚靠。靠着，让上下睫毛合到一起，为了集中心思琢磨。

听到野鸽子叫，库妮娅换了姿势，做另一件事。折一根细棍，用脚把面前小片地面蹭平，拂去草叶碎石，变得又平又干净后，手执草棍画着。画一会，画出一张脸的轮廓。看着笑。笑一会，发现某处有偏差，就很认真地抹去一条线，重新补了一条。满意了，又笑，还扮鬼脸。库妮娅常这样。等一个人来，不耐烦了，就把要来的那个人的样子在地上画出来。在屋里，闲没事了，胡想了，也画。不在地上画，怕爷爷看见，用铅笔在纸上画。

画了一个男人的纸，塞在枕下或撕了，不给爷爷看。画了另外的牛呀羊呀狗呀，她让爷爷看。爷爷看了说像，她就笑。说不像，她就一噘嘴，从窗口扔出去，让风随便吹到一个石缝里。这会儿，坐在石头上，看地上一张脸，与心中记住的挺像，怨起一个人不能这样惦记自己。不然说好了，如何还没有影子。这么一想，脸上有点不高兴。

草响树动。不画了，立起身，听响动渐渐拢近。红扑扑的脸上，完全没有了生气的样子。

不用站到石台上望，想也想得出正踩着窄窄的山路过来的人是谁，是如何姿态如何样子。库妮娅托住圆圆的下巴。

艾力江正年轻。衣襟扣子五个全松开，风吹像蓝旗飘动。脖肩胸腹裸露，紧绷绷似黑皮鼓。迎着射来的太阳，泛出闪闪的亮。长臂甩动，一前一后，极有节奏。正是这臂和手，把一块三个人才抬得动的石头举起，扔到悬崖下，撞出的回响，满了一条谷。

腿虽有些短，但脚大，五个脚趾抓住崖壁，钉上去一样牢，去采药，险处高处的贝母别人采不上，只能由他掘取。

一双眼睛好深，深得透蓝。响泉谷的少女看星星时，都痴痴地想到这双眼睛，梦到走进了一片水的深蓝里。

想尽可都想，梦尽可都梦。而要真的得到，只能有一个人。库妮娅是山谷里第一好看的女子，她和艾力江牵着手走，没有人会嫉妒。

这样一个人，这会儿，不怕日晒，不怕坡陡，只是往山上爬。跃过蒿草的栅栏，站定。看到画在地上的一张脸，愣了。目光在空地上扫，碰到一只篮子，神色转成了笑。走过去，手在石上摸，摸到一处温温的，无声地把一个笑持续下去，也在那一处坐了。

静了一会，只一会儿，一双手就悄悄从后面绕过来，把眼睛捂住。平常的玩法，说出身后一个人的名字，手便自然放开。偏不说，去抓紧眼前的手，快但轻松地一拽，库妮娅便贴着宽宽的肩膀从后滑到前。仍不出声，趁势让那转着的躯体落到怀抱里。

一条曲伸的胳膊，两条弓起的腿，让倒下的库妮娅的脚离开了地。像在云里晃荡，两颗蓝色星星一下子近了，真近。

黄雀在树杈上蹦蹦跳跳，一个劲地啼叫。几只灰色的野鸽子飞向涂满阳光的石壁。这样的好天气，山谷里不多。

二

连接响泉谷与小镇的路，硬是人脚牲口蹄子和车轮踏踉出来的，没动用过镐镬。随着戈壁不同地貌交替，便一段是石块，坑坑洼洼；一段是白碱滩，落一点雨如沼泽；一段是沙土，虚虚地荡起灰尘老高。进了山，虽平了，光溜了，可受山的限制，窄得两辆驴车勉强能错过身。

这时，一辆小车，被一头毛驴牵着，正走在山道上。不见驭手，只见车上乱乱蓬了些新新的柳枝，不过叶子已被毒毒的太阳晒蔫了。一块稍大的石块，把驴车猛地摇了一下，便停住。

车上柳枝哗哗乱动，从里面探出一个苍老的人头，发现驴不是无故懒怠，而是脖子上的缰绳被一个人抓住了。这个人是个年轻的男人。

握缰的手松开，走到路边，去提一个样子古怪的大袋袋。转身时，露出裤腰处缀的一块铜牌牌，亮晃晃的，衣服没有纽扣，却有小口袋贴在胸前。身上无一处不被束缚得紧绷绷的，除了头发。只头发松散散，遮了半轮耳。也不问，把大袋袋放到了车上。碰到老人的脚，老人刚想开口，一支烟递过来，带一截黄黄的海绵。老人接过，刚含住，一簇蓝火苗又飘过来。香香的一股烟没吐完，年轻男人跳上了车，自己喊了一声，驾，小毛驴就走起来。踢踏踢踏，铁蹄敲打石块。香烟燃了半截，小伙手伸进口袋，摸出一瓶酒，印着花花商标的瓶装酒，可不是小镇兑了水的散酒。用牙咬掉铁盖，好家伙，味冲冲地就飘来了。递到脸前，问喝不喝。山里人说话，只要是酒，仇敌端过来了，也得喝。喝，一个人一口。瓶子仰得同样高，不过小伙子只用舌尖尝尝酒味，不让一滴从嗓子眼落下去。老人不同，一喝一大口。一口酒一段话，长长的路短了。

都这样，太阳出山，人出家，太阳落山，人也回家，这时辰，满世界的房屋里，都有人说话，最偏远的山谷也一样。篮子里虚虚掩了几簇苜蓿，小路上顺手捋的。进院，便扔给了角落处圈养的小羊。与往常一样，门才推了半开，就嚷，嗓音脆亮又圆润。不同的是，今日里，嚷了两声，噤声了。步子也不向前，眸子骨碌碌转。木桌旁，板凳上，一个人抽烟。面孔生生的，原是朝着擎了一豆火的油灯凝视。听到嚷，转了过来。

看她，也被她看，全不语。

库妮娅，库妮娅。从另一间有炉灶锅的小屋里传来呼叫。

爷爷！断了一会的嚷叫，又续起。其中的娇柔并不减少。

抽烟的还抽。

一种粗粗细细高高低低的语言，随了干柴烧燃的爆裂声，使屋里不再安静。

是谁？

他呀，从大城市来，小镇下了车。问哪个村子还没有通电，没有通班车。有人给他指了响泉谷的方向。

原本走着去的。也是运气好，遇上了你爷爷，他掏出了酒瓶，我们一口一口轮着喝……

来收皮子和贝母的吧？

不，不，是那个什么画画的，来体会体会。

噢，是画家，来体验生活的。

对，他是这么说的。

爷爷，裙子买了吗？

库妮娅让买的，能忘吗。在你屋里的床上。

爷爷真好。

从一个小屋闪进另一个小屋。画家看到一条影子，柳叶似的。小屋把人隔开，不妨碍说话。

爷爷，怎么又是大红的。

你不懂，白的没有红的喜气，年轻人，穿红的，显得有精神，还能冲掉晦气霉气。我看了，什么颜色也没有红的好。

老迷信。

不信，你问城里的同志，人家可不迷信。

爷爷没说完，小屋门开了。

库妮娅走出来，真的穿了红色的连衣裙，站到了那个抽烟的人的跟前。

你说，真好看吗？

认真地看。

是好看。

肯定地说。说完，年轻的画家把烟蒂扔到地上，用脚尖踩灭。

是好看。生得好，穿什么都会好看。这小姑娘，完全是好水、好山、好阳光养出的一朵野花。画家想。

三

早晨，一些薄雾在谷间悬浮，像落过了一场小雨，草叶上挂满了露水珠，空气很潮湿，吸一口，舌尖能觉出清润。谷底，几只白羊黄牛低头舔着嫩草，没有牧童引牵。一眼泉像镜子，镶嵌在森森的绿草间十分醒目地闪耀着。一条条细绳似的小径，沿泉边放射形散开。弯弯曲曲爬向两边山坡，拴着每一幢房屋。

从高处看，小径交织十分像网，担水的人如穿梭。桶碰撞，远远打招呼，或玩笑地骂，或相约去某处狩猎以及采药。嘈嘈杂杂的，使山谷浓浓地荡起世俗烟火的气息。

画家站在院子外，正望得出神，背后咣一响，急忙回头。库妮娅放下桶，又进院里取扁担。再出来，桶不在了。四下望，望到了，桶在画家手里。画家一手拎了一只桶，已下了两道坡。哎，扁担，扁担。她喊道。喊扁担，画家回头，晃晃肩，示意能行。爷爷出门，也看见了。说，怎么让客人去挑水。库妮娅却说，该的，他洗脸，他吃饭，都离不开水。

爷孙俩一高一矮，站在坡上，看城里来的画家提两桶水上坡。提上来了，脸有些涨红，气有些喘。因为用劲，鼓凸的肌肉块明显地在紧身衫里起伏。爷爷拍他的肩，说，好样的。

库妮娅什么也没有说，跑回自己房间，换上了爷爷买的红色裙子。

画家拿出画夹，斜倚在腹部，站在院门口画起来。库妮娅把板凳放在他身后。回过头，说声谢谢，却不坐，仍站着画。

了不起的样子，谁巴结你似的，不坐拉倒。库妮娅想着，伸手去拿板凳，又蓦地停住。原来，画家画画，使的也是铅笔和白纸。这一发现，让库妮娅愣愣的。因为她也有铅笔和白纸，也常在上面画。

纱雾的颜色正由白转红，像鲜血从棉花团里慢慢渗出。

没有电，没有柏油路。可有收音机，国家发生的大事全知道，却总觉得和自己的关系不大。因为不管外边怎样变化，这里的一切似乎还是老样子。

孩子也一样去上学，只是要走得很远。路太远，太难走，孩子们走着走着就不愿意走了。所以，直到现在，这里的孩子也没有一个考上大学，走进了城里。

没有高楼大厦，却有干净的泉水，还有一直不曾改变过的生活和风景。

这正是画家梦里边都想来的地方。但真的来了，画家的心情不能不变得有些复杂。

四

我家来了个画画的。

是吗?

他劲真大，两桶水提回来，一歇没歇。

他能把三个人才能抬动的石头举起来吗?

不知道。

他腿好长，裤子磨得发白了，旧旧的。

他腿能追上山里奔跑的公狼吗?

不知道。

那算什么男人。

他在纸上用铅笔画，几笔就画出一棵高高的杨树。

你也会在纸上用铅笔画。

我瞎画。

没准他也是。

不知道。

库妮娅，我想吃杏子。

还没熟呢。

熟了，你的嘴唇真红。

坏坏。自己说过了，不刷牙不许……

就一回。

五

晚间，蚊子真讨厌。

小凳上，库妮娅伸出腿，把一种草梳得辫子似的编织。续草时，用腿夹住，很快，就长长地拖到了小凳子下。

爷爷边摇扇子，边拍死叮咬皮肤的蚊子。

好了，库妮娅说，站起来，要踩到小凳往房梁上吊。画家接过去，抬手拴到一个铁丝头上，那一处的顶棚熏的痕迹很明显。

草是半湿的，用火点了，只沤出缕缕青烟不起火焰，不是随便一种草都可以，这草的烟味不辣不呛，还散发着香味。山里人常用它熏存放的衣裳。

果然，草辫子起了烟，闻起好舒服，而蚊子则被软软的烟驱到了大门外。

油灯昏暗，画家抱了一本书，看一会，就看不清了。画家合起了书，拿出了纸烟。

库妮娅坐在旁边看着门外。看不见什么，她还在看。

静了下来的山谷里没有风。

讲点什么吧？随便什么。画家说。

画家递过来一支烟，神情很真诚。

爷爷把纸烟接过来，没抽，夹到耳朵根上。拿起一张纸，卷起了莫合烟。爷爷的手很粗，可卷起莫合烟来却很灵活，一支烟，一眨眼就卷好了。卷好了，一头咬在嘴里，另一头凑近油灯那烛弱弱的火。

库妮娅，想睡不，不想睡，也听听。

把小凳挪挪，库妮娅往爷爷身边靠了靠，算是回答。

爷爷的手在库妮娅滑柔的发上摸了摸，用一种平常的语调说起来。

那会儿，只要一下暴雨，响泉谷就有洪峰通过，好家伙，浪飞起来，打雷一样，旋涡一个套一个，像野兽张开的大口。每一次都有人和牲口死在里面。那一次就在咱们房屋前面，我和儿子看见洪水里冲来一截木头，上面隐隐乎乎像趴了一个人。见人不救，天理不容。我把绳子系到儿子的腰间，把他推到了浪里，把那人救了上来。背到屋里，给那人换湿衣服，才知道是个女的。儿子躲到门外，不，去烧姜汤了，我把她从昏死里叫醒。养好了身子，她哪儿也不去，便和我儿子成了亲。库妮娅，一年后，她生了你。我乐呀，赶着毛驴车去小镇买红糖，那是唱着去唱着回的呀。

不是头一回听爷爷说，听一回流一次泪。眼眶又湿湿的了，头靠在爷爷的肩上。

画家仍默默的，只把烟换了一根。

香草的烟在屋顶淡淡浮了一层。

爷爷又说，那会儿，不落暴雨，响泉谷也会遇到洪水，多在晴天。山顶上的冰和雪融化了，汇集起来，也是很凶猛的。那段日子，连着几天的好太阳，暖和得像入了夏。山谷的草返青不久,嫩得一掐滴水珠。库妮娅在床上睡着了，她站到门口晒太阳，见谷底绿汪汪，就把两只羊牵去了，谁会想到洪水这会下来了。我和儿子听到轰隆声，跑出来，看见了奔跑的浪，也看见了她和两只羊。她牵着羊往坡上跑，羊不跑。拖着她，我喊，丢开，丢开，她没听见，还不肯丢开羊。儿子吼了一声疯了似的往谷底跑，我扯一把没扯住，儿子刚到她身边，洪水也到了，一下子就把他们盖得没有了影子，那是挟着冰块的洪峰啊。我一下子昏过去，是库妮娅的哭喊声把我叫醒……

库妮娅的脸在爷爷的衣袖上蹭了一下，把泪水抹去。画家觉得这会儿说什么话都是多余，不说话，把沉默保持下去。

第二天早晨。

画家见到爷爷，便问，为什么只是那会儿有洪峰通过？

噢，从那以后，从内地来了好多人，开发了更多的戈壁，就在响泉谷上面不太远的三条峡谷交合的地方修了一个大水库，把洪峰圈了起来，就像把一群野马关到了圈里。有一个很大的闸门，地里要用水了，就把它们放出来一些，不用水了，就不让它们出来撒野，祸害咱们山谷里的人家。

水库里还有船呢。

正在洗脸的库妮娅抬头添了一句。

六

天亮时，起床走出门外，往日总想到一件事，或去赶羊吃草或去泉边汲水，或执扫帚把门口清净，或去抱一捆柴回来烧饭。往日想到的事现在一件也没有做，若要清楚她的心，怕她自己也不能讲得明白。

门口，一块自然放置的青色石头，时常被库妮娅当吃饭的桌子使。不吃饭时，当凳子坐也无妨。库妮娅坐着，目光从坡的这面沉落又从谷的另一面升起。只是把熟悉的再看一遍，目光不能满足，就向高一些远一些的地方推摇。

极晴，天空已完全蓝了，太阳还没有出来，但灿烂的光芒已烧燃了天际。海浪般绵延的群山峰峦，全镀上金色的亮边。而几缕淡雾也染了色在其间摇动，更添一层迷幻。因太阳正在上升，光色做富有层次的调换，使得古老的山峰焕发出勃然的生气。

库妮娅的目光已融入了一片辉煌的景象里。

同时，她整个人，也被太阳的余光同样照及，脸和前胸被映得红亮。一只手撑住石岩边，另一只手随便放在弯起的腿上，上身稍稍扭动倾斜，试图把远处高处的变幻看仔细。

她看风景，却不知风景中，另一个人在看她。

画家画完一片树，回过身看见了她。走过来，想问她一种草的名字，发现她的姿态与神情表明一颗心已离这山谷很远。

不再说话，凝视片刻。悄悄变动了一个位置，为的是看清楚少女身躯的扭动和倾斜。

一口气，勾勒出了三张速描。

回到屋子里，让库妮娅看。库妮娅觉得又像自己，又不像。

画家让库妮娅坐在凳子上不要动，又给她画了一张。

这一张，库妮娅喜欢。画家就送给了她。

七

眼被捂住，不说身后人的名字，也不像捉鸽子扯住手，把库妮娅拉到怀里，让她像在云中一样，两只脚不沾地。

末了，两只手没趣地松开，转过身子，站到变了行为的人的面前。

脸阴沉沉的，与射进林间的阳光对照鲜明。

以为是闹小脾气，让快乐用另外的形式表现，库妮娅依旧笑嘻嘻。

艾力江，艾力江，要打雷了，下雨了。

热烈的目光触那脸，那脸仍不变晴。

艾力江，我要画个你，你看像不像？

找草棍，要在地上画。

草棍刚捏到手里，被一把夺走，扔到一边。

被这样对待，又不知为了什么，库妮娅脸上现出委屈，小嘴翘翘的，柔柔地去摇艾力江的膝。

艾力江，这是咋啦？

问你自己。

问啥?

别装迷了。全村人都在说，你爷爷给你找了个城里的婆家。

胡说。

人都住在你家了。

那是来画画的，爷爷在路上碰到的。

你让他在纸上画你，让他把你上上下下都看。

他也画爷爷了，画古丽姐了，还有……

你还和他到谷底的蒿草里去……

那是去画草和野花……

鬼才信，他来了后，你一说就是他，一说就是他。

库妮娅语塞了，怔怔地望着艾力江。

怎么不吭声了。

艾力江，莫听别人乱说，我喜欢你，心没有变。

真的?

真的呀。

那好，明天你就把那个画家赶走。

这多不好，人家是客人。

舍不得了。

不是那个意思，艾力江，你听我说……

话怎么说都行，库妮娅。艾力江突然伸出双手抓住库妮娅的肩膀，眼睛里射出光亮，盯着库妮娅的脸，低沉而坚决地说，库妮娅，你说什么都没用，只有把一个事做了，才能让我信……

让我做什么?库妮娅还没有明白过来。

……你让我……反正早晚……你让我……我们就在这……你让，我就信你……

艾力江说话，阴沉的脸变红，手臂已把库妮娅揽进怀里，并且悄悄去解库妮娅身上的纽扣。库妮娅从那覆盖的急促的呼吸里，以十八岁女子本能的敏感明白艾力江要求的是什么了。她挡住伸来的手，哀求艾力江不要这样。艾力江这时什么也听不到，他变得像一头调皮的小公牛了。

艾力江的行为，让库妮娅害怕，害怕，让她想逃开。猛地用手掌推开那堵墙一样的胸脯。艾力江没提防，退了几步，等醒过来，库妮娅已像惊了枪的兔子在山道上奔窜了。

艾力江站在林间，恨恨的。

八

山上发生的事，不会告诉爷爷，更不会告诉外来的画家。放到库妮娅心上也不能结成疙瘩，妨碍畅快。因胡乱说的话，像大清早的雾，太阳一出来，就会散得干干净净。艾力江知道了事情并不是像他想的那样,脸就不会再沉沉的,也不会……

坐在门口的石头上，库妮娅一会这样想，一会那样想。正想着，听到爷爷在身后喊，回过头说，爷爷嗓门真大，以为都和你一样耳背。

爷爷老了，腿不灵便了，耳朵也半聋了，不像库妮娅活得像只山雀子。

爷爷说，小山雀，替爷爷办一件事去。

叫我去找人陪你喝酒我可不去。

啐。正经事。画画的同志想到山上头走走，看看，听听，再画画。非拉了我一块去，也好知怎么去怎么回，我想去，可腿……

说话间，画家从院里跨出，草绿色的画夹斜挎在背后。爷爷把脸转向他，继续说。

哎，同志，就让库妮娅带你走路，她是山里的一只雀，山里长的，跑的，飞的，没她不知的，比我这个老不死的强。

画家说，也行。

两个男人再转脸，库妮娅已在窄窄的山道上走了。她停下来等画家赶上来，见爷爷眯眯地朝这边笑，挥了挥手，让爷爷回屋，想起一句话告诉爷爷，就喊：等我回来做饭。

太阳斜斜的，把影子扯得比原来长了些。山谷里清楚地分了两半，峰峦遮住的部分，是蓝色的，阳光照射处，则是深黄的。

库妮娅走一段，便要停停，等那个走惯平坦大街的城里男人，他不会走山路，走不快，还要边走边四处看。一段原本一分钟的路，他要走十分钟。

脚不停嘴也不停，不过与晚间油灯前的情景相反，画家倒成为一个洗耳恭听的学生了。

库妮娅指一棵草，说出它的名字和用处。库妮娅说，甘草，根又长又圆，扯起来生嚼甜滋滋的，感冒了，喝它熬成的汁，很快不再头疼发热。还有苦豆子，成熟后荚是黄的，风吹哗哗地乱响；芨芨草，细却不易折，用来编篓筐扎扫帚；齿莲，含有白白的奶汁。

说着，马上折了一棵，从断开的茎面上，霎时有乳液滴落……

库妮娅见到野花，跑过去采摘了，先放到鼻前嗅嗅，说着好香好香让他闻，于是画家一朵朵把野的玫瑰蔷薇百合等都从色泽味道方面领略了。遇到了一簇带刺的灌木，上面结满透红的果实，画家问能不能吃，库妮娅笑起来说，这是铃铛刺，不能吃，却可以听响，说着折下一束，晃晃，真听到碰撞的声音。从另一种荆棘上取了几粒圆豆，像黑珍珠。库妮娅说这是野葡萄，甜的，吃了，能把嘴唇和牙齿染得发蓝。画家兴冲冲地把一颗扔进口中，果然如库妮娅说得一样，就连连点头。

这期间，若是头顶有鸟飞过，库妮娅的话语会立刻转到鸟雀鸽子或鹰的身上。不愧在山里长大，她竟能从这些飞禽那里，讲出一些极为新鲜的故事，全是流传在大山里，城里人没有听到过的。

遇到灰色的野兔窜过，她会说起用网捕和在雪天下套的技巧。在经过一片深草时，竟有一条狐狸闪过，那火红的尾巴像团火，给画家很深的印象。由狐狸的狡猾说开去，把狼和野猪都涉及了。

说到这些野兽，说到打猎，库妮娅不能不想到一个人，不能不把这个人对自己讲的故事又讲给画家听。

末了，画家问，这些故事的主人公是你曾经向我提到的那个艾力江吧？

是的。

我能见到他吗？

能的，能的。

我要为他画张像。

他最勇敢。

你很喜欢他，看得出，你们是不是……

他真的很好。

你很喜欢他。

是的。

九

这是响泉谷的泉水，在山谷的一个宁静处。

四周被树林和青草拥抱，显得十分凉爽。树长得很高，树上落了些云雀叽叽地叫。青草顺着地面铺开，像一张很大的床单，还印了不少的野花，五颜六色，好看得很。

水很清，像一面镜子。库妮娅站在水边，就有了两个库妮娅。两个库妮娅看上去都很美丽。

画家想把两个库妮娅都画下来，让库妮娅站着不要动，他拿出画夹画起来。

可画家并没有把这幅画画成。不是他不想画，也不是库妮娅不让画。是那个叫艾力江的年轻猎手来了。

艾力江走过来，站在一棵树下。

艾力江很挺拔，也像树，不但像树一样挺拔，还像树一样没有表情。

看到艾力江突然出现，有些惊奇。但库妮娅马上就高兴了，对画家说，他就是艾力江。

说完，不在泉水边站着不动了，她跑向艾力江。

她这一跑，画家画不成了。不画了，放下画夹。他也没有不高兴。给库妮娅说，想认识艾力江。艾力江来了，他当然不会不高兴。不过，他还是想，要是艾力江再晚来一会就好了，那样，就可以把库妮娅站在泉水边的画画好了。一幅画要画得好，要一口气画出来才好。

跑到艾力江身边，扯住他的衣袖，往画家身边拉，要给画家做介绍。拉了几下，也拉不动。好像艾力江真的成了一棵树，长在了地里。可艾力江到底不是一棵树，不想让库妮娅拉，就挥了一下胳膊，把她的手打开了。

把库妮娅搞得发愣。

好在画家没有在意这个，艾力江不动，画家动。画家走了过来，走到了艾力江面前。画家笑着，向着艾力江伸出了手。

看到画家伸出的手，艾力江故意不把手伸出来。不但不把手伸出来，没有表情的脸上，也有了表情，只是这表情，一点儿也不好看。不管是谁，只要看到了这样的表情，都会下意识向后退几步。

画家没有退，可画家知道不能再往前走了。

画家从口袋里拿出一包烟，抽出一根递给艾力江。

抽烟吧，兄弟。

啪。一根过滤嘴香烟飞到一边草地上，画家把烟盒装进口袋。

沉默。

仿佛能听到彼此的心跳。

明天，你要离开响泉谷。艾力江说话了。

我还要再待十五天，这计划我在城里就定好了。

那你就现在变变吧。

要看我想不想了，别人说了没有用。

不是别人要你变，是它。

谁?

嗖的一声，艾力江从裤子口袋里抽出一把猎刀，刀锋被阳光耀得银闪闪的。

这把刀尝过许多野兽的血。艾力江说。

……

明天离开这里，你要答应它。艾力江又说。

……

画家摇摇头。

唰，刀划破阳光，对着画家刺过来。

库妮娅啊的一声，把脸捂起来，腿一软跪在了地上，哭喊起来。锐利的声音惊飞了树上的鸟雀。

至多三秒钟，库妮娅颤抖抖松开手。又呆住，没有流血，没有搏斗，仍像刚才那样站着，不同的是能听到两人急促的呼吸声。奇怪的是那把刀，已在画家的手中了。

突然艾力江扑过去，想夺回那把刀，画家一闪身。反手一掌劈在艾力江后颈上，艾力江一下子趴在了地上。画家皱了皱眉，看看刀，又看看那棵树。抬手一扔，刀像射出的箭，直直插进树干里，刀柄晃了晃，不再动。

画家把画夹从地上拾起，重新挎到肩上。对库妮娅说了声我先回去了，就踏着来的路往山下去。

艾力江从地上爬起来，要去追，被库妮娅从后面抱住腰。库妮娅用拳头捶着他的后背，眼泪汪汪连声说，你好糊涂呀，好糊涂呀。

画家被坡上的深草遮住了。他没有想到，当兵时学的一点功夫，当兵时没有用上，反而在这个时候这个地方使上了。

想想，他想笑，却没有笑。

十

吃晚饭的时候，有爷爷在，谁也不提山上的那件事。画家与往常没什么不同，和爷爷说说笑笑。

库妮娅神情不好。爷爷问她是不是病了。她摇摇头说没有。爷爷是过来人，知道女孩子的一些不舒服是自然的，就没有问下去。转过话题又和画家东南西北地闲扯去了。

他们聊，库妮娅不插话，忙着把碗筷拾掇了，在小屋里乒乒乓乓地洗刷。爷爷听见喊了一句，莫碰碎了碗。

听见是听见了，响动却没有减少。爷爷摇摇头，没有生气，便接下去把厨房里的孙女夸了一番。不是瞎吹，说的全是一件件的真事。

库妮娅洗了碗，回到自己屋里，扭开收音机，听里边的人说话。爷爷听到，不愿再和画家说了，起身把孙女的收音机抱到怀中，颠颠地到了炕上。

画家想，今晚库妮娅不会来问他城里的事了，没准躺在床上流泪了。他在亮着油灯的方桌旁坐下，想凑着亮把这一天遇到的某些事记到本子上，他用别针把灯捻往大里挑了挑。

没过一会，响起脚步声。看看，是库妮娅。

走到画家身边，把一张白纸放到他面前。说，你不要生气。

生谁的气？画家笑了。

他呗。库妮娅手指按在纸上。画家这才注意到纸上画了一个人。准确说是一张脸，他一愣，这不是上午遇到的艾力江吗，画得这么像，真是太像了。

你不要恨他。他是心好，脾气不好，我了解他，你不要以为他坏，他听了别人胡说，一时想不通……

这是你画的？画家打断了库妮娅的絮叨。

见画家惊异的神色，库妮娅迷惑了。一会儿悟过来，以为是纸上的画惹他看不起了，就很自尊地脸红了。嚷着，胡画的胡画的。

去抢那纸。画家用一只胳膊护住了。

库妮娅。画家的口气完全不是开玩笑，甚至透露出稍稍激动。

库妮娅只得听他说，老实地回答他的询问。

你的这张速写，说明你很小就开始在纸上涂涂描描了。

一拿到铅笔就乱画。

乱画，不能画成这个样子。

高兴了，不高兴了，还有想他了，就画了。画的时候，许多事就忘了。

有一次在院里画小兔子，到中午了也不知道，爷爷回来，问饭做了没有，我说，急啥，还早呢。

你知道吗，你可以成为一个画家。

我没想过。

你有这个天赋，缺的是专门训练。你能把你画着玩的东西让我全看看吗？

库妮娅眨眨眼睛，却提了个条件。

你不生气，也不恨他，我就让你看。

我很喜欢他，我们会成为好朋友的。

真的？

真的。

好，我去拿。

库妮娅跑回屋。不大一会，用个针线筐端了一堆大小不一的碎纸片。往桌上一倒，像雪花一样飘扬起来。

画家真的一张张看起来。

库妮娅因为画家并不愤恨艾力江，心里就很高兴。倒了一杯开水，还放了茶，放到画家的面前。

画家给库妮娅讲她画的画，哪个好哪个不太好，好是为什么，不好又是为什么。

库妮娅呢，有时听得还明白，有时反而越听越糊涂。

夜里躺在床上，库妮娅只想一件事，怎样让艾力江和画家好起来。她想，如果他们三个人一起到山里玩，保准十分有意思。唉，艾力江真是一头犟牛，老认死理。他有个啥想法，真难给他变过来，不过男人就该这样，和草一般软软的，没有出息……

想着想着就睡着了，睡得很死，没有梦。

画家还在灯下写日记。因为又新发现了一件事，这日记就写得比预想的篇幅长了些。

十一

这一天下午，阳光由白炽转向纯黄了，山谷各处景物呈现出明亮的温柔。

艾力江一大早出去打猎，并不想打到什么，只是觉得气闷，无处可泄便到山林里。仿佛知道他来，好多飞禽走兽都躲得没有了影子。好容易草从里飞起一只花花的大野鸡，举起枪，心目却不能完全聚在准星上。胡乱扣了扳机，只碰掉了几根羽毛，野鸡照旧向前飞落。

前几天与画家的一场冲突，使他的自尊心受了极大的伤害，特别是当着库妮娅的面。山民宁可折骨流血，不能忍受被轻视。画家毫无表情地拂袖而去，让他的恨又重重地压上了一层。

谷底有一棵古柳，长发般的柳丝，从冠顶拖到地上，密密集集，像一道帷帐，撩开柳丝中间却是空荡荡的。横搁了一块平平的大青石，坐卧都很舒适。是艾力江发现这块美妙的天然小屋的，他常来躲避毒毒的日头。

这会儿日头不毒，他也来了。来了，在青石上坐卧都不是。青石不烫，是心躁，柳丝密得几乎透不进阳光，窝在其中像在夜里，可又不能熟熟地睡去，让人恼火。

靠着树，眯着眼，像在丢盹。四周好静，静静的，似有笑声。以为是错觉，不在意，过一会笑声朗朗软硬分明了。心即刻和耳朵连通。有人笑，是女子的笑，并且这笑声使得一张脸在眼前浮现，睫毛一扬一扬的，洒出柔柔情意。

为了证实，艾力江拨开几缕柳丝看过去。

离古柳二十米左右，有一条小路，从谷的这一面坡通向谷底，在谷底绕几个弯，又爬到另一面坡上。艾力江和库妮娅不住在一个坡上，两人见面，时常踩踏这条小路走向对方。

果然是库妮娅。喊她吧？别忙，身后还有一个人。哼，又是那个画家，那个画家。

艾力江不由把柳丝的缝隙往大里扩了扩。

他们正迎着挨近黄昏的阳光，脸被涂得泛出光彩，又精神又好看。

他们在说什么。

画家用手指比画了一下，库妮娅就哧哧地笑。

路很窄，他们却并排走，分明好几次肩膀碰了肩膀。

停下了。库妮娅先仰起头，手指向天空。

画家朝她手指的方向望。噢，是一群银灰色的野鸽子在飞。

又往前走，位置正对了古柳。艾力江看得更清楚。

库妮娅脚被石块绊了一下，差一点摔倒，被画家扶住胳膊……

死死盯着。一只手在青石上摸索，摸到了光滑冰凉的铁管。握住，拖到身前。托起，放到一个伸出的枝杈上。另一只手把子弹推上膛。

好了，去瞄准吧，瞄准了就可以扣扳机了。

草绿色画夹上方的脑袋，无法躲避地被一个星孔套住了。可另一个脑袋偏和它并了排，不肯错前或错后。

啊，好机会。库妮娅站住了，又弯下腰，鞋带松了去系。

画家向前了几步，回过身等她。脸上带着平静的微笑，仿佛明知有支枪正对着他，也并不在乎。

艾力江愣了，骂道：妈的，我要让你的微笑染上血。扣扳机，扣，扣，扣。心在大声发布命令，可手指软软的，颤颤的，按不住扳机。

这时，库妮娅系好鞋带。两人又朝前走，谷底的深草把他们的身影全淹没了。

艾力江的手指还是没有一点劲。

笑声，人影，像梦瞬时消逝，又归于宁静。

艾力江手中的猎枪掉在青石上，发出啪的一声脆响。

艾力江的手狠狠砸下去，不再颤软了，却破了皮，渗出血。

头低垂着，像霜打过的草。

他想到一个节目正在离这里不远的地方演出。

谷底的草密，密得像厚墙。草深，深得蔽住天日。草柔软，柔软像铺了棉絮的床。

他们钻进去了，进入了另外一个世界，除了他们再没有别的人。

他们心更野，胆子更大，敢做想做的一切事，他们的手和嘴全忙了起来，很高兴地忙着。

不但手和嘴忙，别的地方也不闲着。

不能想下去了，再想下去，他真的会把刚才一颗没有爆破的子弹射进自己的胸膛。他觉得在这古柳的围抱里，没有了氧气，憋闷得几乎要窒息。

拖起猎枪，疯狂地冲出柳丝的帷帐，脸色铁青地向响泉谷上游跑去。没有路，他踉踉跄跄像个醉汉。

山谷有了淡淡的雾，像条纱巾束在林梢上。太阳比先前大了一些，圆了一些，也离青色的山峰近了一些。

黄昏就在眼前了。

挖了药材的汉子，摘了杏子的少女，从高处远去往家去。篮筐越压得重，笑声和歌声越是放得响亮。

直到一道突起的石坎绊住双脚，把他横摔在地上，他才停止了狂奔。

沁出汗粒的胸脯触到细密的青草，一种清凉渗进肌肤。

过了一会，他坐起来，呆呆的。这一阵，他脑子里一片空白。

十二

山谷的前面传来响动。听听，听出是马蹄声，马蹄声急促骤密，并且渐渐清晰。

他不由转过脸，目光投向那条贴着谷坡弯转的小路。一会儿，从岬角处，闪出一团枣红的光。

骑手在要掠过他身边时，发现了他。急勒缰，马头一下子仰起，前腿离地老高，发出长长一声嘶鸣。

艾力江站起来，望着热气腾腾的枣红马和脸色黝黑的汉子。从身上发白的军衣可以看出，他可能是上面看守水库的。水库是一群兵团人修建起来的。他们要种许多地，雨水不够用了，就修起了水库，把山上的雪水河水拦住。

那个汉子看到了他，朝他大喊，小伙子，快从谷底滚出去。上面水库决堤了，我去通知两边的村庄，让大家不要到谷底去。你也离开这里吧，不然的话，等一会儿洪水下来，你就没命了。

说罢，一磕马肚子，马又飞起来，铁蹄敲着石径，冒出火花。转个弯，马不见了。

马不见了，艾力江似乎才记起刚才听到的粗声吆喝，弄明白了。他下意识朝上游看看，仍是闪耀着彩色的风景，但隐约听到浪涛推拥的喧响。

突然像黑夜亮了个闪，再次想到他们。差一点忘了，现在他们就在谷底的深草里……

他们收不到一个正在飞快传递的通知。除了一个人外，没有人知道他们偷情的地方。

等他们听到浪声就晚了，帮助他们藏匿的密草会纠缠住他们。

他们看到水时，连喊一声也来不及，就会被吞没。

天哪，他快乐得简直想跳舞。眼前仿佛出现了一片水，在水上漂着两个死人，一个是带着可恶的微笑的家伙，另一个是……

是库妮娅，库妮娅。那个他爱得发狂的姑娘，她也陪着一块死去？让自己永远也见不到了，不能和她在一起？不能，不能。库妮娅死了，自己活着又和死去有啥两样。

不行，得去救库妮娅。

库妮娅不能死。不能，绝不能。

他感到从上面山谷扑来的凉气，说明水浪已经逼近了。

不再多想了，反过身，沿着来的方向，同样疯狂地奔回去。

像头野牛，冲向一堵堵茅草的厚墙。

哗啦啦倒了一面，哗啦啦又倒了一面。

断茬利叶，划破衣衫和皮肉，有一回被绊倒，膝盖碰上一块石头，渗出血，他的勇猛也没有丝毫减弱。

不大一会，他就闯到了古老柳树下。

推开了密如厚墙的草丛，往一个熟悉的地方看，看到了一个熟悉的画面：库妮娅正被一个可恶的男人抱在怀中。

这个男人不但把她抱在怀中，手还伸到了她的怀里，还有他的嘴，也紧紧地咬住了她的红润的唇。

艾力江的肺都要气炸了。他冲过去，用劲全身力气，朝着这个男人的脸打过去。这一拳的力量能把石头打碎。这个男人一下子倒在了地上，好像死了一样不动了。

拉起库妮娅就跑。

边跑边对库妮娅说，洪水马上就要下来了。

库妮娅说，他怎么办？

艾力江说，就让洪水把他冲跑吧，他本来就不该来的。

库妮娅说，你不能这么做。

艾力江说，他已经是我的敌人，对敌人可以这样。

库妮娅说，他是我们的朋友。

艾力江说，来不及了，洪水已经下来了。走吧，我们不要管他了。

库妮娅说，这样做不好。

艾力江说，现在我们只能这样做。

洪水真的下来了，真的像有一千匹野马从山上跑了下来，那响声震得脚下的地在动。不但可以听到了，还可以看到了，向着山谷上方看过去，洪水像一座大山崩塌了一样，向着山谷压了下来。

眼前的洪水是真的，可眼前的人却没有真的出现，只有野草在晃荡，看不到半点人的影子。原来刚才看到的都是幻觉，压根就不存在。

没有那个被他当作敌人的画家，也没有那个让他爱到骨子里的女人。他明明看见了他们，可怎么会一下子没有了。

艾力江呆住了。

他回过头，看到了黄色的浪涛，他用尽了全身的气力喊了一声：库——妮——娅。

似乎听到了回音，可是不等他判断出回音的位置，浪涛就从他的头顶盖下来，黄昏的太阳一下子从眼前消失了。

……

十三

先前，快马送到的消息，没有使响泉谷惊慌。担水洗衣的人，牵着牛羊的人，快快离开了谷底。

因响泉谷十几年没有波浪翻涌了。得知是决了堤，一幕旧景又现。男男女女老老少少就站到门口，站在高处看，没有一点害怕的样子。

画家，库妮娅，还有爷爷也站在人群里，几个少年站到谷顶的高处，因望得远，先看见了一片白浪，由远变近。他们一喊，大人们全往一个方向看。

不但看到了白浪，还看到了一个人。

正如爷爷讲的故事一样，看到了水，也看到水中的一个人，并且听到一声真切的变了嗓门的喊叫。

是艾力江是艾力江。库妮娅跺着脚对爷爷和画家说。

人群也开始骚动，发出救人救人的喊叫。

他会游泳吗？画家问。

他不会，怎么办呀，他要淹死的。

库妮娅泪花闪闪，急得乱叫。

画家扔掉烟蒂，把外套一扔，甩在库妮娅怀里，摆动着长长的腿，朝汹涌的波涛奔去。

爷爷在后面喊，别忙，我去拿绳子系在你的腰上。

爷爷的喊声，他一点儿也没有听到。也可能听到了，他装作没有听到。把绳子拴在腰上，当然好，那样他就没有一点危险了。可那样，洪水中那个一点不会水的人，就可能没有一点生还的机会了。

画家会游泳，游得很好。在城里参加比赛，还拿过名次。虽然是业余比赛，也很不容易。因为，城里会游泳的人很多，要比别人游得好许多，才能拿到名次。

幸亏这不是四月，也不是挟着冰块的洪水，肢体不会冻僵，有足够的力量摆脱旋涡和浪涛。艾力江的脑袋一沉一浮，像个黑色的皮球。

画家游过去，抓住他的头发，发现他已经灌得失去了知觉。好险啊，再晚一会，水把他的肚子灌满，他就会沉入水中，卷进谷底。

洪水流得很急，一个人想靠到岸上都很难，别说再拖着一个快要淹死的人了。

爷爷跑到了水边，爷爷把绳子扔过来，画家伸出了一只手，把绳子拉住了。

这样，岸上的人用绳子拉画家，画家用一只手拉着艾力江。

库妮娅没有拉绳子，她顺着绳子往洪水里跑，跑向画家和艾力江。

晚霞落在水面上，五彩缤纷地跳荡闪烁，十分好看……

艾力江被救了上来。

把艾力江救了上来，画家却像快要死了一样，倒在水边的草地上，怎么也站不起来。

库妮娅先跑到了画家身边。画家还能说话，画家说，我没有事，快去看看艾力江怎么样了。他肚子里进了不少水，快让人想办法，把他肚子里的水控出来。

爷爷把他的毛驴牵了过来，把艾力江横着放到驴背上，让驴来回走。没走一会，艾力江肚子里的水，就从嘴里喷了出来。

看到艾力江没有事了，库妮娅又回到了画家身边。

库妮娅说，没有你，他就没有命了。

画家说，真正救了他命的不是我，而是你。

这话让库妮娅有点听不明白，但她不想再多问。对她来说，两个最看重的男人能够死里逃生，相比较之下，别的事都不算什么。

十四

有人燃起火把，站在响泉谷边上，看洪水通过。

没有到天亮，谷里就没有浪涛奔涌了。因为决了的堤口，当夜就堵上了。

第二天早晨，只有一些坑洼处积了些水。扔上几块石头一垫，一样不湿脚就过去了。

几个小男孩在水坑里发现了一条大鱼，他们扛在肩上走，惹了许多人看。引得一些大人也往谷底跑，一样也捉到了很大的鱼。

水库养了许多鱼，堤坝垮了，大水把它们冲了下来。

那几天，住在响泉谷山坡上的人家，家家都飘着鱼肉的鲜香味。库妮娅和爷爷也捉了几条大鱼回来，熬了一大锅鱼汤，端给画家和艾力江喝。

他们没有去捉鱼。他们差一点被水淹死了。他们躺在不同的屋子里休养。不过，他们喝的鱼汤，都是库妮娅熬的。

大水过去好几天了，大家还在说。说到大水时，一定要说到画家，说到艾力江。

说画家到这里来，是个客人。那天下到水里救人，救的是咱们的人，咱们不下去，让人家下去，真的有点不像话。可这个事说到后来，还是说得让画家下水去。不管是多么不像话，也只能是这样，因为，响泉谷的人，没有一个会游泳。

说艾力江其实根本不该让大水淹着。那个骑马通知的人说了，发大水的事，第一个就是给艾力江说的。艾力江怎么也不会跑不掉的。连老头和老太太还有小孩子都跑掉了。艾力江这么年轻力壮怎么会让大水冲走呢。大家想不明白这个事。想不明白，就会不断地说，说来说去，还是不明白。

艾力江躺在床上，来了不少人看他。看他不说别的事，全说救他的事。别人说，他只是听。他全知道了，可他并不说什么。

躺了好几天了，可以下地走了，没有一点事了，可他故意躺着不起来。别人来看他，看他的样子，还是一声不吭。想他是真的受了惊吓。

库妮娅来了，带了一篮杏子。告诉他，杏子熟透了，今年的杏子比哪一年都结得大，结得多，结得甜。

她说，那天，和画家约你上山去玩。你不在家，你们家人说你打猎去了。出门，碰到了匹快马。我们站在岸上看，看见了水，也看见了你，还听见你喊我，你是不是也看见了我，才喊……

艾力江打断她的絮叨。

再上不上山去玩了？

当然去呀。

他去不去？

谁？

……

你说呢？

他一定想去吧。

他说过好几回了。

明天，咱们三个一块去。

太好了，艾力江，可你的身体……

早没事了，你瞧。

艾力江翻身跳下床，挺起宽厚的胸脯，用拳像敲鼓一样擂。欢喜得库妮娅忍不住踮起脚在艾力江脸上亲了一下。

艾力江推开窗户，阳光哗地涌进来，把他刺得睁不开眼，他脸上消失了铅灰色的阴沉，可仍有什么使他不能朗朗地笑起来。

十五

画家和库妮娅收拾妥当，一出门就看见路边站着艾力江，他挎着猎枪，腰束皮带，上面挂了小盒，是装子弹的。从膝盖以下，用布缠得紧绷绷的，十足的猎人装束。

见画家走过来，他神色不自然起来，而画家兴冲冲地像遇到了老朋友，用城里人的习惯，先扬起手臂招呼，然后走过去握手。

因某种三个人都明白的缘故，这两只手就握得长了些。

天气好，山色显得也好。库妮娅看到他们终于握了手，心情自然更好。她故意把他们撇下一段路，让他们能随意唠唠。

她提的篮子，里面放着一个能吊在野火上煮肉的铁盒，身子一扭一摆，叮叮当当响，听着让人想唱歌。想唱就唱了，她唱了一首当地很流行的民歌。

两个男人走得慢，是因为话说得多，但没有一句话说到在两个人之间发生的事。他们说大山，说森林，说各种野兽的性格及习惯，并举出许多亲眼见到的情景作证。不用多问便知这个时候说话最多的只能是肩上挎枪的人了。

到了深山里，按艾力江的吩咐，库妮娅和画家一个执一根细木棍，并排从被茅草覆盖的洼地的西边向东轰，嘴里噢噢喊着，木棍胡乱拍击草丛。而艾力江站在高坡上，端着上了膛的猎枪，目光炯炯地凝视着洼地。

一只野鸡从洼地中间腾飞，惹得库妮娅喊叫起来。音未落，枪响了，野鸡翻着跟头栽到地上。又有一只野兔蹿起，有三尺高，想逃往森林，但一样没躲过枪口。没过多久，又打死了一只野兔。

艾力江用一把刀子熟练地给猎物去皮开膛，画家和库妮娅去拾捡干柴，顺便采集了些嫩嫩的白蘑菇。

火燃起了，卸成了大块的鸡肉和兔子肉放进了舀来的泉水里。

蓝色的火焰舔着吊锅，发出吱吱的响声。剩下的事只需不断往火中续柴，这些活库妮娅一人能做，她让两个男人到那边岩石上坐着歇息，抽烟说话。

他们很听库妮娅的话。让他们去，他们就去了。

太阳晒了石头，石头是热的。画家递一支烟给艾力江。他们的嘴边吐散出一样蓝的烟。他们向前望，望到老远的地方，望到了雪山。似乎都在用心地望，所以好久他们只抽烟不说话。

在绿色森林的顶端，在晴蓝的天空的边缘，起伏着雕塑般雪的浪涛，被太阳反射的明亮照耀着空旷的肃静。它像老人苍苍的白发，仿佛藏有万千个远古的故事；又像少女的裙子和肌肤，透露出没被污染的纯洁。是雪吗？是的。可是夏天的太阳却不能让它消逝。在炎热的季节里，人们看到它，不能不感到一种永恒的神秘。

烟抽完了，目光并不从远处收回。

画家：很远吗？

艾力江：要翻两座山。

画家：那里肯定开放着雪莲花。

艾力江：是有。

画家：去采过吗？

艾力江：老人说那是神花，闯过十八难才能得到。早些时候，有个人去了，去了没有活着回来，再没人敢去过。

画家：是这样，城里的朋友该说我吹牛了。

艾力江：为啥？

画家：我说，这次来，要带回一朵真正的从雪山上摘来的雪莲花。

艾力江：你说了？

画家：嗯，我想得简单了。现在看来，不可能了。

那边库妮娅在快活地喊，喂喂，男子汉们，快来呀，熟了熟了。回过头，果然飘来了浓浓的香味。两个人相互会意地笑笑，朝闪着红色火亮处走去。

艾力江抽出一瓶酒，咬掉铁盖，不用碗杯，瓶口对着嘴，咕噜噜灌。艾力江喝了，画家接过又喝，连库妮娅也用舌尖沾了沾，辣得脸都红了。

画家希望两个青年男女能旅行结婚，走出响泉谷，走出小镇，到大城市开开眼界。他说他要在乌鲁木齐最好的酒店为他们祝贺。他还说他要给库妮娅寄些画画方面的基础书来。

他们都觉得十分快乐，只有艾力江的神情间或表现出若有所思。

三个年轻人的野餐，使这大山一隅的气氛有了与往日的不同。

十六

隔了一日，画家因为准备动身回城，就和库妮娅一道穿过谷底的深草到坡的另一面，向艾力江告别。

艾力江不在。他家里人说他出去采药了，但留了话，如果城里的画家来找，让等着他回来，一定。

艾力江说了一定，就一定要等。即使不说一定，画家也会等他回来再走。画家和库妮娅又循着原路回来，沉默了起来。库妮娅以为他是焦急赶路起程，又见不着艾力江不能走，才有了不高兴的样子。便在一旁说，艾力江到了太阳落山时会回来。可画家似乎没有听到这句话。

这一天老长老长。

到西天涌起红霞，画家和库妮娅又穿过谷底，一直等到星子出来，艾力江也没有回来。他们的忧心如围绕着长夜的漆黑。

他们睁着眼睛坐到天亮。

到了中午，山谷里突然传来喧嚷。七匹马和几个牧羊人，把艾力江也带了回来。艾力江还是那个艾力江，只是他不能再呼吸，不能再说话，身上全是鲜血。他手上握了一朵洁白的雪莲花，不过有几片花瓣让血浸成了红色。

画家俯身拿过那朵雪莲花，他不由得把目光投向那神秘的雪山。响泉谷的人谁也没有他明白。他知道艾力江是为了什么才会死的。

望着库妮娅如雨的眼泪，画家仍是沉默，像响泉谷随地可见的石头。

送葬的行列里，他拿着一朵血染的雪莲花。

作为一个故事，说到这里似乎也可以不说了，可是作为生活却不能结束，后来据说……

据说，画家从响泉谷带了个少女回城，那少女读书学画画，也成了一个小有名气的画家。她是响泉谷第一个走出大山的人。

据说，那少女后来成了画家的妻子，把爷爷也从响泉谷接了出来。不过也有人认为这是瞎扯，他们说，那少女读了书又回到了响泉谷，做了一名山村女教师。她教孩子们识字，还教孩子们画画。

另有一种据说，说画家在响泉谷把艾力江埋葬后，就再也没有离开，他还拿起了艾力江的枪，一边画画一边打猎。据说，他是个好画家，可他并不是个好猎人，因为，他拿着枪出去，看到飞禽走兽，也不开枪，好像他不会打枪，只会画画。

当然，他画画时，身边总是会站着一个叫库妮娅的女人。

还有，他的画拿到了全国和全世界去展出，得了许多大奖，并卖出了很高的价钱。他把这些钱全部用到了响泉谷，让这里有了电灯电话，有了柏油马路，有了富裕的新生活，也有了许许多多的游客……

响泉谷的人都很感激画家。但不知为什么，看着越来越热闹的响泉谷，画家自己却怎么也高兴不起来，甚至还有些后悔……

写作的愉悦与忧伤

［后记］

2016年年底，作协换届，不再当常务副主席和秘书长了。选举结束当夜，睡了个好觉，醒来时，一种轻松，从未有过。不但没有失落，反有后悔，若早辞去那些职务多好。过了年，开过政协会，马上就离开了乌市，来到了威海荣成。不用请假，想住多久完全看心情。这种自由自在，实在是不到这个时候不能体会到的。来荣成住，除了靠海，空气好，安静和干净外，还有一个原因。那就是我的户口簿上，有“荣成”两个字。加上父母又说，我生在荣成，两岁时才到新疆。父母口音不改，跟着学，也会讲一口荣成话。虽关于荣成，一点记忆没有。可几种原因，还是让“荣成”两个字，在心里边有了格外不同。七年前，头一次回荣成，看人，看山，看水，都好得不行，就买了个小房子。站在阳台上，可以看到海，看到湖。所以，一退休，就跑来了。睡到自然醒。晒着太阳，没有工作需要去做，没有公事着急去办。金钱不多，可足够花。名气不大，也算体面。该有的，已经有了，不该有的，也不会再有了。一切就这样了，不用再做什么了，也不用去想什么，平静如水悄然无声地打发剩下的日子就行了。可事实上，却无法做到。因为有一件事，不管人生怎样变化，都不可能不做。那就是写作。

从少年十五六岁，到如今年过六十，不少事做了个开头，或者做了一半，就半途而废了，只有写作不曾停止过。就算到了这个时候，也一样。和责任使命无关，和金钱名利不沾边，只是因为喜欢。喜欢到了骨子里，化进了血液中。生命不消失，它就会存在。一件事，喜欢了才能做好。但喜欢的事，却不一定能做好。八十年代初，开始发表作品，算起来快四十年了。出版的书，也有二十多本了。但文学价值有多少，有多大呢？真的是不自信。不管什么场合，若被别人当作家介绍，总不太好意思，觉得愧对了这个名分。没有做好，原因很多，自己想了想，还是归结到了天赋上。文学的山峰，谁能爬到顶尖，不完全是体力毅力决定的。因为，只要喜欢，都会勤奋，都会坚持。但得到的结果，每个人却会大大不同。这样的例子，身边并不少。如果要算，自己也能算是一个。

写作这些年，出了一堆书，也得了一些奖，究竟该如何评价，还是一片茫然。可有一点，一直很确定，那就是不管如何评说，手中的笔不会放下。人活着，总要做点事，不是这个事，就是那个事，恰好有一个喜欢的事，可以不受年纪约束，没有理由不一直做下去。大约正是有了写作这个事，便没有把退休拿养老金当个事，同样也就没有了许多人那种离开岗位的失落。确实，突然一下子手机好像坏了一样，极少再有电话打进来，更没有人再来请示某件事该如何处理，不再接到各种大小会议活动的通知和邀请，让常年的生活习惯和节奏完全改变，尽管得到了不曾有过的宁静和轻松，但难免还会有些怪怪的感觉，好像这个世界从此不再和自己有一点关系了。不过，当意识到作为一个写作者的身份并没有改变时，我的内心便不由得愉悦起来。这种愉悦不是简单的快乐，还混杂着有些疼痛的忧伤。

写作者对事物的理解判断，会被情感和直觉左右。青年时代常有的愤怒，并没有随着年纪增长而消失。面对价值观不能接受的社会现象，不管是政治经济的，还是伦理道德的，一样还会热血冲动想要干点什么。写作者的本性，决定了我不能对某些事无动于衷。对人性的尊重，对自由与民主的渴望，让我无法接受暴力和专制胡作非为。永远站在弱者和无辜死难者的一边，会让我的写作始终有明确的方向。已经发表出版的作品，与伟大和经典比，还有较大差距，但唯一让我安慰的是，它们做到了真诚和善良。面对假恶丑，它们没有视而不见，没有迎合和奉承，并且仍然深切地关注着正在发生的一切。从历史到现实，从边疆到内地，从上流到底层，写作者无法置身事外。与现实的纠缠，只会越来越紧，与社会的撕扯，只能越来越深。没有办法，写作这件事，决定了写作者的生存形态。就算被关进了一间黑暗的铁房子里，仍然不可能断了与世界的联系，也能听到微弱痛苦的呻吟，也会在思考中去想象去虚构，去奋笔疾书，用文字逼近真相表明态度，坚定地相信风雨过后，必有阳光普照。所以，走在海边，风景如画，心生愉悦，却又满怀忧伤。除了写作，已无事可做。但除了写作，又有什么事更能让我在接下来的日子不会单调无聊？只要自己不放弃，就没有退休这一说。

这不，春节刚过，电话打进来。作家兼编辑沈东子先生，打来电话告诉我，漓江出版社想给我出一本中篇小说集，问我意见如何。每个写作者都知道出版小说集有多难，沈东子带给我这个消息，是送给我退休的一份大礼。我当然会欣然接受了。这不由得让我想起了十五年前，也是漓江出版社，也是沈东子先生，编辑出版了我的第一部长篇小说《烈日》，给我的写作生涯带来了转折性的变化。这样的回忆，让我不能不在充满感激的同时，对这本中篇小说集的编选出版给予格外的重视。写作以来，中篇结集出版，几年前有过一次，书名为《红色雪》。所以这个选本，《红色雪》里选过的，不会再选。

新编选集子中的所有篇目都是第一次入书，并且在题材上会更多样，内容也更丰富。故事中的主要人物性格鲜明，血肉丰满。有粗犷豪放的猎人牧羊人，有多情多义开酒馆的南方女人，有敢恨敢爱的山东女兵，有忍辱负重的垦荒者，有落难流放的知识分子，有乡村清纯的少女。不同民族不同性格不同命运的人物构成的众生相，因为同一个辽阔苍凉的生存背景的映衬，呈现出了一种西部独有的浓烈绚烂的色调。一直在天山脚下准噶尔盆地边缘长大的我，被写作之笔聚焦的人与事难以越过有限的视野，但对人性的表现可以深刻复杂。共同的文学理想和追求使得地域性的写作，一样可以散发千姿百态的魅力。我希望我的这些中篇小说能让遥远的边疆生活，给读到它们的人不一样的感受，分享我在写作这些故事时的愉悦和忧伤。

2017 年 3 月 1 日于威海荣成

图书在版编目（CIP）数据

梅子与恰可拜 / 董立勃著．— 桂林：漓江出版社，2018.1
（半边渡当代中篇小说丛书）
ISBN 978-7-5407-8258-0
Ⅰ．①梅… Ⅱ．①董… Ⅲ．①中篇小说－小说集－中国－当代 Ⅳ．①I247.5
中国版本图书馆 CIP 数据核字（2017）第 227799 号

MEIZI YU QIAKEBAI
梅子与恰可拜
董立勃 著

责任编辑：张 谦
助理编辑：辛丽芳
书籍设计：石绍康
责任印制：杨 东

出版人：刘迪才
漓江出版社有限公司出版发行
广西桂林市南环路 22 号 邮政编码：541002
网址：http://www.lijiangbook.com
全国新华书店经销
销售热线：0773-2583322 010-85893190
北京大运河印刷有限责任公司印刷
［北京市通州区潞城镇大营工业区 邮政编码：101117］
开本：960 mm × 690 mm 1/16
印张：16.5 字数：208 千字
2018 年 1 月第 1 版 2018 年 1 月第 1 次印刷
定价：45.00 元

如发现印装质量问题，影响阅读，请与承印单位联系调换
［电话：010-81560480］